청춘예찬

시대는 끝났다

이 도서의 국립중앙도서관 출판예정도서목록(CIP)은 서지정보유통지원시스템 홈페이지(http://seoji.nl.go.kr)와
국가자료공동목록시스템(http://www.nl.go.kr/kolisnet)에서 이용하실 수 있습니다.(CIP제어번호: CIP2015024769)

10 푸른사상 소설선

청춘예찬
시대는 끝났다

박정선 소설집

푸른사상
PRUNSASANG

차례

청춘예찬
시대는 끝났다

아저씨는 언제나 이른 새벽 소리도 없이 출근해버린다. 정말 바람처럼 집을 빠져나가버린 것이다. 신경이 예민한 아줌마가 깰까 봐 그렇다는 걸 나도 잘 알고 있다. 그래서 나는 아저씨보다 더 일찍 일어나 방문을 살며시 열어놓고 아저씨가 움직이는 소리에 귀를 기울이곤 한다. 오늘 새벽에도 어김없이 5시쯤 기척이 들렸다. 아저씨는 화장실에 갔다가 살금살금 주방으로 가 물을 마시는 모양이었다. 그리고 겉옷을 팔에 걸친 채 현관으로 부지런히 나가는 것이었다. 구두를 찾아 신는 동안 나는 재빠르게 방에서 나와 아저씨 앞에 섰다. 그리고 내가 우물쭈물하는 사이에 아저씨의 눈과 내 눈이 잠깐 마주쳤다.

나는 중얼거리듯 "다녀오십시오."라고 인사를 하고 말았다. 내일이 금요일인데요, 라고 말해야 하는데 일상적인 인사를 해버린 것이다. 아저씨는 내가 부담스러운지 "왜 나왔어, 들어가서 더 자."라고 작은 목소리로 말하면서, 특유의 활짝 웃는 얼굴을 보여주고는 현관문을 최대한 소리 나지 않게 열었다. 순간 나는 이 기회를 놓치면 안 된다는 절박한 심정으로 저어, 아저씨! 라고 불렀지만 아저씨는 듣지 못한 채 문을 소리 나지 않게 공들여 닫은 후 내 시야에서 사라져버리고 말았다. 실은 내 목에서 소리가 나오지 않았다. 나는 아저씨를 불러세워놓고 '내일이 금요일인데요.'라고 말하리라 마음먹었지만 말이 목 안에서 맴돌다 꿀꺽 삼켜지고 말았던 것이다.

집 안은 다시 고요해졌다. 나는 부동으로 선 채 아저씨가 사라져버린 현관문을 응시하다가 힘없이 베란다로 나갔다. 눈앞에 펼쳐진 일자산을 바라보았다. 산은 언제나 제자리에서 꼼짝하지 않았다. 아저씨는 어떤 일이 있어도 이번 주에는 꼭 출근하게 해주겠다고 말했고 나는 꼼짝하지 않는 산을 바라보며 산 같은 믿음을 구축하려고 애쓴다. 그런데 내일이 금요일이고 이번 주의 마지막 날이다. 이번 약속을 횟수로 따지면 스물몇 번째일 것이다. 그래서 나는 '이번 주' 혹은 '다음 주'라는 말에 기대와 두려움이 교차한다. 아무튼 지금까지 믿어온 대로 끝까지 아저씨를 믿기로 한다. 아직 하루라는 시간이 남아 있고 오늘밤엔 꼭 좋은 소식을 안겨주실 거라고.

아줌마가 일어나 부엌에서 아침을 준비하는 소리가 들렸다. 나도 마음을 가다듬고 안으로 들어와 내가 사용하는 방을 단정하게 정리하고 물걸레로 마루까지 닦아냈다. 아침 준비를 마친 아줌마는 아이들을 깨우기 시작한다. 지독하게 말 안 듣는 중학교 1, 2학년생 남자 아이들이 순순히 일어날 리가 없다.

"아휴! 못 살아, 황우(黃牛)장사라도 매일 아침 이 짓은 못한다니까!"

아줌마가 큰소리를 치면서 이불을 빼앗고 아이들은 빼앗기지 않으려고 이불을 틀어쥐고 줄다리기를 하느라 야단이다. 성질대로 한다면 당장 방으로 달려가 이불을 확, 잡아채버리고 싶지만 내 입장이 그럴 수도 없어 아이들이 어서 일어나주기만 바랄 뿐이다.

이렇게 아침마다 벌어지는 전쟁 같은 광경을 바라본다는 것도 나로서는 몹시 힘든 일이다. 아줌마가 아이들에게 화를 내면 꼭 내 탓만 같아서 몸둘 바를 모르겠는데, 거기다 아줌마가 "상민이 형만 아니었으면 요절을 냈을 거야!"라고 소리칠 때면 나 때문에 아이들이 더 말을 듣지 않을 거란 생각에 안절부절못한다. 아줌마가 그렇게 말하지 않더라도 아이들은 분명 '나'라는 손님을 믿고 더 질기게 버티기를 한다는 걸 나는 잘 알고 있다. 어디 나뿐일까만 나 역시 어려서 그런 과정을 거쳤기 때문이다. 집에 손님이 왔을 때 평소 엄마가 잘 들어주지 않는 것을 요구하면 엄마는 꼼짝없이 "나중에 보자!"라는 경고와 함께 들어주었고 어려운 손님일수록 그런 효과는 더욱 컸다.

아이들은 결국 아줌마 애간장을 새까맣게 태워먹고서야 침대를 박차고 일어났다. 그리고 분하다는 듯이 씩씩거리며 화장실로 마루로 통탕거리며 다니더니 아줌마가 애써 준비한 아침밥도 먹지 못한 채 책가방을 둘러메고 학교로 가버렸다. 휴, 휴, 하며 지친 몸과 마음을 소파에 털썩 던져버리는 아줌마에게 인사를 하고 나도 집을 나섰다. 매일 아침 출근하는 사람처럼 집을 나선 것이다. 집과 가까운 출발지 길동역으로 가 지하철 5호선을 탔다. 3개 노선을 환승할 수 있는 동대문역사문화공원역에 내려 2호선이나 4호선으로 갈아타고 출근 연습을 하는 것이다. 출근을 하게 되면 필히 지하철을 타야 할 것이고 미리 복잡한 지하철 타기를 익혀두자는 생각이다. 이젠 결코 만만치 않은 서울 지하철 타기 달인이 되었다고 해도 좋을 것이다. 거미줄처럼 얽혀 있는 서울 지하철 타기는 구간마다 환승역을 익히는 것이 매우 중요하다. 1호선엔 환승역이 18개가 있고 2호선엔 19개, 3호선엔 11개, 4호선과 5호선엔 9개씩이 있다는 것과 동대문역사문화공원역에서는 3개 노선이나 환승할 수 있어 가장 편리하다는 것은 내 손바닥 안의 손금이다. 출구가 많기로는 종로 3가역이 15개로 제일 많고 동대문역사문화공원역이 14개로 2위라는 것까지 모두 머릿속에 그려져 있다. 이 정도면 나는 출근할 준비를 충분히 한 셈이고 이제 출근하라는 말만 떨어지면 되는 것이다.

동대문역사문화공원역에서 내려 순환선 2호선으로 갈아탔다. 2호선은 제 꼬리를 쫓아가며 계속 돌기를 하고 그렇게 1회 순환하는 데 두 시간쯤 걸린다. 나는 출근 시간대엔 일부러 사람이 가장 많이 타는 외선 순환선인 신도림행을 탄다. 그래야 출근하는 어려움을 제대로 실감할 수 있고 서울의, 아니 우리나라의 팍팍한 현실을 살[肉]로 뼈로 체험할 수 있기 때문이다. 두 시간이란 시간이 보통 사람들에게는 지하철에 갇혀 있기엔 답답하고 지루하기 짝이 없을지 모르지만 나에게는 희망의 시간이다. 콩나물 시루 속의 콩나물 하나로 선 채 내 팔이 어디에 끼여 있는지 모를 지경으로 시달리는 기쁨, 나도 출근하는 사람들 속에 끼여 있다는 것, 출근이란 단어만 떠올려도 가슴이 쿵쿵 뛰는 설렘을 맛본 것이다.

정말 "출근!"이 얼마나 가슴 뛰는 말인가. 고등학교 국어시간에 배운 「청춘예찬」이란 수필 중 "청춘!"이 얼마나 가슴 뛰는 말이냐, 란 구절과 딱 맞아떨어진 대구를 이룬다. 그러므로 나는 출근과 청춘을 동의어로 간주한다.

열차가 역에 들어설 때마다 비켜주고 내리느라 사람들이 한비탕 몸살을 앓는다. 사실 용케 좌석에 앉아 있는 것도 좋아할 일만은 아니다. 내릴 때면 마치 터널을 뚫듯 입추의 여지 없는 사람들 틈을 뚫느라 아우성을 치다 못해 울상이다. 잘 갖춰 입은 옷은 엉망이 되어버리고 간신히 붙여놓은 대머리 아저씨들의 궁색한 가닥 머리가 풀어져 귀밑으로 길게 처져 내린 모양은 처량하기 짝이 없다. 마치 TV 사극 드라마에서 반역죄인의 목을 치기 위해 칼춤을 추는 서글픈 운명의 칼잡이를 연상케 하고도 남는다. 또 어떤 파렴치한 놈들은 그 와중을 이용해 여성들의 엉덩이를 슬쩍 더듬기도 하고 심하면 입을 맞춰버리거나 가슴을 번개같이 훔치기도 하지만 여성들은 누구냐고 눈을 부릅뜨고 다잡을 틈이 없다. 아무튼 출입문 쪽의 **빽빽한** 사람들이 내렸다 다시 타는 배려를 해주지 않는다면 여간해선 목적지에 내릴 수 없는 형편이다.

사정이야 어떻든 내 귀에는 아우성과 몸부림이 즐거운 비명으로 들릴 뿐이다. 그들은 진짜 출근을 하고 진짜 퇴근을 하기 때문이다.

부러운 것은 또 있다. 서울의 대학생들이다. 2호선에는 대학 입구역이 6개나 있고 대학 입구역마다 떼지어 빠져나가는 학생들의 뒷모습을 볼 때마다 부러움에 살이 쑥쑥 내리는 소리가 들린다. 서울엔 대학도 많고 그런 대학 중 중간쯤 가는 대학만 나왔더라도 이 지경까지는 안 됐을 거라는 한탄 때문이다. 아저씨도 언젠가 지방대학 학력을 가지고 서울에서 취직하려고 덤비는 것은 좋게 말하면 용기이고 솔직하게 말하면 '무식하면 용감하다'라고 했다. 그때 절벽 끝에 선 기분이었다. 그러므로 대한민국 어느 부모가 자식을 일류 대학에 보내려고 목숨 걸지 않겠는가.

아줌마도 아이들을 일류 대학에 보내는 것을 목표로 자신의 모든 것을 포기했고 모든 것을 걸었다고 했다. 그리고 아이들에게도 그만큼 강요하고 있다. 핸드폰, 컴퓨터, TV 시청 절대 금지를 초강경 법으로 만들었고 아이들은 풀어주지 않으면 공부를 하지 않겠다고 버티는 것이다. 금지와 해제를 놓고 아이들과 아줌마는 아침마다 이불을 가지고 줄다리기를 하듯 한 치 양보가 없다. 아줌마 입장에서는 아이들 학교 성적과 학원 성적은 물론 비싼 과외 공부 성과가 통 신통치 않고 공부하는 집중도가 1퍼센트도 마음에 들지 않아 속이 상한다. 아이들은 아이들대로 날마다 공부만 하는데 더 이상 어떻게 하라는 거냐고 항변하기 일쑤다. 양쪽 모두 고성이 오가고 아이들은 "내 인생이야! 엄마가 무슨 상관이냐구!"라고 말도 안 되는 소리를 하며 덤벼든다. 그리고 아줌마는 "될 나무는 떡잎부터 알아본다더니, 뭐 인생? 그래 삼류 대학 나와 가지고 어디 한번 살아봐. 발바닥 인생 맛이 어떤가 보란 말이야!"라고 막말을 퍼붓기도 한다.

어느 날엔 아줌마는 마지막 카드를 꺼내듯 아끼고 아끼는 독일제 바이올린 채를 휘두르며 "내가 너희들을 낳은 게 잘못이지. 당장 나가. 도저히 못 키우겠어."라고 분통을 터뜨렸다. 그러자 아이들은 엄마를 향해 급기야 '악마'라고 표현하기에 이르렀다. 나는 처음에는 "저런 패륜아들!"이라고 경악을 금치 못했다. 정말 어쩌다가 아이들이 저 지경까지 갔을까? 하고 심각하게 여겼는데 알고 보니 요즘 아이들은 공부하라고 몰아붙이는 엄마의 '엄' 자를 악자로 고쳐 부르는 게 유행이었다. 그렇더라도 나는 그것만은 보고 있을 수가 없어 부모님께 말을 함부로 하면 인간이 아니라고 타일렀다. 그랬더니 중학교 2학년 아이가 대뜸 "상민이 형 엄마는 안 그랬지? 형이 일류 대학에 못 간 걸 보니까 우리 엄마처럼 달달 볶지 않았던 것 같아."라고 하는 것이 아닌가. 나는 뒤통수를 얻어맞은 것처럼 머리가 띵해 할 말을 찾지 못한 채 그만 입을 다물고 말았다.

아무튼 비싼 독일제 바이올린 채를 꺼내들고 휘두른 아줌마는 바이올린을 전공한, 그러니까 예술 중에서도 가장 섬세하고 아름다운 음악을 한 분인데도 아이들 공부 앞에서는 그 우아함과 고상함이 어이없이 무너지고 만 것이다. 그런데 거기까지는 부모와 자식 간에

화가 나면 그럴 수 있다 치지만 싸움 말미에 다시 아이들을 설득하기 위해 아줌마는 아주 진지한 표정으로 "상민이 형 안 보이니? 시시한 대학을 나온 탓에 취직을 못한 거야!"라는 말을 들었을 때 그 참담함을 무어라 말해야 할까.

일류 대학을 못 간 사람은 사람 축에도 못 낀다든지 발바닥 인생을 산다든지 하는 말은 얼마든지 감수할 수 있지만 중요한 것은 내가 아이들 눈에 '실패한 인간의 모델'이 되어버렸다는 것이 문제였다. 이 철없는 녀석들이 앞으로 내 나이를 먹었을 때 나처럼 후회할지 어떨지는 알 수 없지만 나는 아줌마와 아이들의 싸움을 통해 비로소 발바닥 인생 같은 내 모습을 발견한 것이다.

2호선 열차가 서울대입구역을 지나 낙성대, 사당, 방배, 서초, 교대역을 지나고 나자 공간이 수월해졌다. 나도 이제야 자리를 잡고 앉았다. 행상인들과 구걸하는 사람들이 출현하기 시작한다. 공간이 빽빽할 때는 상행위나 구걸을 할 상황이 못 된 탓이다. 다리 한쪽을 질질 끄는 청년이 가쁜 숨을 몰아쉬며 코팅한 호소문을 사람들 무릎마다 올려놓고 다닌다. 청년은 하의가 실종된 아가씨의 허벅지 위에도 거침없이 올려놓고, 열심히 책을 읽고 있는 책장 위에도 올려놓고, 짐을 잔뜩 끌어안고 있는 아줌마 손등 위에도 간들간들 올려놓았다.

사람들은 호소문이 바닥으로 떨어질세라 몸을 꼼짝하지 못한 채 질질 끄는 청년의 다리를 유심히 바라보며 믿어야 될지 말아야 될지 분간할 수 없다는 표정을 짓고 있다. 나는 이럴 때마다 철자가 엉망인 호소문과 호소문 종이 때문에 난처해진 사람들 표정을 번갈아 읽으며 구걸하는 청년은 채권자 같고 부동으로 앉아 있는 사람들은 채무자 같다는 생각을 한다. 청년이 호소문을 걷어 다음 칸으로 옮겨 가고 나자 약속이라도 한 것처럼 이번엔 행상인 남자가 큼직한 검은 가방을 끌고 성큼 들어섰다. 내 경험에 의하면 신기하게도 그들은 단 한 번도 겹치기로 들어온 적이 없었다.

남자는 가죽 허리띠를 높이 들고 흔들어 보이며 부도난 회사에서 절반 값도 안 되는 5천 원을 받는다고 한다. 거기다 손톱깎기 세트와 고무장갑을 덤으로 준다고 선전하자 나이 지긋한 아줌마와 아저씨 몇 분이 살 뿐이다. 처음에 나는 물건을 결코 사지 않으면서도 그런 행상인들을 몹시 귀찮아했고 잉여 인간쯤으로 바라보았었다. 그런데 지금 어디선가 귓등으로 들은 것 같은 말 "바늘 한 쌈을 팔아도 서울이 낫고, 얻어먹어도 서울이 낫다니까."라는 말이 스친다. 생각해보니 취직을 하러 서울로 상경하여 하루하루 간절히 출근할 날만 기다리고 있는 나나, 불법 행상을 하는 그들이나 전혀 다를 게 없다. 이젠 그들에게 연민을 느낀다. 연민이 아니라 가파른 언덕을 함께 올라가는 동병상련을 느낀다고 해야 옳다.

나는 늘 하는 대로 가방을 열고 무릎 위에 노트북을 펼쳤다. 그리고 사람들이 나를 지하철에서도 쉬지 않고 무언가를 해야 하는 회사원으로 바라본다는 걸 의식한다. "상민이는 인물이 훤하고 단정해 누가 봐도 대기업 신입 사원으로 볼 거야."라는 아줌마의 말처럼 말쑥한 차림에 지하철에서 노트북을 펼친 나는 누가 봐도 직장인처럼 보이기에 충분할 것이기 때문이다. 생각할수록 가슴 쓰라리고 공허하기 짝이 없는 허상이지만 그래도 이 순간만은 아줌마 말대로 어떤 회사 신입 사원이 된 착각에 빠져들어 우쭐해지기까지 한 것이다.

정말 꿈에 그리는 신입 사원. 내가 취직 때문에 서울에 온 지도 벌써 6개월이 지났고 시간은 한 해를 한 달 보름 남겨놓고 있다. 그렇다고 아저씨를 원망할 수도 없고 원망해서도 안 된다. 아저씨는 나를 꿈에서도 본 적이 없는 사람이다. 아저씨는 이 씨이고 나는 김가다. 그리고 아줌마는 박 씨이고 우리 엄마는 정 씨다. 그러므로 어느 쪽으로든 피 한 방울 튀지 않는 남남인 것이다. 또 취직을 시켜준다고 약속을 했거나 서울로 올라오라고 손짓을 한 적도 없었다.

내가 생각해도 나는 얼굴에 철판을 깔았었다. 철판도 40밀리미터 두께의 강도 높은 것으로. 아무리 선생님이 잡아끌듯이 데리고 와 들이민다 하더라도 어떻게 생전 모르는 남의 집으로 꿀단지 하나 달랑 안고 입성할 수 있었을까. 그렇다고 내가 평소 비윗살이 좋은 놈도 못 된다. 나야말로 수줍음 잘 타기로 유명해, 어디 가서 용기 있게 말조차 하지 못한 탓에 여자 친구가 답답하다고 핀잔을 준 적이 한두 번이 아니었다. 그리고 취직을 못한 이유도 따지고 보면 거기에 있다면서 미래가 불투명한 나를 믿을 수 없어하는 눈치였는데 내가 서울로 취직하러 간다고 하자 처음엔 무척 기대가 컸다. 매일 전화를 할 때마다 언제 출근해? 라고 묻더니 요즈음엔 전화까지 뜸해졌다. 그렇더라도 나는 여자 친구에게 왜 그러느냐, 마음이 변했느냐고 물어보거나 따지고 싶은 생각은 추호도 없다. 솔직히 말해 물어볼 용기가 나지 않다고 해야 옳다.

나뿐만 아니라 엄마도 염치없기는 마찬가지였다. 선생님께서 나를 데리고 서울로 간다고 하자 기다렸다는 듯이 아껴두었던 지리산 토종꿀을 황금색 비단 보자기에 정성껏 싸 내 품에 안겨주면서 등을 떠밀었다. 내 취직 때문에 어쩌면 나보다 고민이 더 많은 엄마로서는 충분히 그럴 것이었다. 그동안 취직 문제로 골머리를 앓는 엄마는 내 의사와 전혀 상관없이 형광등 불빛이 대낮같이 밝은 안경집 앞을 지나갈 때면 안경집을 내자고 했고, 스포츠용품 가게에 사람들이 몰려 있는 것을 발견했을 땐 "그래, 너도 저런 걸 하면 되겠다. 요즘엔 너도 나도 건강에 목을 매는 시대잖아."라고 손바닥을 딱, 마주치며 흥분했다.

엄마의 발견은 계속 이어졌다. 구수한 커피향이 풍기는 커피점을 지나갈 때면 커피점을, 산뜻한 아이스크림 가게를 지나갈 때면 아이

스크림 가게를, 피자집, 빵집 등 눈에 띄는 가게마다 "바로 저거야!" 라고 하다가는 어느 날 TV에 유명한 J목사가 나오자 상민아! 하고 정색을 하며 부르더니 "신학대학에 편입해라. 아무래도 하나님 뜻이 거기 있는 것 같다."라고 깜짝 제안을 하기도 했다. 그럴 때마다 엄마는 정말 위대한 발견이라도 한 사람 같았는데, 지난 2년 동안 엄마가 제시한 사업 종목만 해도 줄잡아 5, 60개는 될 것이다.

한 달 전만 해도 나에게 전화를 걸어서는 아무리 생각해봐도 서울에서 취직은 어려운 것 같으니 내려와 대학가 앞에서 빵집이나 하자고 했다. 마침 내놓은 가게가 하나 있는데 갈수록 학생들이 북적거린다며 빨리 서둘지 않으면 평생 후회할 것처럼 다급했다. 그렇지만 28세라는 나이에 덮어놓고 엄마가 차려준 가게에 앉아 손님이나 기다리는 그런 비창의적이고 소극적이고 수동적인 삶을 살기는 싫었다. 비록 내가 서울에서는 입도 벙긋 못 하는 지방대학을 나왔다고는 하나 그래도 명색이 경제학을 공부한 처지에 부딪쳐보지도 않고 딴 길로 빠져버릴 수는 없는 일이었다.

토종이든 비토종이든 꿀이란 식품이 좋은 것이긴 하지만 지금은 그보다 더 좋은 것이 홍수처럼 쏟아져 나오는 세상에 흔해빠진 꿀단지를 품고 서울로 올라올 때를 생각하면 부끄럽기 짝이 없다. 그렇지만 내 정성은 매우 놀라운 것이었다. 그때가 봄을 막 벗어난 6월이었고 나는 비좁은 고속 기차에서도 꿀단지를 선반에 올려놓지 않앉다. 그렇다고 바닥에도 결코 놓지 않은 채 세 시간 동안 계속 끌어 안고 있었다. 그리고 서울역에 내려 강동구 길동으로 가기 위해 지하철을 두 번씩이나 갈아타면서도 좌석이 없어 우뚝 선 채로 정성껏 품에 안고 있었다. 그랬으니 꿀단지는 적어도 다섯 시간 이상 내 품에 안겨 엄마와 나의 간절한 소망을 잉태한 셈이었다.

선생님 역시 엉뚱하기는 마찬가지였다. 따지고 보면 선생님이 가장 엉뚱한 분이었다. 선생님은 내가 고등학교 3학년 때 담임이었고 또 교회 고등부 담임이었다. 그런데 내가 대학을 졸업하고 취업을 못한 채 풀이 죽어 있는 것을 보다 못해 이력서를 써오라 하시더니 선생님 동생 남편인 아저씨께 부탁한 모양이었다. 그러나 봄이 다 가도록 소식이 없자 대뜸 나를 데리고 서울로 상경한 것이다. 눈[目] 가까이 있어야 마음[心]도 가까워진다는 생각으로 아무리 바빠도 아저씨 일과 중 몇 순위 안에는 들지 않겠느냐는 계산이었다. 그렇게 해서 나를 아저씨 댁에 밀어 넣던 날 선생님은 아저씨와 아줌마는 물론 두 아이까지 모인 자리에서 "상민이 너, 취직해서 첫 출근할 때까지는 이 집에서 한 발자국도 나올 생각하지 마. 알겠나?"라고 눈을 부릅떴다. 물론 그 말은 아저씨께 들으라고 한 소리였다.

선생님은 매사에 추진력이 강해 추종을 불허한다고 학교에서부터 소문이 자자한 분이긴 하지만 선생님이 그렇게 큰소리치며 아저씨 댁에 나를 들이민 데는 이유가 있었다. 선생님 동생인 아줌마를 직접 중매하여 아저씨와 결혼시켜주었고 아저씨는 아줌마를 자기 생명보다 더 귀하게 아끼고 사랑한다는 것이었다. 그러니까 목숨 이상으로 사랑하는 아내를 만나게 해주었으니 그 보답을 하라는 거나 마찬가지였다. 어떻게 보면 지나치고 어떻게 보면 그럴 만하다는 생각도 들었다. 이유는 또 있었다. 선생님은 부산으로 내려가면서 배웅하러 나온 나에게 속삭이듯이 "내가 동생을 음대까지 공부시켜 결혼시킨 사람이야. 그러니까 널 내쫓거나 구박하거나 방치해두진 않을 거야."라고 하며 내 등을 투덕거려주고 떠났었다.

아무튼 그렇게 느닷없이 쳐들어온 나로 인해 분위기가 떨떠름해지면서 가족들이 모두 어! 하는 표정이었다. 그러나 차츰 두 녀석은 부모 몰래 내 노트북을 만져볼 수 있다는 희망에 나에 대해 무척 호의적으로 변해가기 시작했다. 두 녀석들 때문에 아줌마는 벽걸이 TV 화면에 반 고흐의 해바라기 모조 그림을 붙여놓은 탓에 TV는 벽에 그림을 한 장 걸어놓은 모양새를 하고 있고 컴퓨터는 아예 베란다 창고에 넣어놓고 학교 숙제를 할 때만 꺼내어 숙제를 시킨 다음 다시 넣어두는 방법을 사용하고 있었다. 그러나 학교에서 내준 컴퓨터 숙제를 할 때마다 아줌마는 또 한 번씩 아이들과 결전이 벌어지고 만다. 아이들이 아줌마를 속이고 숙제를 한 시간 하면 게임은 두 시간 이상 해버린 탓이다.

그런 탓에 나는 노트북을 사용하기가 무척 곤란했다. 아줌마는 첫

날부터 '아이들 모르게 요령껏 해달라고' 간곡히 부탁했다. 나는 노트북을 들고 옥상으로 올라가 뉴스를 보거나 인터넷을 해야 했다. 그런데 어느 날 밤 중학교 2학년 아이가 어떻게 알았는지 내 등 뒤에서 "상민이 형!" 하고 부른 것이었다. 나는 하마터면 노트북을 떨어뜨릴 뻔했다. 아이는 딱 5분만 노트북을 만져보게 해달라고 매달렸다. 인간적으로 아이의 부탁을 차마 물리칠 수 없어 5분은 사실 말이 안 되는 것이라 틀림없이 지키겠다는 30분을 약속받고 노트북을 안겨주었다. 그랬더니 녀석은 자꾸 5분만 5분만을 연장하면서 한 시간을 채우고도 노트북을 내놓을 줄 몰랐다. 아줌마 속을 알 만했다. 속이 부글부글 끓고 가슴이 조이는데 아니나 다를까 사건이 터지고 말았다. 눈치 빠른 아줌마가 옥상에 턱, 나타나 야! 하고 아이를 향해 고함을 지른 것이었다. 그렇지 않아도 힘든 내 입장이 말이 아니게 되었다. 아줌마는 단단히 화가 난 표정으로 며칠 동안 나에게 눈길도 주지 않고 말도 하지 않았다.

며칠 후 아줌마가 화를 푼 것은 내가 매일 60평 아파트 마루를 반질반질 윤이 나도록 닦는 것 때문이었다. 아저씨 댁에서는 집 안 청소를 숙명처럼 하다시피 한 탓이다. 하루 걸러 가사도우미 아줌마가 다녀가는데도 아줌마와 아저씨는 마음에 들지 않는다며 다시 걸레를 들고 60평 집 안을 돌아다니기 시작한다. 못해도 하루에 두 번은 청소기를 돌려야 하고 두 번 이상 걸레질을 해야 하고, 목욕탕에 물기가 있어서는 안 되고, 주방 설거지통에 그릇이 한 개라도 담가져 있으면 안 되는 성미였다. 나도 광적으로 깔끔을 떠는 성격이지만 놀라지 않을 수 없었다.

나는 밥값을 하겠다는 것보다는 무언가를 해야 견딜 수 있으므로 차라리 잘됐다 싶어 청소를 취미처럼 하게 되었다. 나와 아줌마는 자연스럽게 청소하는 부분이 정해졌다. 나는 청소기 돌리기와 걸레질을 하는 것이고 아줌마는 방 안에 널려 있는 가족들 옷가지와 아이들 책상을 정리하는 일이다. 아줌마는 처음 며칠 동안은 "얘, 그만 둬. 니 집에서 하나 밖에 없는 귀한 아들인데 이렇게 청소하는 걸 니 엄마가 알면 가슴이 천 갈래 만 갈래 찢어질 거다."라고 하면서 말렸지만 며칠이 지난 뒤부터는 "여자들보다 훨씬 더 깨끗하게 잘하네. 하긴 청소는 남자들이 더 잘한다니까. 우리 아저씨도 시간이 없어서 못하지 나보다 더 잘하거든."이라고 칭찬까지 해주면서 은근히 기대하는 눈치였다. 나도 군복무를 마친 놈이니 이까짓 60평 아파트 정도야 문제없다고 호기를 부렸지만 때론 장난이 아니라는 생각이 든다. 청소를 마치고 나면 군복무 시절 아침마다 구보를 할 때처럼 온몸이 땀에 흥건히 젖은 채 녹초가 되어버린 탓이다.

청소를 하는 나를 향해 아줌마는 가끔 아저씨가 취직을 못 해줘서가 아니라 시간이 없어서라고 격려하는 것을 잊지 않았다. 아줌마 말대로 아저씨는 내 취직을 못 해준 것이 아니라, 안 해주는 것이 아니라, 시간이 없어서라는 걸 나도 어느 정도는 이해하고 있다. 이름을 대면 한국에서 삼척동자도 알 만한 H그룹의 상무인 아저씨는 회사일로 남보다 몇 배나 바쁘게 사신 분이라 내 취직 일을 볼 시간이 없다고 늘 안타까워하신다. 아줌마도 회사에 나간 아저씨와 통화 한 번 하려면 좀처럼 연결이 안 된다며 꼭 의논해야 할 일이 있을 땐 스트레스를 받는다고 불평을 늘어놓았다. 아저씨를 만나기 위해 집으로까지 전화가 쇄도한 걸 보면 알 만했다.

정말 시간이 없어서라는 걸 알고 서너 달을 견디다 나는 더 이상 남에게 폐를 끼칠 수 없어 포기하려고 했다. 그런데 선생님이 포기해서는 안 된다고 나에게 호통을 치면서 짬짬이 전화를 걸어 아저씨를 채근하고 아저씨는 그때마다 알았어요, 다음 달에는 꼭 출근하도록 할 겁니다, 라고 대답을 했지만 일단 출근하면 아저씨는 일에 빠져 모든 것을 깡그리 잊어버린다는 걸 알았다. 정작 답답한 것은 한 집에 살면서도 아저씨를 만날 수 없다는 것이다. 매일 밤 자정이나 새벽 1시쯤에 들어와 다시 새벽에 소리도 없이 출근해버리니 붙잡고 말할 짬을 얻지 못한 것이다. 설사 만난다고 하더라도 새벽 1시에 들어온 분에게 내 취직은요? 라고 하거나 꼭두새벽에 나가는 분에게 내 취직 좀, 하고 말을 꺼낼 수는 없는 노릇이었다.

솔직히 말해 얼굴에 철판을 깔고 느닷없이 쳐들어와 들어앉긴 했지만 아저씨께 섭섭한 생각이 들기도 했다. 그래서 차라리 안 되겠

으니 내려가라고 하는 게 더 편하겠다 싶은 생각이 들라치면 선생님
이 전화를 걸어 "제부는 정말 바쁜 사람이야. 만나러 온 사람들 때문
에 혼자 뭘 생각할 겨를이 없다고 머리를 흔들거든. 어쨌든 믿고 끝
까지 기다리자. 알았지?"라고 나를 격려하면서 한편으로는 사내자
식이 한번 결단을 했으면 끝을 봐야지. 그 정도로 나가떨어지느냐고
야단을 치는 것이었다.

2호선을 1회 순환하고 1호선 3호선 4호선까지 갈아타기 연습을 마
치고 어학원에서 두 시간 영어공부를 마치고 오후 6시쯤에 퇴근한
사람처럼 귀가하는 시간, 아침에 나갈 때 탔던 길동역에서 내려 집
을 향해 걷다가 잠시 머뭇거린다. 저녁에 아저씨를 만날 일을 생각
하자 벌써부터 속이 떨리기 시작해 길을 바꿔 일자산 공원으로 올라
갔다. 공원은 어디나 사람들이 운동을 하느라 부지런히 움직이지만
모두가 사색하는 곳이기 때문이다. 공원엔 나 같은 청년들이 또 있
다. 나나 그들이나 우리는 운동이 목적이 아니기 때문에 동시대 미
취업 청년들로 벤치에 그냥 앉아 노트북이나 스마트폰을 하거나 각
자 무슨 생각엔가 잠겨 있게 마련이다.
금세 어둠이 도둑처럼 습격하고 공원의 대형 가로등이 켜질 무렵
휴대폰이 울렸다. 여자 친구였다.
"상민 씨, 내 말 잘 들어."

가슴이 철렁해 나는 전화를 끊어버리고 싶었다. 그녀가 무슨 말을 할 것인지 이미 짐작이 가고도 남은 탓이다. 심호흡을 퍼낸 후 그녀 말대로 그녀의 말을 잘 듣기 위해 마음을 가다듬었다.

"나 다음 주에 선보기로 했어. 무슨 소린지 알아들었지? 그럼 전화 끊을게."

그녀는 굳이 내 말을 들을 필요조차 없이 그냥 통보만 하면 된다는 식이었다. 선은 이미 본 것 같다는 느낌과 함께 지독하게 맵다는 청양고추를 덜컥 깨문 기분이었다. 알싸해진 가슴속에서 활활 불이 타올랐다. 물에라도 풍덩 뛰어들고 싶은 기분을 어쩌지 못해 유난히 밝은 대형 가로등 아래 섰다. 그쪽에 있는 허브 풀이 가슴을 시원하게 뚫어주는 향기를 발산하고 있기 때문에. 벤치에 앉아 있던 나 같은 청년들도 나처럼 속이 얼얼한지 허브 풀을 손으로 쓸며 허브 향을 맡고 있었다. 아주머니 두 분이 걷기를 하면서 우리를 향해 "한참, 좋을 때다!"라고 감탄했다. 나는 세상 모르는 아주머니들을 향해 "빛 좋은 개살굽니다."라고 크게 외쳐버렸다. 아주머니들이 흠칫 놀랐지만 그냥 지나가고 말았다.

바람이 불 때마다 허브가 저희들끼리 쓸어안고 몸을 비비면서 향기를 날려주었지만 허브 향으로는 얼얼한 속을 어쩌지 못해 공원에서 내려왔다. 오는 길에 포장마차에 들렀다. 소주를 마셨다. 나는 기독교 가정에서 성장했으므로 소주는 처음이다. 두 잔을 마시자 어질

어질 취기가 돌기 시작하더니 가슴속에 숨어 있던 허공이 열 배 백 배나 확장되고 허공이 확장되자 바람이 세차게 불기 시작했다. 그녀가 준 충격까지 합세하여 자꾸 울먹해진 것이다. 술에 취해 우는 사람들을 도무지 이해할 수 없었는데 내가 그들이 되려고 했다. 그리고 아저씨가 원망스러워지려고 했다. 나는 재빨리 아저씨를 원망해서는 안 된다고 다그치며 소주 한 잔을 더 마셨다. 아저씨는 오늘도 자정이 넘어야 귀가할 것이고 기다리고 있다가 꼭 만나봐야 할 것이었다. 누군가 술은 용기를 줄 때가 있다고 했지만 생전 처음 소주를 석 잔이나 마셨는데도 아저씨를 만날 용기가 나지 않았다. 마치 의사로부터 중병의 예후를 들어야 하는 환자처럼, 이번에도 다음 주에는 꼭 혹은 다음 달에는 꼭이라는 선고를 할까 봐 겁이 난 것이다.

포장마차에서 나와 아파트를 향해 걸어가면서 심호흡을 퍼내자 술 냄새가 물씬 거렸다. 내 몸속에서 흘러나온 술 냄새가 너무 낯설고 마음에 들지 않았다. 아파트로 진입하는 곳에 전봇대가 있고 집안에 술 냄새를 풍기는 건 안 될 일이므로 전봇대 앞에서 걸음을 멈추었다. 잠시 바람을 쐬며 술 냄새를 쫓아내기로 한다. 전봇대에 몸을 기대자 저절로 눈이 감겼다. 감겨진 대로 눈을 감고 몸속의 술기운을 모조리 뽑아낼 양으로 거푸 심호흡을 퍼냈다. 심호흡을 퍼낼 때마다 눈물이 분출하려고 꿈틀거렸다. 응급실에 실려온 환자들마다 제 손톱 밑에 박힌 가시가 가장 아프다는 말처럼 세상에서 내가 가장 슬픈 사람처럼…….

아무래도 눈물이 솟구치려고 해 눈을 뜨고 말았다. 아파트로 들어가는 자동차 헤드라이트가 번쩍번쩍 나를 비추며 지나가고 있었다. 그리고 다시 어떤 헤드라이트 하나가 강렬한 포물선으로 나를 포위했다. 나는 손바닥으로 눈부심을 피하며 얼굴을 찡그렸다. 그런데 차가 슬슬 내 곁으로 다가오더니 "상민이 아냐?"라고 하며 아저씨가 차창 밖으로 얼굴을 내밀었다. 나는 뜻밖의 현실에 말문이 막혔다. 오늘 새벽에만 해도 목 안으로 말을 삼켜야 했던 것처럼 한 집에 살면서도 좀처럼 말을 걸 수 없고 만날 수도 없는 아저씨가 분명히 내 눈앞에 있었다.

"어서 타."

꾹 참았던 눈물이 정말 솟구쳐 오르고 말았다. 재빨리 얼굴 표정을 가다듬고 술 기운을 닦아내듯 손으로 입을 문지르며 아닙니다, 다 왔는데요, 라고 태연하게 고개를 흔들었다. 그러자 아저씨는 "어서 타라니까."라고 재촉했다. 재촉하면서 아저씨는 뒤따라 들어오는 차들을 의식했다. 더 이상 사양하는 건 폐를 끼치게 될 것이란 생각에 서둘러 차를 탔다. 술 냄새가 새어날까 봐 손으로 입을 막고 차에 탄 나는 여전히 어리둥절해하고 내 얼굴에 그것이 그대로 나타난 모양이었다.

"왜? 내가 이 시간에 집에 오는 게 이상해?"

아저씨는 웃으면서 그렇게 물었다. 나는 순간 아저씨가 평소보다 일찍 귀가하는 건 분명 내 출근 문제 때문일 거라고 짐작하면서 더욱 태연한 척했다.

"그래, 오늘도 지하철 타기를 했어?"

"예."

"참 좋은 생각이야. 서울에서 살자면 무엇보다도 지하철 노선에 익숙해야 하거든."

아저씨가 그런 것까지 알고 있다는 것에 놀랐다. 그건 분명히 나에 대해 관심을 기울이고 있다는 증거였다. 그리고 곧 내 출근 문제에 대해 말이 나올 것 같아 가슴이 두근거렸다.

"야아, 세상 참 살기 힘든 모양이야. 오늘도 내 대학 동기가 찾아와 어디 일할 데 없겠느냐고 하소연하는데 안됐지 뭐야. 수재였고 참 잘나간 친구였는데……."

아저씨는 쉽사리 출근에 대해 언급을 하지 않았다. 나는 오늘 아침처럼 내가 먼저 묻고 싶은 심정이 목구멍에서 오르락내리락했지만 역시 입이 열리지 않았다. 아저씨가 말을 꺼낼 때까지 인내하기로 마음을 다졌다. 그것이 예의라고 생각했다.

"술 마셨구나? 그래, 앞으로 직장에서 동료들과 술 마실 일이 종종 생길 텐데 교회에 나간다는 이유로 무조건 술을 멀리하다 보면 동료들과 소통하기가 어렵게 되지."

아저씨가 나를 돌아보며 말했다. 언제나 긍정적이고 희망파라는 아저씨의 호의적인 표정도 표정이지만 '앞으로 직장 동료들과' 라는 말에 눈이 번쩍 뜨였다.

나는 차츰 희망에 들뜨고 아저씨는 지하 주차장에 차를 세운 다음 나와 함께 집으로 가는 엘리베이터를 타고 18층으로 올라가기 시작했다. 엘리베이터가 18층까지 올라갈 동안 침묵이 이어졌다. 엘리베이터란 비좁은 공간에서의 침묵은 긴장된 분위기를 느끼게 한 탓에 숨통이 막혔다. 게다가 출근 문제를 엘리베이터에서 꺼낼지도 모른다는 기대 때문에 더욱 답답했다. 한편으로는 엘리베이터란 공간에서 그런 중요한 말을 꺼내는 건 마땅치 않다는 생각이 들었다. 아저씨도 내 마음 같은지 입을 열지 않았다.

엘리베이터 전광판에 15, 16, 17층을 지나 18층이 표시되면서 땡! 하는 신호음과 함께 문이 스르륵 열리고, 아저씨와 나는 1802호 현관문 앞에 섰다. 아저씨가 현관문 비밀번호를 누르고 나는 아저씨 등 뒤에 서서 가슴을 조였다. 문을 열고 집 안에 들어서자 아줌마가 평소보다 일찍 귀가한 아저씨를 보고 화들짝 반기며 좋아했다. 마루에 선 아저씨는 평소처럼 겉옷을 소파에 걸쳐놓고 그 특유의 활짝 웃는 미소를 띠며 나를 바라보았다. 나도 미소를 띠며 아저씨를 바라보았다.

"그럼, 들어가 쉬어."

"예? 아, 예."

아저씨는 나에게 인사를 해주고는 모처럼 일찍 들어온 것을 의기양양해하며 안방으로 들어가 문을 꼭 닫았다. 나도 얼떨결에 방으로 들어왔다. 누가 내 뒷골을 몽둥이로 쳐버린 것 같았다. 멍한 정신으로 장승처럼 서 있었다. 얼마나 서 있었을까. 다시 정신이 돌아오면서 눈물이 흘러내렸다. 노트북을 켜, 부산행 기차표를 예약했다. 그리고 베란다로 나갔다. 동쪽에 자리 잡은 산, 일자산을 벗어난 달이 말없이 나를 바라보고 있었다. 달을 향해 내 몸과 마음 등 모든 것이 비눗방울처럼 날아오르기 시작했다. 청춘의 무게가 새라도 된 것처럼 밤하늘로 날아올랐다.

시간이 얼마나 지났을까. 다시 방으로 들어와 노트북을 켰다. 다음 주가 있다는 것을 처음으로 안 것처럼, 또 다음 주를 생각하며 기차표 예약을 취소했다.

자화상 ·
스펙트럼

버려진 거나 다름없는 지하실 공간으로 세간을 옮긴다. 아내가 사용하던 화장대와 머리빗 손톱 깎기 등 자질구레한 물건들까지. 몇 번인가 버릴까 망설이다가 그대로 옮기기로 한 것이다. 아내는 결코 돌아오지 않을 거라는 걸 알면서도 로또복권이 당첨될지도 모른다는 기대로 토요일을 기다리는 사람들처럼 막연한 기다림에 사로잡힌 것이다. 아무튼 지상의 것을 지하로 옮긴다는 것은 서글픈 일이다. 사람이 죽어 땅 속으로 들어가는 기분이 '이런 것일까' 하는 생각이 든다. 마지막 배수진마저 무너지려 한다. 전업 작가란 이름을 내세우면서 직업을 갖고 틈틈이 그림을 그리는 뭇 화가들과는 변별성이 있다고 자부해왔던 것이 물먹은 흙더미처럼 흔들린 것이다. 그렇더라도 나는 아직 성공하지 못했다는 것에 승복한 것은 아니다. 마지막 보루인 자존심이 그걸 허락할 리도 없지만, 오 헨리의 단편 '마지막 잎새'에서 언젠가는 걸작을 그릴 거라는 꿈을 버리지 못한 채 하얗게 늙어버린 화가 베어맨이 나뭇잎 한 장을 그렸던 것, 그래서 한 사람 생명을 구했던 것이야말로 최대 걸작이라고 감탄하며 그런 나뭇잎 하나를 그릴 수 있을지 모른다는 처절한 희망 때문이다.

세 번째 아내가 집을 나간 지도 6개월로 접어들었다. 아내는 그림을 배우겠다고 내 문화 생으로 들어왔었고 무려 3년 6개월이란 시간을 함께 살아주었다. 결혼해서 6개월간은 신혼에 취해 멋도 모른 채 흘러갔고, 그다음 일 년은 스승을 존경하는 마음이 있어 살았고, 다시 일 년은 '이건 내 추측이지만' 혹시 호당 몇백만 원이 가는 그림을 탄생시킬지도 모른다는 기대로 견뎌냈던 것 같다. 그리고 마지막 일 년은 나에 대한 동정심으로 살아주었을 것이다. 정말 3년 6개월이란 긴 세월을 살아준 것만 해도 고마워해야 한다. 그런데도 나는 아내 가 다시 돌아와주기를 목마르게 바라고 있는 것이다.

생각해볼수록 나는 나쁜 놈이다. 내가 아내들에게 어떻게 했던가. 처음의 아내와 둘째와 셋째에게 도대체 어떻게 했던가. 아이를 낳아 서는 안 된다. 하루에 두 끼 이상 먹어서도 안 된다. 예술가에게 예 술이 숙명인 것처럼 예술가의 아내라는 것도 숙명이라고 강조했다. 사실 이런 말을 나는 입 밖으로 단 한마디도 내뱉지 않았다. 그녀들 이 그렇게 살아주었다. 그런데 아내들은 약속한 것처럼 세 명 모두 다 내 곁을 떠났고 떠나면서 자기 물건에 손도 대지 않은 채 몸만 살 짝 빠져나가버렸다. 그녀들은 현명하게도 물건을 챙기는 시간을 아 까워했던 것이 틀림없다. 나에게서 하루라도 빨리 멀어질수록 그녀 들의 삶이 더 나아질 것이기 때문이다.

지금도 내 귓가에 아내들이 과일 깎는 소리와 설거지하는 소리가 들린다. 아내들이 레스토랑에서 과일을 깎거나 접시를 닦아준 삯을 받아 일용할 양식을 구해오면 나는 그것을 먹으며 예술이란 걸 했 다. 작품은 도무지 인정받지 못하는데도 나는 전업 작가라는 자존심 을 끌어안고 그녀들의 등골을 빼먹는 짓을 해온 것이다. 그러므로 나는 이제쯤은 그 대가를 치를 때가 됐다고 생각한다. 전업 작가의 명함을 초개처럼 버리고 하루빨리 서울을 떠나 농촌으로 내려가 농사를 짓거나 어촌을 찾아가 배를 타든지 아무튼 먹고사는 일을 찾아야 마땅하다. 그런데 이런 생각이야말로 건방지기 짝이 없다. 자연은 더 까다롭게 사람을 가릴 것이기 때문이다. 그것도 그거지만 솔직히 말해 농촌과 어촌에서 나 같은 사람을 받아준다 하더라도 찰거머리처럼 파고든 기다림을 떨치지 못해 나는 서울을 떠날 자신이 없는 것이다. 세 번째 아내가 돌아올지도 모르는데, 만약 그녀가 돌아와 내가 없는 텅 빈 공간에 들어서기라도 한다면 '그 허전함을 어쩌란 말인가'라는 말도 안 되는 걱정을 하는 것이다. 지금도 나는 아내 휴대폰 번호를 눌러본다. 6개월 동안 그랬던 대로 없는 국번이니 다시 확인하고 걸어보라는 안내 음성이 나온다. 전화번호까지 바꾸어 버렸다는 야속함보다는 내게서 동전 하나 가져간 것이 없는 탓에 휴대폰을 팔아버린 것이 분명하다는 짐작이 나를 서글프게 한다.

목이 마를 때 막걸리를 마시듯 담배를 꿀떡꿀떡 피운다. 담배 연기가 뭉게구름처럼 비좁은 지하실을 떠돈다. 최루탄을 터뜨려놓은 것 같다. 요즈음 세상에 담배를 입에 댄 사람은 아웃사이더라는 자조감과 함께 창자가 뒤틀리도록 기침이 터져나온다. 기침 소리는 짐승의 울음소리처럼 지하실을 컹컹 울린다. 얼굴에 열이 오르면서 눈물이 난다. 눈물을 흘려본 기억이 거의 없다. 슬프다고 다 눈물을 흘리는 건 아니기 때문이다.

엄마가 자살인지 실족인지는 아직도 알 수 없으나 한강에 빠져 목숨을 잃었을 때도 마치 앞으로 닥칠 더 큰 고난을 대비라도 하는 것처럼 눈물을 흘리지 않았다. 그렇게 독하게 마음을 단련해서 무얼 하겠다는 거였는지 통 알 수 없다. 고작 이 정도의 삶이라면 그때 큰소리로 실컷 울었을 것이다. 그렇다고 이유도 모르게 죽은 엄마가 위로가 될 리는 없겠지만 아무튼 울어준 사람도 없이 죽어간 엄마가 가끔 떠오른 것은 그리워서라기보다 불쑥 궁금증이 들 때이다. 왜 죽어야 했는지 경찰도 밝혀주지 못했고 나는 그때 막 시작한 대학생활이란 현실을 이겨내기에도 벅차 그만두고 말았었다. 하긴 왜 죽었는지를 알아낸다는 것은 죽은 망자에겐 소용없는 일이다. 울어주는 것도 마찬가지다. 순전히 산 사람들의 자기 위로에 불과한 것 아닌가.

그렇더라도 나는 지금 할 수만 있다면 이제 막 이사 온 지하실 공간, 오늘부터 몸을 담고 살아가야 할 내 보금자리에서 오직 나를 위하여 목청껏 울고 싶은 심정이다. 그런데 눈물이 나오지 않는다. 울고 싶을 때 눈물이 나오지 않는 것도 고통이란 걸 사람들은 얼마나 알고 있을까. 문제가 생긴 수도꼭지를 틀었을 때 기침을 하듯 쿨럭쿨럭 헛소리만 내고 물은 나오지 않는 것과 똑같은 현상이라면 이해할 수 있을지 모르겠다. 우는 것 대신 계속 줄담배를 피워댄다. 그리고 불쑥 들어선 건물 주인여자를 맞는다.

"어머 지하실이 싹 달라졌네! 무엇이든지 임자 만나기에 달렸다니까."

주인여자가 신바람이 났다. 목소리가 휘파람을 부는 것 같다. 내가 일 층에서 살 때 매월 임대료를 꼬박꼬박 받아내지 못했던 걸 속 시원하게 해결했다는 즐거움이란 걸 나는 잘 알고 있다. 주인여자는 나머지 보증금 계산 때문에 내려왔다.

오늘 같은 날은 더욱더 건물주인 여자가 선택받은 사람으로 보인다. 누군가 물질은 5대 축복 가운데 하나라고 말했던 것이 불쑥 치고 나온 탓이다. 무엇무엇이 5대 축복인지는 알 수 없지만 나는 요즘 들어 물질이 첫 번째가 아닐까 하는 생각이 든다. 아니 물질이 첫째일 것이다. 그리고 그 이유를 곧잘 분석해보는데 그때마다 물질 축복은 이상하게도 그가 살아온 발자취와 상관이 없는 경우가 더 많다는 걸 알았다. 왜냐하면 큰 물질을 소유한 사람 중에는 큰 도둑이 많다는 걸 알았고, 공의로우신 하느님께서 그런 도둑놈들에게 축복을 내리실 리가 없기 때문이다. 그러나 하루 양식 값마저 아껴가며 줄기차게 모아 이렇게 집 한 채를 마련한 주인여자 같은 사람들에겐 존경심이 우러난다. 나는 정말 그런 사람들을 예술가보다 존경할 때가 있다. 내가 살고 있는 건물 주인여자도 후자에 속한 사람일 것이다.

매달 임대료는 물론 전기세며 수도세에 목숨 걸 듯 예민한 것이 그것을 말해주었기 때문이다.

주인여자는 3백만 원을 내 손에 쥐어주었다. 나는 마치 공짜로 돈을 얻은 사람처럼 몸둘 바를 몰라 하며 돈을 받았다. 주인여자를 거쳐 나온 내 돈 3백만 원은 아무 죄도 없이 돈세탁이라도 하고 나온 것 같다. 일층에서 살 때 2천만 원 보증금에 매달 50만 원씩 내던 것을 1년 2개월 동안 임대료가 밀리게 되자 7백만 원을 제끼고는 마치 인심 쓰듯이 버려진 거나 다름없는 지하를 보증금 천만 원에 매달 20만 원만 내고 사용하라고 했다. 어떻든 앞으로는 매달 50만 원씩 내야 했던 임대료를 20만 원만 내면 된다는 다소 홀가분함에 나는 주인여자가 고맙기 짝이 없다.

"사모님, 고맙습니다."

나는 3백만 원을 받아들며 머리 숙여 주인여자에게 인사를 했다.

"고맙기는요. 원래 김 선생님 돈인데요. 언젠가는 김 선생님 그림도 유명하게 될 날이 있겠죠. 나는 '정말' 그러길 바라거든요."

주인여자는 마음에도 없는 말을 하면서 정말에 강세를 주었다. 그리고 냉큼 나가버릴 수 없어 조금 서성이다가 손으로 담배 연기를 헤치며 계단을 재빠르게 올라가버렸다.

나는 여전히 예술가적 자존심이 시퍼렇게 살아 있고 주인여자가 남기고 간 '정말' 그러길 바란다는 말에 모욕감을 주체할 수가 없다.

주인여자가 정말이라고 강조한 건 정말 그런 일이 일어날까요? 라는 조소이기 때문이다. 언젠가 계모임 여자들을 모아놓고 '화가도 화가 나름이지'라고 하며 이미 싹수가 노랗다느니, 여자 등골 빼먹고 살아간다느니, 일찌감치 노동이라도 해서 먹고 살 생각을 해야지, 그림은 무슨 그림이냐고 입방아를 찧어댄 여자였다. 나의 존재를 다시 한 번 일깨워주고 간 집주인 여자를 향해 뭔가 악을 쓰고 싶지만 곧 풀이 꺾이고 만다. 주인여자 말대로 정말 내 그림을 누가 돈을 주고 사갈 것인지 집주인 여자보다 더 확신이 서질 않기 때문이다. 그것보다는 만약 아내가 지금이라도 불쑥 나타나준다면 3백만 원을 몽땅 손에 쥐어줄 것이란 간절함이 솟구쳐 오른다.

이것저것 어지럽게 널려 있는 책상 위에서는 탁상시계가 찰칵찰칵 소리를 내며 초침이 잘도 돌고 있다. 해가 졌는지 떴는지 알 수 없는데 시침이 7시를 가리킨다. 오전에 이사를 했으니 저녁 7시일 것이다. 나는 시장기를 느끼며 지상으로 나와 분식집을 이곳저곳 기웃거리다 칼국수로 저녁을 때웠다. 다시 지하로 내려와 침대에 몸을 뉘었다. 찬 기운이 찬물처럼 살 속으로 슬금슬금 젖어든다. 아내의 체취가 배어 있는 이불을 턱밑까지 끌어올려 덮고 눈을 감았다. 눈을 감자 흡사 무덤에 누운 것 같다. 지하실 특유의 음산한 기운이 목을 조인다. 벌떡 몸을 일으켜 세웠다.

차라리 그림을 그리겠다는 생각으로 캔버스에 붓을 댔다. 각종 물감을 아무런 구상도 없이 찍어 바른다. 문하생들이 그림을 배우러 오면 나는 이런 식으로 지도한다. 지금 머릿속에 문득 떠오른 것을 그려보라고 주문하는 것이다. 그런데 문화 생들은 단 한 사람도 솔직하지 못했다. 떠오른 것을 애써 무시하고(망신을 당할까 봐 염려하여) 억지로 그림을 만들어보려고 안간힘을 쓰는 것이었다. 물론 이해한다. 사람은 누구나 감추고 싶은 것이 있게 마련이고 그것을 본능적으로 감추고 싶기 때문이다. 내가 지금 그런 식이다. 억지로 뭔가를 만들어보려는데 되질 않는다. 이런 기분일 때 붓을 들면 언제나 그랬다. 그림은 내면의 거울이 아니던가. 나도 이해할 수 없는 어떤 것이 그림이 아닌 그림을 그리도록 끌고 다닌 것이다. 결국 오늘도 무질서하고 무분별한 색칠이 20호 화폭을 온통 범벅을 만들었다. 그림은 아무런 형태도 질서도 없이 어지럽다. 마치 햇살과 공기가 만나 만들어낸 스펙트럼처럼 다만 색들의 조합이 공기처럼 화폭을 떠나 허공에서 무엇인가를 만들고 있다. 무의식이 만들어낸 세계라는 걸 내가 모를 리 없다. 나는 이런 현상을 언제부턴가 두려워했다.

나는 이럴 때마다 '나는 누군가?' 하는 생각에 사로잡힌 경험을 하기 때문이다. 나에게 감추어져 있는 것, 실지로 나는 나를 감추어왔다. 사실 나는 누구일까? 라는 생각조차도 금기시하면서 철저하게 나를 은폐시켜왔던 것이다. 꼭 해결해야 할 무엇이 내게 있다는 것을 느낄 때마다 나는 미궁에 빠지면서 불안하고 두려웠다. 불안과

두려움을 피하는 길은 나를 외면하는 것이었다. 그렇게 살아온 서른
일곱 해, 얼굴 없는 나의 자화상을 오늘밤엔 이대로 견딜 수 없어 밖
으로 나오고 말았다.

밖은 저녁이 무르익어가고 있다. 삼삼오오든 또는 둘씩이든 사람
들 발걸음이 한가롭다. 나도 그들 틈에 섞여 걷다가 '수정'으로 향한
다. 술집이다. 가끔 찾는 집이었지만 마지막 아내가 나간 후로는 발
걸음을 하지 않았다. 말이 술집이지 내 나이 또래인 주인여자 혼자
안주를 만들고 술을 나르고 따르고 치우는 대여섯 평 남짓한 구멍가
게다. 목마른 기다림처럼 간판 불빛이 힘없이 깜빡거린다. 사막을
걷다 신기루를 만난 듯이 반갑다. 내가 들어서자 수정집 여자는 졸
다가 발딱 일어나 눈물을 흘릴 것처럼 반갑게 맞아준다. 나를 반갑
게 맞아준 사람이 있다는 것에 나도 감격한다. 왜 진작 이 여자를 찾
아오지 않았을까 하는 생각까지 들 정도로.

"세상에! 김 선생님, 왜 그 동안 꼼짝도 안 하셨어요? 얼굴 잊어버
릴 뻔했잖아요."

손님이 없어 졸고 있던 수정집 여자는 부수수한 얼굴로 호들갑을
떨어대고 나는 간절히 손님을 기다리는 그녀의 심정을 충분히 이해
한다. 여자는 내 뺨에 제 뺨을 비빌 것처럼 가까이 대고 원망하듯 말
하고는 내가 시킬 틈도 없이 알아서 기본 안주와 소주와 맥주를 내

왔다.

물처럼 흘러가는 시간. 여자와 함께 소주와 맥주를 섞어가며 마셨다. 소주병 두 개와 맥주병 세 개가 비워질 무렵 여자가 내 팔에 고개를 기댔다. 훅 스치는 입김에서 술 냄새가 물씬거린다. 그녀 입에서 나온 술 냄새가 마력처럼 나를 끌어당긴다. 누구나 혐오할 정도로 싫어하는 사람 속에서 나온 술 냄새. 옛날 같았으면 구역질이 올라왔을 것이다. 그런데 나는 그녀 위장에서 흘러나온 냄새가 사람 냄새라는 걸 처음으로 깨달으며 달게 받아 마신다. 하긴 인간이 마시고 뿜어내는 원소들 가운데는 수명이 무척 긴 것들이 있는데, 심지어 수만 년 동안 대기 속에 섞여 살면서 온갖 사람들의 몸속을 드나든다고 한다. 지금 나와 이 여자가 마시고 있는 공기 중에 한때 동굴에서 살았던 원시인의 폐 속을 드나들었던 것도 있고, 부처님 공자님 예수님의 코 속으로 들어갔다 나온 것도 있다는 것이다.

여자는 나보다 더 쓸쓸했었나 보다. 내 등이며 가슴을 쓸어내리는 그녀 손에서 낙엽이 바스러진 것 같은 쓸쓸한 소리가 느껴진다. 그녀는 결국 내 대퇴부에 손을 얹고 손가락을 움직였다. 나는 술기운보다 더 어지러움에 취해 여자 손을 더 깊이 끌어당긴다. 여자 손이 곧 사타구니를 더듬기 시작한다. 표류하던 배가 안전한 항구에 안착하듯이 나는 오늘 밤 이 여자 속으로 깊숙이 들어가버리고 싶다.

"이러면 나 오늘 밤 장사 못 하는데?"

"내가 줄게."

"또 그림으로 줄려구?"

"아니야."

"아니야?"

여자는 머리를 내 어깨에서 들어 올리며 반신반의한 표정으로 나를 빤히 바라본다. 생선 냄새를 맡은 고양이처럼 오랜만에 찾아온 나에게서 돈 냄새가 나는 것 같기도 하다는 표정이다.

"이번엔 현금으로 줄게."

"어머! 정말 그림이 팔리나 보네?"

여자는 술기가 확 달아난 얼굴로 손뼉을 한 번 딱 마주치며 상체를 흔들었다.

"그래, 드디어."

나는 거짓말을 하고 그녀는 후다닥 가게 문을 닫고 나와 함께 지하로 돌아왔다. 조금 전까지만 해도 무덤처럼 썰렁했던 지하가 그녀로 하여 냉기가 싹 사라졌다. 나는 지하 첫날밤을 술기운과 수정집 여자 기운으로 보내기 시작한다. 그나마 잘된 일이다. 여자가 상의를 훌렁 벗어던졌다. 깡마른 아내보다 유방이 탐스러워서 좋다. 손 안에 다 거머쥐지 못할 정도로 풍만한 그녀 젖무덤이 요람처럼 편안함을 준다. 그렇다고 아내와 비교하고 싶지는 않다. 그런데 죽은 혼령이 다른 여자와 잠자리를 방해하듯 자꾸 아내가 떠오른다.

　나는 이 시간만큼은 아내의 기억을 지우려고 여자의 꼿꼿해진 유두를 세게 깨물었다. 여자가 아야! 하고 비명을 지르며 몸서리를 쳤다. 여자의 아얏, 소리가 내가 기침을 했을 때처럼 지하를 울렸다. 여자의 소리는 내가 기침을 했을 때 짐승소리처럼 울린 것과 전혀 달랐다. 사람 소리로 울렸다. 아내들도 가끔은 아프다고 비명을 질렀다. 그러면 나는 재빨리 입을 떼고 혀끝으로 쓰다듬듯 애무해주곤 했었다. 그런데 지금은 여자의 비명 소리, 그러니까 이 삭막한 지하에서 사람다운 소리를 한 번 더 듣고 싶어 아까보다 더 세게 깨물었다. 여자가 몸서리를 치며 살살 해요! 라고 사정하듯 말했다. 여자는 아마도 내 작품이 팔렸다는 확신 때문에 인내할 수 있는 힘이 생긴 것이 틀림없다. 여자는 나보다 먼저 절정에 올라 거친 숨을 몰아쉬며 몸을 흔들어대지만 나는 좀처럼 사정을 하지 못한다. 대신 또다시 아내가 떠올랐다. 기분이 이러고서야 일이 될 리가 없다. 나는 이 순간만큼은 뭔가를 성취해보려고 열심히 노력했지만 밤새 쏟아낸 것은 땀뿐이었다.

　그 다음 날도 그 다음 날도 계속해 세 번 여자를 품고 요동치다가 결국 포기하고 말았다. 물이 고갈된 우물처럼 내 몸에서는 끝내 그것이 나오지 않았다. 아내로 가득 찬 뇌가 그것을 허락할 리가 없지만 정확하게 무엇이 그것을 방해하는지 알 수가 없었다. 나는 건물

주인여자에게 건네받은 3백만 원 중 3분의 1을 그녀 손에 쥐어주었다. 하룻밤에 30만 원씩 쳐서 90만 원에다 10만원은 보너스로 얹어주었다. 아내를 생각해서였다. 모르긴 해도 아내 역시 어디선가 살기 위해 몸부림치고 있을 것이기 때문이다.

감옥 같은 지하에서 이제부터 무얼 어떻게 해야 할지 알 수 없이 꼬박 하루를 지냈다. 다시 아무렇게나 색칠해놓은 그림을 바라보는데 코피가 손등 위로 뚝뚝 떨어졌다. 어려서도 코피는 자주 났었다. 엄마는 그럴 때마다 쑥을 뜯어와 코를 막아주며 너는 겉보기는 건강해 보여도 속이 허약하니 절대 무리를 하면 안 된다고 했었다. 여자와 3일간 무리를 한 것은 코피가 아니라 심장이 터져야 옳았다. 그런데도 코피 정도로 대신한 것은 다행인지 불행인지 모를 일이다. 코피를 흘리며 바라보는 캔버스는 더욱 어지럽게 흔들리기 시작하고 아내는 결코 돌아오지 않을 것이라는 생각이 뚜렷해진다. 나머지 2백만 원을 물끄러미 바라본다. 정말 아무 죄도 없이 주인여자를 거쳐 돈세탁이라도 하고 나온 것 같은 돈이 자신감을 준다. 두려움이 없어지면서 어디든 갈 수 있다는 용기가 솟구쳐 오른다. 지금까지 소나기처럼 겨우 시내 정도나 돌아다녔는데 이번엔 어디론가 장맛비처럼 다닐 수 있을 것 같다.

뒤죽박죽 쌓여 있는 짐 더미에서 낡은 가방을 꺼내 속을 열었다.

가방 속에는 신문지로 둘둘 말아놓은 자질구레한 것이 몇 개 들어 있다. 그것들을 꺼내고 대신 몇 가지 옷과 세면도구를 집어넣었다. 신문지에 싸인 것이 너절하게 벌어져 발에 걸린다. 발로 가볍게 옆으로 밀치려다 문득 신문지에 싸인 것이 엄마가 가장 아낀 물건이란 걸 기억한다. 그것을 풀었다. 겹겹이 말아놓은 신문을 마치 양파 껍질을 벗기듯 한참이나 벗겨냈더니 작은 나무 상자가 나왔다. 솜으로 가득 채워진 상자 안에서 손바닥 안에 들어올 만한 작은 아기 불상이 드러났다. 두 손을 가슴에 모은 입상 석불이다. 스탠드를 켜고 바짝 불빛에 갖다 대고 자세히 들여다보았다. 어려서 여러 번 본 것이었지만 새롭다는 느낌이 든다. 하긴 엄마가 내 곁을 떠난 지 18년차이고 보면 새로울 것이 당연하다. 엄마는 이사할 때마다 이것을 짐 속에 넣지 않고 품에 안고 차에 타곤 했었다. 엄마 입장에서야 소중한 물건이라 그렇다 치더라도 아직까지 내 삶 속에서 함께 살고 있다는 것이 이상하고 신기하다. 아기 불상은 보얀 아기 살결처럼 희고 결이 매끄럽다. 그보다도 미소가 너무 평화스럽다. 처음으로 불상에서 평화를 느낀다. 엄마도 그래서였을까.

엄마는 어린 내 손목을 붙잡고 사흘이 멀다 하고 불국사를 찾았다. 일주문을 지나 해탈교를 건너면서 "대찬아! 이 해탈교를 건너면 누구든지 해탈을 한다."라고 해탈을 전혀 이해할 수 없는 어린 나에게 말했지만 나는 높은 다리 밑으로 흐르는 물결을 바라보며 물속에서 헤엄치는 물고기가 몇 마린지를 헤아리기에 바빴다. 그러나 아기 불상의 평화스런 얼굴과 엄마는 너무 대조적이었다. 엄마는 늘 우울한 얼굴로 밥을 먹고 잠을 자고 나를 바라보고 멀리 하늘을 바라보았다. 그러면서 이 아기 불상을 가끔 꺼내 물끄러미 바라보며 눈물 같은 미소를 짓기도 했다. 내가 초등학교에 다닐 때 나는 아기 불상을 장난감으로 알고 친구를 사귈 목적으로 반 아이를 데리고 와 그 아이에게 준 적이 있었다. 그런데 때마침 외출에서 돌아온 엄마는 기겁을 하며 이건 함부로 누구에게 주거나 굴리면 안 되는 것이야, 이건 이 나라에서 제일 유명한 어른께서 만드셨고 그 누구도 다시는 만들 수 없는 거란다, 라고 하며 눈물을 뚝뚝 흘리는 것이었다. 그랬던 엄마는 아기 불상을 품고 과거와 현재를 버티다가 겨우 나이 마흔에 한강에 몸을 던졌던 것이다.

엄마는 내가 다섯 살 때 경주를 떠나 서울로 이사 온 후로 나에게서 고향 경주를 철저히 격리시켰다. 아예 내 머릿속에서 경주에 대한 기억을 뿌리째 뽑아버릴 것처럼 경주에 대해 금기시했다. 그러나 내 귀엔 늘 채석장의 돌 쪼는 정 소리가 들려왔고 마당 둘레를 빙 둘러 놓여 있는 불상이며 탑이며 비석들을 기억하고 있었다. 그리고 아버지란 사람도 아주 흐린 실루엣처럼 떠올랐다.

남들처럼 나에게도 아버지란 사람이 있었다. 엄마가 동정녀 마리아가 아닌 이상 그리고 내가 예수가 아닌 이상 내게 아버지가 있다는 것은 전혀 이상한 일이 아니다. 아버지! 하고 입 밖으로 불러본 기억이 전혀 없었고 한 집에서 밥을 먹어본 적이 없었고 잠을 자본 적이 없었다는 것뿐이다. 돌이켜보면 나는 엄마를 방치해버린 몹쓸 아들임에 틀림없다. 엄마가 고향을 입에 담지 못하게 했을 때 고향을 찾아가봤어야 옳았다. 왜 그렇게 고향을 금기시하는지를 알아봤더라면 그런 식으로 그렇게 빨리 죽지는 않았을지 모른다. 그렇다고 이제 와서 이 세상에 없는 엄마를 위해 무엇인가를 하고 싶거나 해야 한다는 의무감 같은 것은 없다. 다만 이제 나도 엄마처럼 내 삶의 무게를 감당하지 못해 죽고 싶도록 방황하고 있는 처지가 그런 생각을 갖게 한 것뿐이다. 그래서 새로 이사한 지하 공간을 빠져나가 무엇인가를 해야 한다는 생각이다. 그러니까 운동선수들이 본게임을 앞두고 준비운동을 하는 것처럼, 앞으로 이런 지하에서 엄마처럼 죽지 않고 삶을 계속 영위하려면 나에 대해 제대로 알 필요가 있다는 이야기다.

나는 아기 불상을 다시 상자에 넣어 신문지로 둘둘 말아 구석에 밀어 넣었다. 그리고 가방을 들쳐메고 몇 걸음을 옮기다가 다시 몸을 돌렸다. 뭔가 잊어버린 것이 있는 것 같아서다. 사실 이런 버릇은 시내에 책 한 권을 사러 가기 위해 집 밖으로 나갈 때도 늘 되풀이되는 것이고 쓸데없이 시간만 낭비하기 일쑤다. 그러나 오늘은 멀리 갈 수도 있다는 생각 때문인지 대충 그냥 나간다는 것이 쉽지 않다.

나는 무질서한 짐들을 눈길로 헤집다가 벽을 응시하다가 결국 아기 불상을 꺼내 바지 주머니에 넣고서야 지상으로 나왔다. 가을 햇살이 서울 거리에도 틈틈이 내린다. 햇살을 골라 밟으며 형기를 마치고 출감한 죄수처럼 그저 막연히 걸어간다.

무작정 앞만 보고 걸어가는 것도 나에겐 무척 익숙한 버릇이다. 그런 버릇 때문에 마지막 아내와 목적지를 향해 걸을 때도 무작정 걸어가는 것이었다. 아내는 그런 나를 향해 도대체 뭘, 누굴 찾아 헤매느냐고 집요하게 물었다. 아내는 내가 항상 뭔가를 찾고 있다고 했다. 그리고 그것이 혹시 전처들에 대한 미련인지를 의심하면서도 그것도 아니라는 듯 고개를 갸웃했다. 아내가 고개를 갸웃했던 것처럼 나도 내가 무얼 찾아 헤매는지 몰랐고 지금도 역시 모르긴 마찬가지다.

길을 가면서 주머니에 손을 넣고 손가락이 움직인 대로 아기 불상을 만져본다. 손가락은 아기 불상의 몸통을 더듬어 얼굴로 올라간다. 매끈한 이마와 코를 지나 입술을 만진다. 손끝의 느낌, 맹인의 손끝 언어가 이런 것일까? 아기 불상 입술이 말을 하는 것만 같다. 엄마와 불국사 그리고 경주에 있는 확실하지 않지만 내남리? 채석장을 언급하는 것만 같다. 불쑥 엄마와 나, 그리고 아버지란 사람에 대해 뭔가 알아야 한다는 생각이 엄습한다. 사실 대학에 들어가고부터 미치도록 궁금했었다. 나는 벌써 경주행 고속버스를 타기 위해 강남

고속버스터미널로 가고 있다.

 고속버스는 경부고속도로 80퍼센트를 달려 경주에 닿았다. 엄마의 절대 금기를 깨고, 정말 나는 30여 년의 단절을 불과 세 시간 만에 풀고 경주 땅에 선 것이다.

 "이렇게 간단한 것을!"

 내 입에서 한숨이 터져나왔다. 다섯 살인가에 떠났다가 서른일곱이란 나이에 발을 디딘 기분은 마치 오랜 세월 동안 이국땅에서 한 많은 망명 생활을 하다 돌아온 망명자 같기도 하다. 결코 낯설지 않은 기분으로 나는 관광객처럼 그리고 엄마의 혼백에 이끌리듯 불국사로 오른다. 기억은 쉴 새 없이 옛 필름을 풀어내고 나는 주위를 이리저리 두리번거리기에 바쁘다. 불국사란 현판을 단 일주문이 나를 반긴다. 엄마를 만난 것만 같다.

 나는 표를 사기 전에 먼저 일주문 앞에 우뚝 서서 현판을 바라본다. 엄마는 일주문 앞 '불국사' 현판 앞에서부터 옷매무새를 고치며 몸과 마음을 정돈하고 길게 심호흡을 내뿜은 다음에야 내 손목을 잡아끌고 경내로 들어갔었다. 나도 옷매무새를 바로잡기 위해 벌렁 열려 있는 점퍼 지퍼를 가슴께까지 올려 닫고 가방을 고쳐 멘 다음 입장한다. 일주문을 지나자 맨 처음 만나는 반야교 아래 연못에서 붉은 비단잉어 떼가 몰려다니고 있다. 때마침 초등학교 아이들이 옛날 내가 그랬던 것처럼 신기한 눈으로 바라보며 손가락질을 한다. 해탈교를 지나면 누구나 해탈을 할 수 있다고 하던 엄마는 해탈교를 건널 때도 신중했던 기억이 떠오른다. 나도 경망스럽거나 평소 막연하고 무의식한 태도로 걷듯이 건널 수가 없어 짧은 돌다리를 천천히 건넌다.

돌다리를 지나 아담한 뜰에 청량한 가을 햇살을 받고 있는 청운교와 백운교 앞에 섰다. 검은 이끼가 덮인 난간이 먼저 눈에 띈다. 검은 이끼는 또 얼마나 간절한 기다림을 나타낸 것인가. 나 역시 그림을 그릴 때 목숨 끊어지게 그리운 기다림을 검은색으로 나타내기를 좋아한다. 검은 이끼 낀 난간은 어쩌면 엄마의 슬픈 눈물 같기도 하다. 대웅전 뜰에 들어서서 다보탑과 석가탑을 만난다. 다보탑에는 돌사자 한 마리가 앉아 석가탑을 바라보고 있다. 다보탑은 석가 이전의 과거불을 나타내고 석가탑은 현세불인 석가여래를 나타낸다는 건 상식이다. 과거와 현재가 나란히 바라보고 있다는 것과 엄마가 겹친다. 엄마는 탑에 영혼이 살고 있다고 말해주면서 탑을 향해 쉼 없이 절을 했었다. 그럴 때마다 나는 지루하여 몸을 흔들거나 발끝으로 마당을 파며 엄마 손을 잡아끌려고 안간힘을 썼지만 엄마는 장승처럼 끄덕하지 않았다. 나는 엄마에 대한 온갖 상상을 안고 대웅전에 들어 엄마를 위해 절을 올린다. 엄마를 위해 처음으로 절을 올린 것이다.

관광객처럼 경주에서 3일간 머물고 나자 막상 할 일이 없어지고 말았다. 이제 무엇을 할까? 정말 무엇을 할까란 물음으로 30년 만에 온 고향이라는 길거리에 우뚝 서버리고 말았다. 하늘을 바라보았다. 높고 푸른 가을 하늘이 어렴풋이 엄마와 살았던 곳을 떠올려주었다. 그런데 경주의 '내남리 채석장'이 어딘지 알 수 없었다. 나는 망설이다 택시를 탔다. 그리고 내남리 채석장으로 가달라고 했다. 나이가 60대쯤으로 보인 기사가 의외라는 듯 내남리 채석장이라고 했는교? 하고 되물으며 차를 출발시켰다.

"지금은 옛날 같지 않아 웬만한 택시 기사는 모르는 곳이지럴."

기사는 손님에게 반말을 했지만 나이 탓일 거라고 이해했다.

"참 유명했는데 정 소리가 끊어진 지는 오래됐지. 다른 사람이 돌을 쪼는 모양이긴 해도 그건 아무것도 아이라. 우리 어릴 때는 전국에서 유명한 스님들이 쉬지 않고 찾아왔지럴. 그땐 밤낮없이 쩡그렁, 쩡그렁, 하는 정 소리가 내남리를 울렸는데 그만 그 유명한 석공이 처자식을 잃고 속병이 들어 미쳐서 집을 나가버렸다는 소문이 돌았지."

"미쳤다구요?"

나는 소리치듯 큰 소리로 물었다.

"글쎄, 우리 경주 사람은 마카 그리 알고 있지럴. 소문대로라면 석공 모친이 해도 너무한 기라."

"뭘요?"

나는 몸을 앞으로 당겨 기사에게 가까이 기울이면서 다급하게 물었다.

"석공 처가 얼라를 낳았는데 집에다 불을 질러 모자가 타죽었는지 살았는지 아무도 모른다는 소문이 떠돌았지. 아들이 쫀 불상이 자꾸 금이 가기 시작하자 여자와 얼라 때문에 부정을 타서 부처님이 노했다고 생각한 기라."

"부정을 탔다구요?"

"불상을 만든 석공들은 수도하는 스님이라고 봐야지럴. 불상을 쪼기 전 한 달 동안 기도에 들어가 준비를 하는 것부터 불상을 완성할 때까지 세상을 멀리해야 하거든. 여자와 잠자리를 해서도 안 되고, 사람이 태어나고 죽는 데도 가면 안 되고, 속으로 음욕을 품어서도 안 되고, 육고기나 부정한 음식을 먹어서도 안 되고, 누굴 미워하거나 음식을 탐해서도 안 되는데 이 중에 한 가지만 어겨도 불상이 금에 금이 가지예."

"기사님도 석공이셨나 보죠?"

"아이라. 우리 경주 사람들은 삼척동자도 그 정도는 다 알고 있지럴."

택시 기사가 나를 집도 없는 벌판에 내려놓고 손가락으로 저쪽이 옛날 그 채석장이요, 라고 일러주고는 왔던 길로 다시 차를 몰고 사라져버렸다. 차가 들어갈 수 없는 언덕길이 끝나는 곳에 낡은 슬레이트 건물이 보였다. 나는 긴장된 마음을 진정해가며 비좁고 경사진 길을 올랐다. 정 소리가 들리기 시작했다. 내 기억 속의 합창 같은 어울림이 아니었다. 택시 기사 말대로 누군가가 혼자 돌을 쪼는 외롭고 한적한 소리였다.

늙은 석공이 혼자 돌을 쪼고 있었다. 채석장은 말이 아니었다. 나는 무엇을 염탐하러 온 것 같은 별로 떳떳치 못한 태도로 채석장을 바라보았다. 못해도 70대 중반쯤으로 보이는 늙은 석공은 나를 몇 번인가 힐끔 쳐다보면서도 일손을 놓지 않았다. 석공은 땀이 눈으로 흘러들 때마다 목에 두른 수건을 당겨 눈을 닦아내냈다. 그럴 때 나와 눈길이 짧게 마주쳤다. 그뿐이었다. 석공은 내가 불상을 주문하러 온 손님이 아니라는 걸 한눈에 알아차린 눈치였다. 나는 석공 옆에 가까이 다가가 말을 붙여보고 싶은 충동을 참으며 정질을 하는 그의 손놀림을 몰래 훔쳐보았다. 해가 떨어질 때까지도 그는 말없이 일만 했고 나는 그렇게 서성이다가 왔던 길로 다시 내려왔다. 내려오다가 뒤돌아봤다. 석공이 내 뒷모습을 물끄러미 바라보고 있었다. 나는 다음 날 다시 채석장을 찾아갔다.

"누군교?"

늙은 석공은 따지듯 물었다. 단도직입적인 물음에 나는 무슨 말을 해야 할지 알 수 없었다. 석공은 내가 대답할 때까지 정을 들지 않았다.

"여긴 스님들이나 일 년에 한두 번 다녀가는 곳이지. 지금까지 젊은이 같은 사람이 찾아온 적이 한 번도 없었어. 찾아올 리가 없거든."

"그 어른을 아십니까?"

나도 모르게 나온 말이었다. 어쩐지 늙은 석공은 그 어른을 잘 알 것만 같았다.

"그 어른? 잘 알기만 해. 내가 열여덟 살부터 지금까지 이 자리에서 돌을 쪼고 있는데. 그 어른 밑에서 일을 배웠지."

석공은 나를 유심히 바라보기 시작했다. 그의 눈빛이 점점 예리해져갔다. 그러더니 긴 한숨을 퍼내며 물었다.

"성씨가 뭐교? 월성 김가 맞지럴?"

나는 월성 김가라는 성을 댈 필요가 없었다. 석공은 나에게 들으라는 식으로 혼잣말을 했다.

"어른은 예사 석공이 아니었는데 화룡점정을 찍지 못했어. 먼 옛날 다보탑을 만들고 아사녀를 잃어버린 아사달처럼 어른 목숨보다 더 소중하게 여기던 것을 잃어버렸거든."

"그게 뭐였죠?"

"처와 아들이었지."

"어떻게?"

나는 택시 기사에게 들은 말을 떠올리면서 다음 말을 기대했다.

"모친이 반대한 여자를 품어 아들을 낳았지. 그랬는데 그때부터 불상이 자꾸 금이 가더니 나중엔 눈에 칼날 같은 돌쪽이 튀어 한쪽 눈을 잃고 말았구만. 모든 게 여자와 아이 탓이라고 여긴 모친이 가만히 있을 리가 없었지. 여자에게 아이를 데리고 당장 죽든지, 아니면 경주 땅에서 없어지라고 했어. 그러다가 어느 날 여자와 아이가 사는 집에 불이 났는데 다행히 두 모자는 목숨만 건져 어디론가 도망가듯 경주를 떠났다는 소문이 났지만 그 뒤로 살았는지 죽었는지 알 수가 없었지럴."

"누가 불을 질렀죠?"

나는 이미 택시 기사로부터 들었지만 늙은 석공에게 직접 듣고 싶었다.

"사람들이 모두 모친이라고들 했지. 본 사람은 없었고."

"그럼 그 어른은?"

나는 벌써 숨이 헐떡이고 있었고 석공은 내 숨소리를 놓치지 않는 눈치였다. 석공은 뭔가를 잠시 생각하더니 마당 끝에 있는 불상을 가리켰다.

"저기 저 불상 보인교?"

마당 외진 곳에 불상 한 구가 덮개로 덮여 있었다. 석공은 자리에서 일어나 그 불상을 향해 걸어갔다. 나는 그의 뒤를 따랐다. 덮개를 벗겨내자 달덩이 같은 보안 불상이 드러났다. 등 뒤에 광배까지 받쳐진 좌불은 눈을 지그시 감고 두 손을 무릎 위에 모아 엄지손가락을 맞댄 선정인을 하고 있었다. 모처럼 햇살을 받은 불상 살빛이 눈이 부시도록 빛났다. 부지불식간에 내 입에서 아, 하는 감탄이 흘러나왔다. 서상에 대한 전문적인 지식은 없지만 명색이 회화에 목숨 걸고 전업 작가 생활을 해온 나는 미술적 감각은 충분했다.

"어른이 마지막으로 남긴 작품인데 사찰에 보낼 수가 없다고 했지. 아니 줄 수 없다고 했어."

"왜죠?"

"미완성이라고 고집을 부렸거든. 말도 안 되는 억지였지. 그런데 이게 왜 미완성인가는 아무도 알지 못했어. 그 어른 밖에는. 영이 뛰어난 스님들도 몰랐으니까. 불상에서 백호가 화룡점정인데 부처님 이마에 박힌 백호가 중심을 잡지 못했다고 우긴 거였지."

"화룡점정과 백호?"

나는 혼자 낮게 중얼거렸다.

"그러더니 어디론가 떠나면서 나중에 돌아와 그때 완성할 거라고 했는데 아직 소식이 없어. 소문으로는 아이를 찾아 헤맨다는 말도 있었지. 뒤에 생각해보니 그 아가 화룡점정이었어."

"그게 무슨 말씀이죠?"

"아이를 찾지 못하면 이 불상을 완성할 수 없다고 못을 박은 것이지."

나는 머리가 핑 도는 것을 숨기느라 심호흡을 몰래 퍼냈다.

"참, 그 일이 있고부터 어른은 아기 불상을 열심히 쪼았지럴. 삼천구를 쪼면 무슨 소원이든지 이루어진다는 말을 믿고. 늘 아기 불상을 손에 쥐고 이름을 불렀는데, 이름이 뭐였더라……."

석공은 이름을 기억하려 애쓴 눈치였다. 고개를 갸웃거리며 걸음을 옮겨 창고 같은 대청마루로 갔다. 낡은 대청마루 구석에 작은 진열장이 있고 아기 불상이 줄잡아 30여 구쯤 진열되어 있었다. 내 주머니 속에 들어 있는 것과 모양이 같았다.

"이 아기 불상들은 한 살부터 대여섯 살 먹은 아기 불상이라고 했지럴. 아이가 대여섯 살이 됐을 때 그리됐으이."

나는 손끝으로 주머니 속의 아기 불상을 더듬으며 마치 고대 어떤 유물에서 역사를 풀어내듯 비로소 나를 해석하기 시작했다. 석공은 아직도 해주고 싶은 이야기가 남았다는 표정이었다. 더 이상 들을 것도 없었다. 나는 발길을 돌려 마당 끝으로 걸어 나왔다. 손은 여전히 주머니 속 아기 불상에서 떨어지지 않았고 나에 대한 해석이 계속되었다.

새벽이 밝아오듯 점점 드러난 나의 정체성이 마치 신화 같아서 실감이 나지 않았다. 아기 불상을 쥔 손에 땀이 고였다. 나는 어서 채석장을 벗어나리라 생각하며 걸음을 재촉했다. 그때 등 뒤에서 석공의 말이 들려왔다.

"그때 아기 불상을 향해 '찬아!'라고 불렀지, 아마."

나는 못 들은 척하며 총총히 걸음을 옮겼다. 그런데 다시 그의 말이 발걸음을 붙잡았다.

"저 불상을 저대로 방치해두면 안 돼. 그 어른이 미룬 화룡점정을 찍어줘야지. 그래야 그 어른이 완성이 되는 거네."

나는 획, 몸을 돌렸다. 석공은 잘됐다는 표정으로 더 크게 말했다.

"이제 아들이 돌아왔으니 백호가 바로 선 것일세. 어른 대신 저 불상을 제자리로 보내줘야지. 불상이 있을 곳은 사찰 아닌가."

석공은 나를 그 어른의 아들로 믿어 의심치 않았다. 완벽한 확신이었다. 엄마가 이 세상에 없으니 지금까지 수수께끼 같았던 나의 신분에 대한 증인은 오로지 늙은 석공뿐이었다.

나는 다시 몸을 돌려 버스 터미널로 나와 서울로 가는 버스를 탔다. 시끄러운 엔진 소리와 사람들의 말소리가 뒤섞인 틈에 앉았다. 열려 있는 창으로 햇살이 들어왔다. 가을의 강한 스펙트럼이 버스 중앙을 가로질렀다. 무지갯빛을 띤 미세한 먼지가 강물처럼 흘렀다. 며칠 전에 막연히 그린 그림이 만들어낸, 나의 자화상으로 간주한 스펙트럼이 이것들과 합류했다. 나는 눈을 감아버렸다. 나와 엄마와 그 어른의 기구한 운명이 만들어낸 서글픈 무지개 색깔을 나는 눈을 감고 바라보았다. 내가 결국 경주를 찾아온 것처럼 궁극엔 모두 제자리를 찾아가게 마련일까?

늙은 석공이 당부한 대로, 그 어른이 보류해놓은 불상을 제자리로 보내주어야 할 의무가 나에게 있다는 것을 시인한다. 그렇게 할 것이다. 그러면 세 번째 아내도 새처럼 어디선가 사뿐 날아올지도 모를 일이다. 그녀 역시 내가 해결해야 할 백호처럼 언제 어디서나 내 가슴을 들쑤신 탓이다. 고속버스는 지금 서울을 향해 열심히 달리고 있다. 그런데 엄마가 내가 경주에 내려왔다는 사실을 알면 얼마나 놀랄까. 고속버스가 서울에 닿는 대로 한강으로 달려갈 생각이다.

에타니아

발바닥에 불이 날 지경으로 종종거리며 남편을 출근시키고 초등생 딸 민아는 학교에 보냈다. 고요해진 집 안, 이제부터는 엄마와 나의 하루가 시작된다. 오전엔 목욕시키기 중간 오후엔 운동시키기 사이사이 엄마 이야기 들어주기 등이 나와 엄마의 하루 일과다. 손윗동서들과 시누님들은 목욕이란 저녁을 먹고 나서 자기 전에 해야 잠을 잘 자는 법이라고 입버릇처럼 말하지만 대형기저귀를 채우더라도 밤에는 등까지 오줌이 젖어든 탓에 오줌독이 자칫 욕창의 원인이 된다는 사실을 전혀 모르고 하는 소리다.

오전 10시쯤 욕조에 물을 채우고 엄마를 들어앉힌 다음 나도 함께 들어앉아 물장난을 치기 시작한다. 올해 81세인 흐물흐물한 젖가슴을 만지면서 나는 애교를 부리고 엄마는 간지럽다며 몸을 움츠린다. 목욕은 엄마와 나에게 가장 힘든 일이므로 딴엔 재미있게 하려고 생각해낸 방법이다. 어깨가 제법 올라가도록 몸을 움츠리는 엄마는 꼭 철없는 아이 같고 나는 엄마의 엄마 같다. 문득 엄마가 내 딸이라는 생각이 든다. 정말 언제까지고 내 딸 민아를 키우듯 잘 보살펴드려야 한다고 오늘도 마음을 다지며 엄마가 좋아하는 칭찬을 해드린다.

"우리 엄마 춘향이보다 예쁘네! 아니 취교보다 더 예쁘다. 그런데 엄만 누구보다 더 예쁘면 좋겠어?"

"둘 다."

팔십이 넘어도 여자는 여자라는 말이 딱 들어맞는가 보다. 춘향이와 취교를 들먹거리기만 해도 입을 벙글거린 엄마는 언제나 둘 다 선택한다. 엄마는 젊어서부터 춘향전을 무척 좋아했다고 하셨다. 취교는 한국 춘향이와 비슷한 베트남 고전 취교전의 주인공 이름이다. 춘향이는 고난 끝에 사랑을 이루었지만 취교는 사랑을 잃고 기생이 되어 불행하게 살아가는 인물이다. 취교전을 열 번도 넘게 읽어드리고 어느 날 비디오를 보여 드렸더니 엄마는 너희 나라에도 춘향이가 있었구나, 라고 하시며 감탄했다.

춘향이와 취교보다 더 예쁘다는 칭찬에 기분이 좋아진 엄마를 민아를 씻길 때처럼 한 손으로 머리를 받치고 한 손으론 머리를 감기는 것으로 목욕을 끝냈다. 목욕을 마친 엄마 얼굴은 복사꽃처럼 발그레 붉어지고 내 몸에서는 땀이 비 오듯 쏟아진다. 형님들은 가만히 누워 있는 사람에게 할 일이 뭐가 있느냐고 한마디로 일축해버리지만 목욕시키는 일 말고도 하루에 수십 번씩 엄마를 눕히고 일으켜 앉히고를 하면서 내가 흘린 땀을 모으면 매일 오렌지주스용 페트병 서너 개 정도는 채우고도 남을 것이다. 그리고 하루 종일 종종거린 걸음을 늘어놓으면 민아가 다니는 초등학교 운동장 100바퀴쯤 돌리고도 남을 것이다.

방에 엄마를 뉘고 창문을 활짝 열어젖히자 마당 끝에 피어 있는 수수꽃다리 향기가 파도처럼 방 안으로 들이닥친다. 엄마가 무척 기분 좋게 웃으며 코를 킁킁거린다.

"무슨 꽃인지 맞춰봐?"

"수수꽃다리."

엄마는 기사회생을 한 사람처럼 봄부터 기억력이 놀랍도록 좋아졌고 가뭄에 비를 만난 풀잎처럼 표정과 말에도 생기가 돌기 시작했다. 건강했을 때와 별로 다르지 않아 나는 춤이라도 추고 싶은 마음으로 마당으로 나가 낭창하게 휘어진 수수꽃다리 한 가지를 뚝 꺾어다 병에 담아 엄마 옆에 놓아드렸다. 수수꽃다리는 우리 마을 맹하리 길목 어딜 가나 흔한 꽃나무이고 사람을 사로잡는 매혹적인 향기 때문에 누구나 좋아하기 마련이지만 엄마에게는 특별히 좋아하는 이유가 있다. 죽어버린 첫째 딸 정자를 수수꽃다리가 필 때 낳았다는 것 때문이다.

시간을 꼭 맞추듯이 초인종 소리가 요란하게 울린다. 읍내에 살고 있는 둘째 형님이 들른 것이다. 형님은 내 일과를 정확하게 알고 있는 탓인지 마치 현관에서 기다렸다 들어온 것처럼 언제나 엄마 목욕을 끝내고 나면 집 안으로 사뿐 들어선다.

"아휴, 라일락향기! TV에서 어느 박사가 그러는데 이게 소독하는 효과가 있다는 거야."

형님은 수수꽃다리 향기가 좋아서라기보다 엄마 냄새가 두려워 호들갑을 떠는 것이다. 올해 마흔세 살인 형님은 나보다 열세 살이 더 많은데도 나보다 열세 살이나 더 어려 보인다. 얼굴이 예쁘게도 생겼지만 온갖 정성을 들여 가꾸고 곱게 화장을 한 탓이기도 하다.

그래서 감히 비교조차 할 수 없음에도 나는 형님 가까이 앉거나 서는 실수를 하지 않으려고 무척 애를 쓴다. 손이야말로 배우들 뺨칠 정도로 곱다. '형수님 손끝에서는 음식 맛이 나올 것 같지가 않아. 꼭 춤추는 손 같거든.'이라고 입 무거운 남편이 감탄한 대로 가늘고 하얀 손가락 끝마다 붉거나 푸른 매니큐어가 반짝이는 손은 함부로 사용해서는 안 될 것만 같다. 그래서인지 형님은 엄마 기저귀에 손도 대지 않으려고 한다. 한 번도 대본 적이 없다. 하긴 엄마 속으로 낳은 딸들도 그러는데 며느리인 형님을 탓할 수도 없는 일이다.

"어머니, 민철이 에미라니까요."

"민철이 에미가 누구야."

감정이 예민한 엄마는 그런 형님이 달갑지 않아 모른 척하기 일쑤고 속도 모른 형님은 엄마를 향해 '민철이 에미'를 거듭 반복하기 일쑤다.

형식상 일주일에 두 번씩 들르는 형님은 엄마에게 할 말도 없고 할 일도 없어 빤히 아는 집 안을 이 구석 저 구석 두리번거리며 무료한 듯 예쁜 손을 깍지 끼고 앉아 손가락만 열심히 까딱거릴 뿐이다.

"커피 한 잔 줘."

앉아서 손만 까딱거리면 나를 도와주는 것인데 커피를 시킨다. 커피를 시켜도 좋은데 동서라는 호칭도 붙이는 법이 없다. 그건 큰형님도 마찬가지다. 그러나 나는 지금 그런 한가한 생각을 할 겨를이 없다. 나는 주문을 기다린 커피가게 종업원처럼 재빨리 커피를 타 형님 앞에 공손하게 받쳐드리고 다시 일을 시작한다. 나는 목욕한 뒤끝을 치우느라 왔다 갔다 분주하고 엄마는 눈으로 나를 따라다니면서 어서 곁에 와 앉기를 목마르게 기다린다.

보통은 목욕을 하고 나면 한 시간쯤 자고 난 후에 마치 꿈 이야기를 하듯이 이야기를 시작하는데 오늘은 잠도 자지 않은 채 이야기를 하고 싶은 모양이다. 그 속을 훤히 알고 있는 나는 하던 일을 그만두고 엄마 곁에 앉아 이야기를 유도해준다.

"팔 하나만 들려 있더라구요?"

"그래."

노래의 전주곡처럼 내가 먼저 말문을 터주고 엄마는 그 처절했던 과거사를 떠올리면서 어제 했던 말, 그저께 했던 말, 아니 매일매일 하는 말을 되풀이하기 시작한다.

"또 시작이네."

"어서 가!"

형님이 고개를 저으며 자리에서 발딱 일어나버리자 엄마가 형님을 향해 방해꾼을 쫓아내듯 어서 가라고 소리를 지른다.

"아휴, 정자, 정자, 그래요. 이쁜 막내며느리와 둘이서 해가 지도록, 입이 닳도록, 이야기 많이많이 하세요."

형님이 지겹다고 몸서리를 치면서 성큼성큼 마루로 걸어 나가자 형님 뒤를 향해 엄마가 팔걸이 대나무 베개를 집어던져버렸다. 정자를 기분 나쁘게 말하면 누구든 가리지 않고 역정을 낸 것이다. 대나무 베개가 마룻바닥에 떨어져 데굴데굴 구른 소리가 요란한데도 형님은 눈썹 하나 까딱하지 않고 유유히 현관문을 열고 바람처럼 사라져버렸다.

사실 엄마의 과거사 이야기에 둘째 형님만 지겨워한 건 아니다. 서울에 살고 있는 세 명의 딸들도 고개를 흔들기는 마찬가지다. 가끔 엄마를 보러 내려올 때도 엄마 입에서 '우리 정자'라는 말이 나오기가 무섭게 "바빠서 어서 가봐야겠네."라고 하며 도망치듯 방을 나가버리거나 다른 말로 말을 막아버린다. 서울 큰아들이나 읍내 둘째 아들이나 그리고 함께 사는 막내아들인 내 남편도 듣기 싫어하기는 마찬가지다.

내 남편은 한집에서 살고 있으므로 더 지겨워한 편이지만 입이 무거워 함부로 말을 입 밖에 내지 않을 뿐이다. 남편은 가끔 하루 이틀도 아니고 밤낮 어떻게 엄마 이야기를 꼬박꼬박 다 들어주느냐며 나를 이해할 수 없다고 고개를 젓기도 한다. 나는 그때마다 당신들은 몰라요, 내가 왜 엄마 이야기에 눈물을 흘리며 귀를 기울이는지를, 이라고 속으로 독백할 뿐이다.

"우리 정자 오른팔만 내 손에 잡혀 있었다."

엄마는 마치 현실인 것처럼 휴, 휴, 한숨을 퍼내면서 벌써 눈시울이 붉게 젖어 있다.

한국전쟁 때 다섯 살짜리 정자를 잃어버린 슬픈 이야기다. 엄마는 자식 열 명을 낳았고 그중 네 명이 죽었다고 했다. 첫 자식인 정자는 전쟁 통에, 둘은 홍역으로 하나는 원인 모를 병으로 잃었는데 엄마는 온통 정자 이야기다. 의사 선생님 말로는 충격이 너무 컸던 탓이라고 한다.

전쟁이 나자 양손에 첫째와 둘째 손목을 붙잡고 갓난아이는 등에 업고 머리에는 보따리를 이고 피난을 가는데 갑자기 비행기 폭격이 떨어져 정신없이 어디론가 도망을 쳤다고 한다. 그리고 한참 후에 정신을 차리고 '정자야! 명자야!' 하고 아이들을 찾아보았더니 네 살짜리 작은딸 명자는 치맛자락을 꼭 움켜쥐고 옆에 붙어 있는데 큰딸 정자가 보이지 않았고, 대신 엄마 손에 정자의 팔 하나만 달랑 들려 있더란 것이다.

나는 그 대목을 처음 들었을 때 전율했다. 전율한 채 눈물도 흘리지 못했다. 내 고향 베트남도 30년이란 긴 세월 동안 전쟁을 치르면서 온갖 슬픔이 만들어졌고 엄마처럼 베트남 사람들도 거의 집집마다 한두 명씩 가족을 잃은 슬픔을 안고 살아가지만 솔직히 그렇게 전율한 적은 없었다.

"정자에게도 꼭 너만 한 딸이 있을 거다."

내가 올해 서른 살이고 한국전쟁이 1950년에 났으므로 정자라는 시누이가 살아 있다면 나만한 딸을 두었을 거란 말이다.

엄마는 아직도 정자가 어딘가에 꼭 살아 있다고 믿고 있다. 쓰러지기 전 어느 날 읍내 장에 갔다가 팔이 하나 없는 여자를 본 적이 있었는데 그 여자를 쫓아가 물어보지 못한 것이 한이 맺히고 말았다. 꼭 정자일 것만 같아서 장에 갈 때마다 그 여자를 기다렸지만 다시는 나타나지 않더란다. 자식들이 이구동성으로 전쟁 통에 죽은 사람이 부지기순데 정자도 폭격을 맞아 죽었으니 제발 잊으라고 하면 엄마는 울부짖으며 화를 냈다. 날이 갈수록 그 팔 없는 여자는 틀림없는 정자가 되어버렸고 엄마는 그 여자를 찾겠다고 장터를 헤매다 어느 날 쓰러지면서 한쪽 수족을 못 쓰게 되고 말았다.

자리에 누운 엄마는 전혀 딴 사람이 되어가기 시작했다. 심장박동이 빨라지고 몸이 떨리고 가슴이 퉁탕거리면서 숨이 막힌다고 호소했다. 의사 선생님은 자칫 질식할 수도 있으니 밤에도 잘 살펴야 하고 언제나 눈을 떼서는 안 된다고 일렀다. 중풍에다 지난날 충격된 것들이 다시 재생되는 상실로 인한 이별 불안증이 불러 온 공황장애에다 초기 치매 증상까지 겹쳤다고 했다. 엄마는 하루에도 몇 번씩 읍내에서 본 그 여자를 찾아오라고 졸라대면서 살인적인 시집살이부터 시작해 숨 막힌 과거사를 늘어놓기 시작했다.

에타니아   71

그런데 오늘은 정자 이야기만 했다. '휴!' 하고 심호흡을 퍼내는 엄마 이마에 땀이 송글송글 맺혀 있다. 이야기를 한참 하고 나면 운동을 한 것처럼 땀을 흘린 탓이다.

"그만 눕자."

베개를 바로잡으며 엄마를 눕게 하려고 하자 엄마는 다른 날과 달리 누울 생각을 하지 않고 꼭 할 말이 있는 것처럼 나를 바라보신다.

"엄마, 왜 그래?"

나는 고개를 갸웃거리며 다시 엄마를 뉘려 하고 엄마는 요 밑으로 손을 넣어 무언가를 꺼내 들었다. 붉은 비단 주머니였다.

"그게 뭔데?"

"이젠 귀옥이 니 거다."

엄마는 붉은 비단 주머니를 내 가슴에 꼭 안겨주었다. 나는 조심스럽게 주머니 끈을 풀어 안을 들여다보았다. 굵은 금가락지 한 쌍과 금팔찌가 들어 있다.

"금가락지는 내가 시집올 때 받은 것이고, 팔찌는 정자에게 주려고 해둔 것이다."

"그런데 왜 저에게 주세요?"

"니가 정자다. 그년들에게는 말하면 안 된다. 절대로."

시누님들과 형님들에게 비밀로 하란 당부였다.

"아시면 모두들 섭섭해하세요."

"내 맘이다."

나는 한사코 마다하며 주머니를 다시 엄마에게 드렸지만 엄마는 막무가내로 나에게 맡겨버렸다. 나는 갑작스런 일에 떨리는 마음으로 거룩한 것을 바라보듯 비단 주머니를 바라보았다. 엄마가 자리에 눕고부터 가끔 시누님들이 내려올 때면 장롱을 열심히 뒤졌는데 엄마는 벌써 그럴 줄 알고 미리 깔고 있는 요 밑에다 숨겨둔 모양이었다.

"고년들이 내가 깔고 누운 요에 손도 댈 생각을 안 했으니 이게 살아남은 거다."

엄마는 시누님들을 속인 것을 재밌어하는 것처럼 씽긋 웃었다. 정말 시누님들은 냄새가 손에 묻기라도 할까 봐 엄마가 깔고 누운 요에조차도 손을 대지 않았다. 아무튼 비단 주머니를 받아든 나는 '니가 정자다.'라는 말이 가슴에 턱 걸렸다. 그렇다면 이제 정자를 포기했다는 것 같기도 한데 그것이 나쁜 것인지 좋은 것인지 알 수 없기 때문이었다.

비단 주머니를 나에게 맡겨버린 엄마는 비로소 편안하게 잠이 들었다. 잠든 엄마를 물끄러미 바라보며 나는 여러 가지 생각에 잠겼다. 동네 사람들이 했던 말이 떠올랐다. 동네 사람이 힘들지 않느냐고 넌지시 물어본 적이 있었다. 그분들 말대로 힘으로 엄마를 돌보자면 너무 힘든 일이 아닐 수 없었다. 쓰러졌을 때 꼬박 3년 동안 병원 생활을 하면서 나는 집에서 단 하루도 잠을 자본 적이 없었다. 남편 품에도 안겨본 적이 없었다. 내 딸 민아를 위해 맛있는 반찬을 만들어주지도 못했다.

그렇더라도 가끔 동네 사람들이 문병을 와서는 딸들이 세 명이나 되고 며느리가 둘이나 더 있는데 너무들 한다고 혀를 찰 때마다 나는 그런 말이 죽도록 듣기 싫었다. 그래서 나도 모르게 '엄마는 내 차지예요. 나 외엔 아무도 손 못 대요.'라고 단호히 말한 적이 있었다. 그랬더니 사람들은 내가 천사라는 둥 자식이 아무리 많으면 뭘 하느냐는 둥 함께 살면서 아플 때 돌봐주는 것이 자식이라고 하면서 여주 땅 맹하리에 효부가 났다고 야단이었다.

엄마를 돌보는 일이 행복하고 기쁜 것은 사람들 말대로 내가 천사 같아서가 아니었다. 내가 시집온 첫날부터 시누님들과 형님들을 향해 '어리광을 부려도 쌀 나이에 부모 형제를 떠나 천리만리 이국땅으로 시집을 왔으니 겹겹이 감싸주고 막아주어도 어찌 안쓰럽지 않겠느냐.'라는 한탄 같은 엄마의 말이 내 가슴속에서 뜨거운 꽃불로 타고 있기 때문이었다.

10년 전, 베트남에서 남편과 선본 지 불과 일주일 만에 결혼식을 올리고 갓 스물의 어린 나이로 남편을 따라 한국이라는 낯선 나라에 왔을 때 그 두려움을 무어라 말해야 할까……. 대여섯 살 꼬맹이 때 엄마 손을 잡고 거리에 나갔다가 엄마 손을 놓쳐버리고 어딘가를 헤맨 적이 있었는데 딱 그런 불안이었다. 울음이 목구멍까지 차올라 터질 것만 같았고 밤이면 나보다 열두 살이나 위인 남편이 두렵고 결코 호의적이지 않는 시누님들과 형님들이 두려운데 남편처럼 키가 자그마하신 엄마는 단번에 따뜻하고 선한 얼굴로 나에게 다가오셨다.

나를 맞아들이던 날, 엄마는 한 손으론 내 손을 꼭 쥐시고 한 손으로는 엄마 가슴을 투덕투덕 치면서 '이제부터 내가 니 엄마다. 나를 엄마라고 불러라.'라고 하셨다. 당장 내 이름도 고치자고 했다. 본래 내 이름 '에타니아'는 애가 타는 것같이 들린다면서 귀하다는 뜻으로 '귀옥'이라는 이름을 지어주셨다.

엄마와 나는 재미있게 농사일을 했다. 함께 채소를 가꾸면서 엄마는 한국말을 가르쳐주셨고 나는 베트남 말을 가르쳐드렸다. 무는 꾸까이, 배추는 밤까이, 파는 꺼아하인, 양파는 꾸하인, 이라고 말을 교환하여 배우면서 엄마는 무와 배추는 까이가 들어가고 양파와 파는 하인이 들어가는구나, 라고 하시며 재미있어하셨다. 그 외에도 마늘은 또이, 고추는 얼, 생강은 긍, 당근은 까졸, 이라고 계속 가르쳐주고 배우기를 했다. 요즈음에도 엄마는 어서 껌(밥) 먹자, 라고 하시면서 밥을 달라하시고 밥을 먹다가 국이 싱거우면 느억맘, 이라고 하며 나를 쳐다보신다. 간장을 가져오란 뜻이다.

엄마 말대로 우리는 전생에 친구였는지도 모른다는 생각이 들었다. 엄마는 꼭꼭 탁주를 드시는데 그때마다 나에게도 사발 가득 따라주시는 바람에 술친구까지 되고 말았다. 엄마는 곧잘 술을 취하도록 마시면서 나에게도 취하도록 마시게 해놓고 귀옥아, 너와 나는 아무래도 전생에 친구였던 것 같구나, 그러니 니 설움 내 설움을 몽땅 털어내어 이 땅속에다 꼭꼭 묻어버리자, 리고 하시면서 아리랑을 불렀다. 베트남 아리랑 까이릉도 슬프지만 한국의 아리랑이 더 슬펐다.

밭일을 함께 하지만 그건 어디까지나 친구를 삼자는 생각이셨던지 엄마는 밭일이든 집안일이든 힘든 일은 어김없이 나를 뒷전으로 밀어냈다. 한국 속담에 봄볕에는 며느리를 내놓고 가을볕에는 딸을 내놓는다는데 엄마는 그 반대였다. 일이 많은 명절이나 제사 음식을 장만할 때야말로 결사적으로 나를 감싸고돌았다. 귀옥아, 일은 쉬엄쉬엄 하는 것이 잘 하는 거란다, 라고 하신 것만 해도 몸둘 바를 모르겠는데 추운 겨울엔 나에게는 마루에 앉아 전을 부치게 하고 엄마가 찬물에 나물거리를 씻으면서 늙은이는 하루만 일을 안 해도 뼈가 굳어버린다며 핑계를 대셨다.

당연히 시누님들과 형님들은 무슨 공주님을 모셔왔느냐고 못마땅해했다. 정말 엄마는 종종 시누님들과 형님들로부터 도대체 우리 집 상전이 누구냐는 핀잔을 면치 못하시고 그때마다 '저 어린 것이 안쓰럽지도 않느냐?'고 반문하셨다. 그래도 계속 시누님들이 툴툴거리면

'그 나라나 이 나라나 거기서 거기다. 이 비좁은 세상에서 그리 말아라! 백년도 못 살고 가는 인생인데 그리 말아라!'라고 애원하듯 당부하셨다.

시누님들은 돈 때문에도 무척 속상해하며 노골적으로 불만을 털어놨다. 내 남편이 155센티도 채 안 된 키에 체격이 왜소하다 하더라도 초급대학까지 나왔고 당당하게 직업이 있는데 거금 천여만 원이나 들여 여자를 데려왔으면 됐지, 우리 친정으로 왜 자꾸 돈을 부쳐 주느냐는 것이었다. 맞는 말이었다. 구멍가게지만 남편은 읍내에서 인쇄업을 하니 밥 굶을 일은 없고 키는 작지만 건강하고 성격은 덮어놓고 착해서 신경 쓸 일이 전혀 없기 때문이다.

그런데다 엄마는 농사지은 채소를 팔아 푼푼이 쥐어주시면서 베트남 친정에 보내라고 했다. 나는 물론 한사코 받지 않으려고 몸부림쳤다. 그럴 때면 엄마는 내 등을 찰싹 때리면서 '이것아, 여자는 친정 걱정이 없어야 신관이 편한 법이야. 그리고 니 손으로 농사지은 품삯인데 누가 뭐라고 해.'라고 하며 막무가내였다. 결국 눈치챈 시누님들이 나에게 자꾸 돈을 주면 다시는 용돈을 안 주겠다고 으름장을 놓았지만 소용없는 일이었다. 시누님들이 걱정한 대로 아들딸들이 보내준 용돈 대부분도 나에게로 흘러 들어왔고 그것은 모두 베트남 친정으로 부쳐졌다. 그러므로 나는 어떤 경우에도 시누님들과 두 아주버님과 형님들을 섭섭하게 생각해서는 안 되는데 엄마의 슬픈 과거사 이야기를 듣기 싫어하거나 엄마 기저귀에 손도 대지 않으려고 하는 것을 볼 때면 나도 모르게 섭섭해지고 만 것이다.

오늘도 어제처럼 해가 지고 엄마는 이상하리만큼 다른 날과 달리 평온하게 밤을 맞았다. 나는 엄마를 감시하기 위해 밤마다 엄마 곁에서 잠을 자야 한다. 갑자기 질식할 염려가 있어 잠을 잘 때도 살펴야 한다는 의사 선생님 당부도 당부지만 밤중이든 새벽이든 느닷없이 일어나 정자를 찾아야 한다고 밖으로 나가려고 한 탓이다. 평소대로 엄마 곁에 누워 엄마를 다독거린다. 밤새도록 아기를 재우듯이 엄마 가슴에 손을 얹고 다독여드리다가 엄마가 잠이 들면 나도 잠에 빠진다. 그렇더라도 내 손은 계속 움직인다는 것이다. 남편은 종종 그런 나를 목격하기 마련이다. 남편은 한밤중 살금살금 안방으로 들어와 엄마가 충분히 잠든 것 같으면 내 손목을 잡아끌고 우리 방으로 들어가 품어 안고 도둑질을 하듯 번개같이 일을 끝내곤 한다. 나도 여자이고 한 남자의 아내인 탓에 남편 품에 안겨 잠들고 싶은 생각은 언제나 간절하지만 남편 품에 안겨 있는 동안 엄마 걱정으로 불안하기 짝이 없어 일을 치를 때마다 빨리 끝내기를 채근하기에 바쁘다.

그래서 엄마가 자리에 누워 있는 7년 동안 나는 밤이면 엄마와 남편 사이에서 양쪽 방을 왔다 갔다 하는 것이 어쩌면 더 힘들었는지도 모른다. 한번은 남편이 막 사정을 하려는데 '정자야!' 하는 소리가 내 심장을 흔들었다. 나는 반사적으로 남편을 팽개치고 안방으로 뛰어가 눈가에 눈물이 고여 있는 엄마를 안고 겨우 달래어 잠들게 했다. 한편으로는 사정없이 팽개쳐버린 남편이 마음에 걸려 살그머니 일어나 다시 남편에게 갔더니 남편은 머리에 손을 얹고 자는지 마는지 꼼짝하지 않았다. 안됐다는 생각이 들어 손을 내려주고 흘러내린 이불을 덮어주려고 하자 남편이 내 손을 홱 뿌리치는 것이다.

"그럼 어떻게 해요. 엄마가 깼는데."

"그래도 그렇지. 그 순간이 어떤 건 줄 알아?"

"어떤 건데요?"

"천하와도 바꿀까 말까 하는 순간이라구."

"엄마보다 더 중요하단 말인가요?"

"일 분만 참아주었으면 됐잖아."

"우린 살아가면서 하고 또 할 건데 그렇게까지 억울해하다니요."

"그 순간은 그 순간이 전부야. 다음은 다음일 뿐이라구."

"난 도무지 이해를 못 하겠어요."

"휴! 견우와 직녀가 따로 없지."

그 후부터 나는 남편과 되도록 자주 만나려고 애쓰고 요즘 들어서는 무척 자주 만난 편이다.

한밤중, 최근 들어 밤마다 만나는 것에 재미를 붙인 남편이 엄마

방으로 들어와 잠을 잘 자는 엄마를 확인하며 나를 또 이끌어냈다. 이젠 남편도 요령이 생겨 일을 끝낼 동안 엄마 방문을 살그머니 잠가둔다. 잠깐이라지만 엄마 혼자 있는 방을 잠가둔다는 것이 마음에 걸리기는 마찬가지다. 그래서 나는 평소처럼 빨리 끝내야 한다는 당부를 잊지 않았고 남편도 꼭 그러마고 약속을 했다.

남편은 어젯밤처럼 그저께 밤처럼 행복하게 나를 끌어안았다. 나는 여전히 불안 초조해서 남편이 어서 끝내주기를 바라면서도 남편 품에 안겨 있는 순간이 일 년에 단 한 번 만난다는 견우와 직녀처럼 끝없이 행복하기만 하다. 꽁꽁 뭉친 몸과 마음의 긴장이 봄눈 녹듯 확 풀려버린 평화를 맛본다. 꽃밭을 거닐며 꽃향기에 취한 것처럼 끝없는 평온에 빠져들어 이대로 오래오래 있고 싶은 욕망이 머리를 쳐든다. 남편도 처음 시작할 때는 철석같이 약속했지만 약속을 지킬 것 같지가 않다.

"엄마 깨요."

나는 결국 조급증에 독촉을 하고 말았다.

"아무 말도 하지 말라고 했지, 이 순간엔."

남편을 사정없이 밀쳐냈던 그날 이후 다시는 함부로 밀쳐내지 않기로 마음먹었던 일을 생각하며 나는 남편이 하는 대로 그냥 두기로 했다. 시간이 다른 날보다 꽤 흐른 후에야 남편은 다른 때보다 매우 만족하게 끙! 하고 마지막 힘을 주고는 내 위에 납작 엎드렸다. 남편이 무척 흡족해하자 나도 만족한 기분으로 엄마 방으로 돌아왔다. 그런데 아니나 다를까 엄마가 잠에서 깨어 있었다. 깨어 있으면서도 꼼짝하지 않고 얌전하게 누워 있었다.

"엄마, 깼어?"

남편과의 일을 들켜버린 것 같아 부끄럽고 죄송한 심정으로 물었다.

"귀옥아, 우리 정자를 찾았다. 어린 것이 타박타박 찾아와서는 내 품에 안기며 '엄마 이제 나하고 함께 사는 거지?'라고 하더구나."

꿈을 꾼 모양이었다. 유난히 차분한 말에 나는 깜짝 놀랐지만 가끔 그런 꿈을 꾸었으므로 별다른 생각 없이 엄마, 더 자. 그래야 또 꿈에서 정자를 만나지, 하면서 다독거렸다.

"귀옥아, 아리랑을 불러봐."

"이 시간에 아리랑을?"

시계는 새벽 2시를 가리키고 있었다. 한국의 민요 경기아리랑은 엄마가 나에게 가르쳐주었고 베트남의 민요 까이릉은 내가 엄마에게 가르쳐준 노래였다. 그런데 밤중도 넘은 시간에 아리랑을 불러달라는 것은 처음 있는 일이었다. 엄마는 벌써 노래를 들을 양으로 지그시 눈을 감고 있었다.

나는 맹세코 처음으로 귀찮은 생각이 들었다. 그래서 엄마를 다독이며 낮은 목소리로 나로서는 부르기 쉬운 베트남의 아리랑 까이릉을 절반만 부르고 말았다. 노래를 그치자 아리랑은? 하고 물었지만 엄마는 다시 착한 아이처럼 고이 잠이 들고 말았다. 나도 한밤중 남편과의 만남 탓도 있어 깊은 잠에 빠졌다.

오랜만에 엄마도 더 이상 깨지 않고 나도 잘 자고 날이 밝았다. 평소보다 늦게 잠에서 깨어났다. 언제나 잠에서 깨면 가장 먼저 하는 일이 엄마가 아직까지 잘 자고 있는지 소변을 쌌는지를 확인하는 것인데 엄마는 아직 평화스럽게 자고 있었다. 그런데 이상했다. 소변은 흠뻑 싸놓았지만 미동이 없었다. 가슴에 귀를 대보았다. 가슴이 뛰는 소리가 들리지 않고 코와 입에서도 기척이 없었다. 머리끝이 파르르 떨리면서 정신이 번쩍 들었다. 엄마! 하고 흔들어 깨웠지만 여전히 꼼짝하지 않았다. 전신에서 맥이 탁 풀려버린 채 남편과 만남 때문에 지난 밤 엄마와 마지막 시간을 낭비해버린 것이 후회가 되었다. 아리랑 대신 까이룽을 절반만 불렀던 것이 더 후회가 되었다. 아리랑은? 이라고 물었던 엄마의 마지막 간절함이 가슴을 톱질하기 시작했다.

병원생활에 질려버린 엄마가 생전에 바란 대로 집에서 장례를 치르기로 했다. 멀리서 가까이서 친척들이 속속 도착하기 시작하고 동네 사람들도 문상을 오기 시작했다.

"자는 잠에 가셨으니 복이 많은 노인이야."

"그렇고말고."

엄마가 연세가 많고 7년 동안 누워 있었다는 이유로 친척들이나 동네 사람들이 별로 슬퍼하지 않았다. 세 명의 시누님들이 잠시 눈물을 흘리고는 그만두고 말았다. 세 아들과 두 며느리들은 눈물을 거의 보이지 않았다. 슬피 우는 건 나 혼자였는데 형님들 때문에 나도 너무 오래 울 수는 없었다.

다음 날 염이 시작되었다. 동네 어른들 몇 분이 염을 하면서 여자이니 옷은 여자가 입혀야 한다고 했다. 시누님들과 두 형님이 서로 눈치를 보면서 나서지 않았다. 나는 서둘러 옷을 집어 들었다. 엄마를 덮어놓은 하얀 천을 걷어내고 어른들이 시킨 대로 향탕수로 몸을 닦았다. 매일 함께 목욕을 하면서 만져보았던 엄마 몸은 더 이상 흐물흐물하지 않았다. 잠을 자듯 고요한 얼굴을 마지막으로 닦으며 엄마를 치장하여 어딘가로 여행을 보내드리는 심정으로 엄마를 꾸미기 시작했다.

등 밑으로 명주저고리를 펼쳐 넣고 장작개비 같은 차렷 자세의 양팔에 소매를 동시에 끼워 넣어 입히고는 민아를 키울 때처럼 바람이 들지 않도록 앞섶을 꼼꼼히 여며드렸다. 엷은 옥색 명주 속바지를 입히고 미색 명주 겉치마를 입히고 마지막으로 삼베 두루마기를 정성껏 입혀드렸다. 발에는 커다란 삼베 꽃버선을 신겨드리고 머리는 곱게 빗겨 버들가지 비녀를 꽂아드렸다. 그리고 마지막으로 손톱 발톱을 잘라 붉은 주머니에 넣어 선물을 드리듯 품에 고이 안겨드렸다.

"갈 때도 니가 입혀준 옷을 입고 가니 좋아할 거다."

엄마 동생 되시는 시이모님이 나를 향해 나직이 말했다. 잘 차려입은 엄마를 태운 꽃상여가 동네 사거리의 수수꽃다리 그늘 아래서 마지막 노제를 지내고 정자의 한쪽 팔이 묻혀 있는 선산으로 날듯이 떠나가셨다.

삼우제를 지내고 형제들이 모여 있는 방에서 나는 6남매 중 가장 맏이인 명자 시누님 앞에 비단 주머니를 내놓았다. 엄마가 아무도 몰래 나에게 주셨지만 또 발설하지 말 것을 당부했지만 그렇게 하는 것이 도리라고 생각했다.

"이게 뭐야?"

명자 시누님이 의아한 눈으로 나를 바라보며 물었다.

"엄마가 주셨어요."

"이거 엄마가 시집올 때 받은 금가락지잖아! 그리고 팔찌는 못 보던 것인데?"

명자 시누님이 의아한 눈으로 나를 바라보았다.

"어, 이런 게 있었어?"

"요새 금값이 얼만데!"

둘째 셋째 시누이들이 뜻밖의 금가락지와 팔찌를 만져보며 반가움을 감추지 못했다.

"그런데 어머니가 이걸 민아 엄마에게 준 거란 말이야?"

읍내 둘째 형님이 날카로운 목소리로 나를 향해 물었다.

"예—에"

나는 죄를 지은 사람처럼 붉어진 얼굴로 겨우 대답했다.

"하, 말도 안 돼. 이걸 민아 엄마에게 주는 법이 어딨어?"

이번엔 서울 첫째 형님이 사람들을 둘러보며 어처구니가 없다는 심정으로 헛웃음을 웃었다. 헛웃음 위로 맏며느리인 자기를 놔두고 나에게 줬다는 것이 억울하다는 표정까지 겹쳤다.

"엄마가 자기에게 준 건데 왜 내놓는 거야."

옆에서 잠자코 듣고 있던 남편이 나섰다.

"동준이 너 그러면 못써. 이건 엄마 유물이란 걸 알아야지. 엄마가 어디 온전한 정신이었니?"

명자 시누님이 남편을 흘기며 나무랐다.

"맞아, 엄마가 옳은 정신이었다면 우리에게 말도 없이 이걸 민아 엄마에게 줬겠어?"

둘째 셋째 시누님들이 맞장구를 치고 나섰다.

나는 비단 주머니를 그대로 놓아둔 채 슬그머니 자리를 뜨고 말았다. 남편이 쫓아 나와 바보같이 왜 주머니를 호랑이들 입에 덜컥 물려주고 나오느냐며 화를 냈다. 그러더니 방으로 급히 돌아가 주머니를 냉큼 집어 들고 나와버리고 말았다. 큰형님이 삼촌, 그런 게 아니에요, 라고 소리치며 쫓아 나와 남편 손에서 주머니를 빼앗을 듯이 마주섰다. 나는 남편을 흔들며 '어서 드리세요.'라는 말을 애타게 반복했다. 그러자 남편이 다시 방으로 달려가 버럭 소리를 질러대기 시작했다.

"나도 쓸개가 있는 놈이야. 누나들이나 형수님들이 엄마 똥 한 번 치워준 적 있어? 있냐구! 이 주머니 안에 든 것이 엄마 똥이라면 모두들 손이나 댔겠냐구!"

방 안이 물을 끼얹은 듯 조용해졌다. 수심처럼 숨소리도 들리지 않는데 남편이 주머니를 방바닥에 획 던져버리고 말았다.

"가지고 가버려!"

나는 깜짝 놀랐다. 언제나 있는 듯 없는 듯 말도 크게 해본 적이 없는 남편 입에서 그렇게 큰 소리가 나온다는 건 뜻밖이었다. 대견스러운 자식을 바라보는 엄마처럼 내가 남편을 신기하게 쳐다보고 있는데 서둘러 둘째 형님이 입을 열었다.

"형님이 알아서 하셔야지요."

남편의 화난 숨소리가 가라앉기도 전에 둘째 형님이 땅에 떨어져 있는 주머니를 집어 첫째 형님에게 주면서 하는 말이었다.

"둘째 너, 오늘 보니 참 당돌하구나? 요즘 세상에 출가외인을 따지는 줄 알아. 어떻게 하든 판단은 내가 하는 거야."

"제가 깜빡했어요."

맏이인 명자 시누님이 눈을 흘기며 주위를 둘러보자 눈치 빠른 둘째 형님이 재빨리 말을 바꾸고 말았다.

"형님, 그럼 장남은 뭔데요?"

서울 큰형님 목소리가 분명했다. 큰형님이 명자 시누님과 맞선 모양이었다.

남편과 나는 방을 나와 마당에 서 있는 수수꽃다리 나무 아래 섰다. 엄마가 좋아했던 꽃향기가 가슴속까지 파고들었다.

"당신도 그런 말을 할 줄 알아요?"

나는 아무리 생각해도 용감한 남편이 신기하다는 표정으로 물었다.

"나도 모르겠어."

고개를 돌려 보랏빛 꽃가지를 바라보는 남편의 눈이 붉어 있었다. 잠시 후에 방 안 사람들이 모두 마당으로 나왔다. 그리고 모두 서먹한 표정으로 대문 밖에 세워둔 차를 타고 떠나버렸다.

남편과 함께 방으로 들어갔다. 방바닥엔 아무것도 없었다. 텅 빈 방을 둘러보았다. 엄마가 부르다 놓고 간 '정자'라는 이름이 방 안에서 웅얼웅얼 맴돌고 있었다. 나는 엄마가 노상 누워 있던 방바닥을 더듬으며 그날 밤 불러드리지 못한 한국 아리랑을 중얼거리기 시작했다.

연화

말이산 능에서 때 아닌 까치가 울었다. 옛 산성 터 하늘에서는 흰 구름이 꽃 모양을 그렸다. 연꽃을 피운 듯했다. 산성 터 주변에서 연일 포크레인의 굉음이 진동하더니 땅이 갈라지기 시작했다. 포크레인의 큰 손이 땅속을 더듬어 내려갔다. 벌레들이 사는 곳을 지나 깊고 어두운 세계가 층층이 드러났다. 층층이 흙의 색깔과 공기가 달랐다. 천년 쇳물에 절인 흙에서는 검붉은 쇠 냄새가 풍겼다. 옛 가야 땅은 철의 왕국이었으니 당연한 일이었다. 매캐한 백골 냄새도 섞여 있었다. 이미 여러 석실에서 순장된 백골을 발굴해냈으므로 그것도 놀랄 일은 아니었다.

몇 가지 유물을 수습하면서 포크레인은 계속 땅속으로 파고 들어갔다. 쇳물도 침범하지 못한 곳, 기계가 갈 수 있는 마지막 깊이에서 진흙 바닥이 드러났다. 거기서부터 공기는 영하에 가까울 지경으로 시렸다. 주황빛 호박 살 같은 진흙이 단단하기가 철벽이었다. 포크레인의 쇠끝이 떨었다. 진흙에 닿을 때마다 쇠끝이 자꾸 빗나갔다. 수십 번 헛손질 끝에 겨우 쇠를 박고 힘을 가했다. 쇠의 팔뚝이 휘어질 지경으로 힘을 준 다음에야 철벽으로 무장한 세계가 열렸다. 비밀 요새 같았다. 거긴 공기 한 방울 들지 않았을, 아직 그 무엇도 범하지 않은 원시의 땅이었다.

그곳으로 세상의 빛과 바람이 흘러들었다. 포크레인이 잠시 일손을 멈추었다. 모든 것이 잠시 정지된 듯한 시간, 생전 처음 남자를 받아들이는 여자처럼 처음으로 세상의 빛과 바람을 만난 흙빛이 붉어졌다. 함부로 밟아서는 안 될 것 같았다. 한 일꾼이 흠칫 몸을 떨었다.

"고사를 지극정성으로 지냈는데 무슨 변고가 있을라고."

다시 일을 진행했다. 이제부터는 포크레인의 손이 진흙 속으로 척척 파고들었다. 무엇이 당긴 듯도 하고 무엇에 이끌려 들어간 것도 같았다. 한참 동안 파헤쳤을 때 한 일꾼이 헉 하고 넘어지려 했다. 다른 일꾼이 붙잡아 세웠다. 미끄러질 자리가 아닌데 미끄럽다고 했다. 일꾼은 갑자기 달려든 어지럼증 탓이라고 했다. 일꾼이 마음을 가다듬고 다시 걸음을 떼려던 순간 허리를 굽혔다. 진흙 더미에서 까만 것이 움직인 탓이었다. 흘러든 햇살에 콩알만 한 씨앗이 스륵, 몸을 움직였다.

"옳아, 내 발에 밟힐까 봐 이 작은 것이 나를 밀어냈군."

넘어질 뻔했던 일꾼이 신기해하며 씨앗을 응시했다.

"어, 눈물방울이잖아?"

일꾼이 눈물방울이라고 소리쳤다.

"호, 그러게 눈물방울이네!"

다른 일꾼이 따라 소리쳤다.

"무슨 소리야. 이건 씨앗이지."

또 다른 일꾼이 씨앗이라고 주장하며 어이없어했다.

"틀림없이 눈물방울인걸. 내 눈엔······."

그건 틀림없이 눈물방울이었고 씨앗이었다.

연구실 창밖으로 멀리 계룡산이 보였다. 산은 5월의 기운이 한창
이었다. 산이 드러낸 표정이 엄숙했다. 바라볼 때마다 동학사를 품
은 계룡산은 큰 말씀 같았다. 세상이 개벽을 하는 일이 있어도 평상
심을 잃지 말라는 듯도 했다. 한국지질자원연구원 지질특성분석센
터 연구실, 연구원들이 방사성탄소연대측정 마지막 작업을 마무리
짓기 위해 심혈을 쏟고 있었다. 최종 결론을 앞두고 오연화 박사는
산을 바라보며 가슴 깊은 곳에 가득 차 있는 뜨거움을 퍼냈다. 며칠
전 꿈이 선명하게 그려진 탓이었다.

3일 동안 꿈을 꾸었고 꿈은 기승전결로 이어졌다. 첫날엔 사람들
이 옛 성터를 파헤치고 있었다. 둘째 날엔 천둥이 울고 비가 내리더
니 큰 연못이 생겼다. 연못에서 해가 떠올랐다. 셋째 날엔 연못의 해
를 돌며 청초한 여인이 춤을 추고 있었다. 여인의 청초함은 가엾고
신비롭고 다정함이었다.

실은 땅속 것을 통해 과거를 캐는 지질연구자들은 평소 그런 꿈
을 자꾸 꾸었다. 땅을 파는 포크레인의 굉음이 이명으로 들리는 것
도 예사였다. 처음엔 영문 모르고 병원엘 다녔다. 의사는 포크레인
의 굉음 같은 이명을 가진 환자는 듣지도 보지도 못했다고 고개를

저었다. 직업병일 거라고 했다. 의사의 말은 맞는 말이었다. 매일 하는 일이 땅속에서 찾아낸 보물(출토물)을 들여다보며 연대를 측정해내는 것이고 또 필요하면 현장을 답사하는 일이 많은 탓이었다. 그것은 단순히 연대를 측정해서 통보해주는 것으로 끝나지 않았다. 그 지고한 역사는 예외 없이 연구자들의 감성을 흔들었다. 수많은 상상을 부추기면서 때로는 아픔을 요구하고 눈물을 징수하기도 했다.

3년 전 윤 씨 부인의 미라를 발견했을 때도 꿈을 꾸었지만 이번과는 전혀 달랐다. 그때는 한 여인이 산을 내려와 도시에서 무엇인가를 찾아 헤매는 단순한 것이었다. 그런데 신기한 것은 그런 꿈을 꾸고 나면 어디선가 땅속에서 보물을 발견하는 일이 발생하고 연대측정 의뢰가 들어오기 마련이었다. 중견 연구원으로서의 예감은 늘 적중했고 이번에도 마찬가지였다. 분명 특별한 무엇이 올 것이라는 기대에 몇 날을 보냈다. 몇 년 전처럼 윤 씨 부인의 미라 같은 특종감이거나 아니면 어떤 시대 왕비의 두개골이나 뼈 중에 가장 단단한 복사뼈 혹은 무릎 종지뼈가 올지도 모른다는 기대로 부풀어 있었다.

그런데 뜻밖에 콩알만 한 씨앗을 만났다. 함안의 옛 아라가야 땅 산성터 인근에서 출토된 연씨가 보내져온 건 2주 전이었다. 연구실은 2주 동안 팽팽한 긴장감이 돌았다. 시료번호 602번 연씨에서 700

년의 나이를 나타냈다. 시료 번호 603번 연씨에서는 760년 전 나이를 나타냈다. 700년 전이라면 고려시대 중기였다. 고려 연씨와 성격과 나이가 꼭 일치했다. 50번을 되풀이해도 50번 다 똑같은 결과를 보여주었다.

"이럴 수가!"

"700년 전 고려 연씨가 어떻게 남쪽 끝에서 나올 수 있지?"

"연씨가 땅속으로 헤엄이라도 쳐 갔단 말인가?"

"이건 미스터리야."

연구진들이 웅성거렸다. 700년 전 고려 연은 개경시대 궁궐에서 보호를 받고 있었으므로 지금까지 어떤 지역에서도 발견된 적이 없었다. 가까운 강원도나 경기도를 뛰어넘어 머나먼 남쪽 지역 경남에서 700년 후에 발견되었다는 것은 이해할 수 없는 일이었다.

고려에서는 연씨가 나라의 운명이라고 믿었다. 고려뿐만 아니었다. 신라에서도 그랬고 멀리 고대 이집트나 인도나 중국의 수많은 나라들도 마찬가지였다. 이집트에서는 태양의 꽃이라고 높이 숭앙하며 왕과 함께 받들었고, 인도나 중국 송나라에서는 태양을 품은 우주로 본 꽃이었다.

다른 연구원들은 그저 놀랄 따름이었지만 오연화의 감정은 전혀 달랐다. 갑자기 찾아온 수백 년의 시간 앞에 말문이 막혔다.

"오 박사님은 아예 넋이 나갔군요."

동료 연구원들의 말대로 오연화는 아직 꿈속을 헤매는 것 같았다. 함부로 입을 열 수 없는 어떤 금기에 묶인 듯, 앉아 있거나 서 있거나 혹은 누구와 말을 할 수도 없을 정도로 혼란스러웠다.

이제야 연화라는 이름에서 해방되는 것인가? 라는 생각이 들었다. 집안에서는 외가로 연화라는 이름이 대를 이어오고 있었다. 엄마 이름도 연화였고 외할머니의 이름도 연화였고 외할머니의 외할머니 이름도 연화였다고 했다.

어려서부터 연화라는 이름이 싫었다. 중학교 때까지도 아이들이 연꽃이라고 놀려댔다. 세상 사람들이 연꽃은 다른 꽃과 다르다고 생각한 것처럼 연은 꽃이라기보다는 함부로 대해서는 안 되는 조심스러운 것, 거룩하고 특별한 것이었다. 부처님 때문만은 아니었다. 엄마가 하는 것만 봐도 그랬다. 연꽃 앞에서 엄마는 남달리 옷깃을 여몄다. 목소리도 낮추었고 때론 눈에 눈물이 고이기도 했다. 엄마도 부처님 때문이 아니었다.

거기다 엄마와 딸 이름이 똑같다는 것도 달갑지 않았다. 중학교 때 아이들과 모여 별명으로 꽃 이름 짓기를 했다. 백합 목련 장미 등등 자기가 좋아하는 갖가지 꽃 이름이 나왔지만 아무도 연꽃 이름은 선택하지 않았다. 그리고 아이들이 '넌 연꽃이니까 그냥 연꽃이라고 하면 되겠네.'라고 했을 때 아무 말도 하지 못했다. 생각 같아서는 장미꽃을 선택하고 싶었지만 장미라고 한다고 하더라도 아이들이 받아들일 것 같지 않았다.

점점 철이 들수록 이름이 자신을 옭아매는 것 같았다. 엄마에게 다른 이름을 지어달라고 졸라댔지만 엄마는 잠잠했다. 계속되는 불만을 안고 대학에 입학했을 때에야 엄마가 이름을 고칠 수 없는 이유를 넌지시 말해주었다. 전설 같은 이야기였다. 언젠가는 옛 아라가야 땅에서 연꽃이 필지도 모른다고 했다. 그 연꽃이 필 때까지 연화라는 이름이 끊어져서는 안 된다는 것이었다. 허무맹랑한 소리라고 일축해버리고 말았다.

그런데 그 허무맹랑한 소리는 어느새 '나' 오연화로 굳어져 있었고, 엄마처럼 언젠가는 옛 아라가야 땅 어디선가 연꽃이 피기를 기다려졌다. 그것은 자신도 모르게 굴레이며 숙명이라고 인식되었다. 과학을 공부하고 연구하는 학자로서뿐만 아니라 생리적으로 굴레니 숙명이니 하는 것 자체가 불쾌하고 싫었다. 연화라는 이름을 '나' 오연화에서 끝내버려야 한다고 마음먹었다. 결혼하지 않기로 했다. 결혼하지 않으면 그 이름의 대가 끊어질 것이었다.

연구원에서 최종 결론을 정리하여 의뢰처에 결과를 통보해주었다. 씨앗이 꽃으로 피어날 것인지 어떨지는 미지수였지만 씨앗은 살아 있었다. 꼭 살아나야 할 것이었다. 오연화는 평상심을 유지하려고 애쓰며 평소 자주 들르는 동학사로 갔다. 대웅전으로 들어가 부처님 앞에 절을 올렸다. 두 팔로 허공을 그려 모아 합장을 하며 무릎을 꿇고 바닥에 엎드려 이마를 바닥에 댔다. 이마를 바닥에 댈 때마다 눈을 감았다.

이마를 바닥에 대고 눈을 감을 때마다 인간의 힘으로는 미칠 수 없는 먼 곳으로 빠져들었다. 그것은 백 년인지 천 년인지 모를 시간의 흐름이었다. 부처님이 미소를 짓고 있었다. 대자대비가 그런 것인가 싶었고 고행 끝에 연꽃을 바라보며 맨 처음 미소를 지었다는 염화미소가 그런 것인가 싶었다. 부처님의 미소를 따라 세상에서 가장 아름다운 연꽃이 피어났다. 연꽃은 꿈속의 가엾고 신비롭고 다정한 그 여인이었다. 엄마에게 들은 이야기 속의 연화였다.

연화……. 이른 새벽 네 마리 말이 개경의 궁을 빠져나왔다. 네 마리 말이 다섯 사람을 태우고 송악산을 뒤로 하고 남쪽을 향해 달리기 시작했다. 말은 고려 무장 두 명과 시녀 한 명과 인종의 후궁 연화와 연화의 어린 아들 환이를 태웠다. 아이는 겨우 서너 살이었다. 왕은 사람을 많이 붙여줄 수 없음을 안타까워했다. 도망가는 데는 너무 많은 사람도 위험한 탓이었다. 말은 질풍노도로 산길을 달렸다. 산속은 깊고 바람이 드셌다. 하늘에선 까마귀가 울고 나뭇가지에 휘감기는 바람 소리가 우후후, 우후후, 귀신 소리를 냈다. 바람이 더 세차게 불 때는 휘익, 휘익, 무서운 채찍 소리를 냈다. 가죽 채찍으로 등짝을 내리치는 듯했다.

이자겸에게 붙잡히면 그렇게 쇠가죽 채찍에 맞아 등짝이 갈기갈
기 찢겨 죽을 것이었다. 아니면 청동 화로의 이글거리는 숯불에 발
을 올려놓아야 할 것이었다. 아이는 송악산 까마귀 계곡에 던져질
것이었다. 갈수록 산길은 험하고 시녀 품에 안긴 아이가 겁에 질려
울었다. 연화도 시녀도 아이 울음소리에 가슴이 쓰라렸다. 아팠지만
가엾이할 틈이 없었다. 한시바삐 개경을 벗어나야 했다. 이자겸은
무슨 수를 써서라도 환이를 죽이기 위해 추격대를 풀었을 것이고 그
들은 언제 어떤 모양으로 나타날지 알 수 없었다.

"결국 이자겸의 칼날이 환이에게 뻗쳤구나. 환이를 데리고 네 조
상의 나라 남쪽으로 가거라. 거기까지 설마……. 지켜주지 못해 미
안하구나."

"전하께서도 부디 목숨을 부지하셔요."

왕과 마지막으로 나눈 말이었다. 왕의 떨린 목소리가 가슴을 찢었
다. 가엾은 왕은 어찌 되었을까? 남으로 남으로 말을 몰며 연화는 왕
을 위해 눈물을 흘렸다.

왕은 아버지 예종이 죽자 열네 살에 왕이 되었다. 나이도 어리지
만 외할아버지 이자겸이 아버지 예종 때부터 왕의 왕 노릇을 하고
있었다. 외가 사람들 대부분이 왕족이었고 모두 무서웠다. 궁에서
왕이 마음을 터놓을 수 있는 사람은 궁녀 연화뿐이었다. 왕과 연화
는 동갑내기였고 연화는 대전의 궁녀였다가 17세에 후궁이 되었다.

왕은 연화를 비로 맞이하고 싶었지만 이자겸이 있는 한 어림없는 일이었다. 후궁으로 맞은 것만 해도 천운이었다. 이자겸은 왕이 열여섯 살이 되자 자기 딸을 왕비로 만들었다. 왕은 왕비와 동침하지 않았다. 후궁 연화는 아들 환이를 낳았다. 아들을 낳자 왕은 연화 거처에 연화당이라는 이름을 지어주었다. 겉으로는 연화의 이름을 딴 것같이 하고 속으로는 진짜 연꽃을 뜻한 것이었다. 연은 왕보다 위거나 버금간 것이었으므로 왕은 연화를 왕비로 여긴다는 속뜻이었다.

"전하, 연화당보다는 연씨를 주시어요."

궁궐엔 연못이 곳곳에 있고 연못마다 연이 피어 있었다. 어느 날 왕과 함께 연꽃을 구경하던 연화는 대뜸 왕에게 연씨를 달라고 청했다. 연씨는 수백 년 수천 년을 간다고 했다. 천년 수명을 가진 것으로 바다에 거북이가 있다면 땅엔 연이 있었다. 나라가 천년만년 장수하기를 바라는 고려에서 연씨는 종묘사직과 똑같이 엄하게 보존하고 있었다.

"부디 연씨를 주시어요."

연화는 왕을 만날 때마다 연씨를 달라고 보챘다.

"낮말은 새가 듣고 밤 말은 쥐가 듣는다고 했다. 누가 들으면 어쩔 테냐."

사람들은 연씨를 원했다. 그걸 간직하거나 자기 집에 심으면 가문이 융성하고 대대로 부귀영화를 누린다는 믿음 때문이었다. 누군가가 궁궐의 연을 더러 훔쳐내기도 했다.

궁에는 종자감이 있고 연씨를 관리하는 종자감의 수장은 이자겸이 임명하고 해임했다. 종자감을 드나들자면 왕을 제외하고는 수장의 허락을 받아야 했다. 국가의 운명을 좌우하는 연씨를 방출하는 것은 외적에게 성문을 열어주는 것과 마찬가지로 여겼다. 수장은 날마다 연씨 숫자를 확인하고 이자겸에게 보고했다.

고려에서 연씨를 훔치거나 어떤 이유로든 연씨를 갖고 있는 자는 3대를 멸했다. 남자는 목을 치고 여자는 사약을 먹었다. 그런데 연화는 왕에게 그 무시무시한 연씨를 달라고 한 것이었다.

"연씨가 무엇인지 잘 알면서도 그러느냐."

"결코 들키지 않을 것이니 갖다만 주시어요."

"너를 위해서라면 내 무슨 짓인들 못하겠느냐만……."

왕은 걱정을 하면서도 연화에게 연씨를 한 개씩 훔쳐다주었다. 연씨를 줄 때마다 사약을 주는 것만 같았다.

왕이 연화를 가까이하고 왕비를 멀리하자 이자겸이 번쩍 정신이 들었다. 왕비는 이자겸의 셋째 딸이었고 왕과 동침한 적이 없어 아이를 갖지 못했다. 연화가 아들 환이를 낳자 이자겸은 서둘러 넷째 딸을 둘째 왕비로 들였다. 왕은 둘째 왕비와도 동침하지 않았다. 이자겸은 왕의 아버지인 예종에게도 둘째 딸을 왕비로 삼게 했고 거기서 태어난 아들이 왕이었다. 두 이모가 첫째 왕비 둘째 왕비가 된 것이었다. 나이도 예닐곱 살 위인 이모들과 금침을 덮고 살[처]을 섞으며 사랑을 속삭일 수가 없었다.

아버지 왕과 아들 왕에 걸쳐 세 딸들을 시어머니와 며느리들로 얽혀놓은 이자겸은 왕의 외할아버지 겸 장인이었다. 자연히 고려가 그의 손안에 있었고 이자겸의 권력은 갑자기 생긴 것이 아니었다. 왕의 아버지 예종 위로 수십 년을 거슬러 올라가 이자겸의 증조할아버지 이자연의 딸이 목종의 왕비 자리를 차지할 때부터 내려진 견고한 뿌리였다.

"그런데 연씨를 어떻게 할 생각이냐?"

"제 가슴에다 심을 것입니다."

"가슴에다 심다니?"

연화는 왕에게 연씨를 받을 때마다 가슴속에 품었다. 가슴속에 주머니를 숨기고 거기에 연씨를 받아 고이 넣었다. 조상의 나라를 생각했다. 연꽃을 그 땅에 심으면 나라를 다시 일으킬 수 있다는 믿음 때문이었다. 조상의 나라에 심을 수 없다면 정말 가슴속에라도 심고 싶었다.

연화는 궁에서 신라 사람으로 알려져 있었지만 아라가야 사람이었다. 아버지의 나라, 할아버지의 나라, 수백 년 전 남쪽에는 조상의 큰 무덤이 있다고 했다. 아버지는 연화에게 그 나라의 이름을 외우게 했다. 어려서부터 날마다 주문을 읊듯이 아라가야, 아라가야, 하고 외워야 했다. 할아버지와 아버지는 아라가야 마지막 왕의 후손이라 했고 연화의 가슴속에는 왕족의 후예라는 자부심이 자리 잡고 있었다.

아버지는 나라를 잃은 것은 땅이 아니라 나라 이름을 잊은 것이라고 했다. 땅이 있어도 가슴에 그 나라의 이름이 새겨져 있지 않으면 나라를 잃어버린 것이라고 했다. 땅은 잃었을지라도 가슴에 자기 나라 이름이 새겨져 있다면 언젠가는 싹이 튼다고 했다. 그것은 씨앗이고 씨앗은 때를 만나면 싹이 트기 때문이라고 했다. 대가야가 망할 때 악사 우륵이 신라 이사부에게 투항한 것도 그것 때문이라고 했다. 우륵은 살아서 가야의 소리를 살렸고 그 소리는 신라 천지를 울리다가 이제 고려 천지를 울리고 있으니 가야는 소리로 살아 있다고 했다.

아버지는 은밀히 연을 이야기해주었다. 신라에게 결국 대가야 아라가야까지 망했을 때 신라는 아라가야의 연을 탐냈다. 나라를 정복하면 그 나라의 연을 없애야 했지만 아라가야 연이 너무 아름다워 차마 없앨 수가 없었다. 신라 진흥왕은 아라가야 연을 지키라는 명을 내렸다. 만약 누군가가 아라가야 연을 한 뿌리라도 건드릴 때는 엄벌에 처할 것이란 경고도 함께 내렸다. 전쟁에서 이긴 전승국으로

서 유례 없는 일이었다. 신하들이 어리둥절했다. 진흥왕은 연을 보기 위해 사흘이 멀다 하고 아라가야로 행차를 했다. 그때마다 신라에서 아라가야까지 먼 길을 따라야 하는 신하들은 할 짓이 아니었다. 어느 신하가 생각다 못해 차라리 연밭을 통째로 가져오자고 진언했다.

"연밭은 물과 흙이니라. 무슨 재주로 연밭을 통째로 가져온단 말이냐?"

"신라와 가야 백성들을 동원하면 간단한 일입니다."

신라는 연밭을 옮기기 시작했다. 먼저 연을 캐어 옮기고 연씨가 묻혀 있을지 모를 진흙까지 모조리 파 옮겼다. 진흙 한 줌 남기지 않았다. 아라가야에 연씨를 말려버리고 말았다. 연이 사라지고 나자 백성들은 힘을 잃고 방황하기 시작하고, 나라의 녹을 먹던 사람들은 신라에 아부하며 충성하려고 애썼다.

왕족들은 달랐다. 언젠가는 나라를 다시 되찾아야 한다는 신념을 다졌다. 마지막 왕족은 빼앗겨버린 연 대신 딸들에게 연화라는 이름을 지어 대를 잇기로 했다. 백 년 후든 천 년 후든 다시 나라를 찾을 때까지 그것이 나라를 대신할 것이라 믿었다. 연화, 연화, 연화……연화는 그렇게 가야가 망한 후 신라를 거쳐 고려까지 이어져 내려오고 있었다.

"연씨를 네 조상의 나라에 묻거라."

어느 날 왕이 느닷없이 외쳤다. 연씨를 금나라에 내주었고, 이자 겸이 왕이 되고 싶어 한 탓이었다. 왕은 차라리 연씨를 몽땅 연화에 게 주고 싶었다. 아들 환이가 있으니 그런 생각은 더욱 간절했다.

연씨를 금나라에 내준 것도 치욕이었다. 2년 전 인종이 왕이 된 지 4년 만이었다. 금나라가 요나라를 정복하면서 중국 전역을 모두 정복할 야심으로 주변 나라들에게 신하가 될 것을 강요하기 시작했 다. 고려에게도 마찬가지였다. 금의 눈치를 보던 북송 휘종이 은밀 히 고려에게 힘을 합쳐 금에 맞서자고 했다. 고려가 선뜻 나서지 않 은 채 주저할 동안 북송이 금나라에 바치기로 약속한 세물을 바치지 않은 데다 고려에게 그랬듯이 그 전에 요와 밀통한 것이 들통이 나 고 말았다. 금나라 태종이 당장 북송을 정복하고 휘종 흠종 두 부자 (父子) 황제를 포로로 잡고 다른 나라들에게 겁을 주었다. 다른 나라 들이 모두 떨었다. 고려도 자칫 잘못하다가는 금의 침략을 받을 수 있었다. 고려는 연씨를 금에 보냈다. 금 태종이 흥감해 입이 벌어졌 다. 연씨를 보낸 것은 금을 상국으로 받들겠다는 것을 의미한 탓이 었다.

왕은 떨고 이자겸은 역성혁명을 꿈꾸었다. 두 딸이 왕비임에도 왕 자는커녕 왕의 승은조차 입지 못할 바엔 차라리 자기가 왕이 되어야 겠다고 결심했다. 그렇지 않으면 장차 후궁 연화의 아들 환이가 그 자리를 차지하고 말 것이었다. 예언자를 내세워 '이(李)'라는 글자를 풀어놓은 십팔자도참설(十八子圖讖說)을 외치게 만들었다. 이 씨가 왕이 된다는 예언이었다.

이자겸은 왕을 죽여버릴 생각도 했다. 왕비인 딸들을 시켜 독살을 시도하기도 하고 때로는 자기 집에 며칠 동안 감금하기도 했다. 왕은 무서웠다. 이자겸에게 한시바삐 왕좌를 내줘버리고 싶었다. 제발 왕위를 내줄 테니 목숨만은 살려달라고 애원했다. 이자겸은 이제 왕이 되는 것은 시간 문제라고 생각하며 환이를 죽일 음모를 꾸몄다. 둘째 왕비는 마음이 선해서 환이를 많이 사랑했다. 환이가 보고 싶을 때면 언제든지 연화를 불렀고 연화는 지체 없이 아이를 데리고 달려갔다. 이자겸이 그것을 이용하기로 했다. 둘째 왕비의 시녀에게 환이를 죽일 독을 쥐어주었고 시녀가 아이가 먹는 음식에다 독을 섞어 내왔다. 아버지 이자겸을 잘 알고 있는 왕비는 아버지가 왕을 독살하려 했으므로 아이도 죽일 것이라고 짐작했다. 왕비는 아이가 먹을 음식을 꼭꼭 살폈다. 그날도 수저로 음식을 떠 감식을 하기 위해 자기 입으로 먼저 가져갔다. 그때 시녀가 벼락같이 달려들어 수저를 든 손을 쳤다. 놀란 왕비가 연화와 환이를 한시바삐 궁에서 멀리 떠나보내야 한다고 왕에게 말했다. 왕은 서둘러 충직한 무장 두 명을 골랐다. 그들은 여러 번 전쟁을 경험한 노장들이었다. 무술이 고려 제일이었고 지리에 밝았다.

길은 산을 넘으면 다시 산이 나왔다. 말은 태백산 등줄기를 따라 달렸다. 달리면서 연화는 가슴에 품은 연씨를 생각했다. 품을 더듬어보았다. 연씨 주머니가 저고리 품안에 고이 숨어 있었다. 무사히 조상의 나라에 당도한다면 연씨를 묻을 것이었다. 반드시 꿈을 이루어 환이가 조상의 나라에서 살아가도록 만들어야 한다고 마음먹었다. 잠시 쉬어가기로 했다. 이자겸 추격대가 언제 어디서 나타날지 알 수 없지만 금강을 넘었으므로 조금 마음이 놓였다. 천천히 말을 몰았다.

땀이 식을 무렵 심상치 않은 바람 소리가 들렸다. 말갈기에 나뭇가지가 꺾이고 휩쓸리는 소리였다. 곧 군마의 거친 말발굽 소리가 등 뒤에서 들려왔다. 짐작대로 이자겸의 추격대였다. 무장 두 사람이 추격대를 맞서 칼을 뽑았다.

"마마님, 소백산맥을 타십시오."

무장이 칼을 뽑아들며 급히 길을 일러주었다. 칼과 칼이 부딪치는 소리를 등 뒤로 하고 연화와 환이를 안은 시녀는 사력을 다해 말 엉덩이에 박차를 가했다.

무장들과 떨어져 달리는 길은 무서웠다. 몸이 땅으로 떨어지고 말 것 같았다. 새를 생각했다. 목에 쇠로 만든 새가 걸려 있었다. 아버지는 새가 지켜줄 것이라고 말했었다. 아버지가 두드리는 쇠 소리가 들려왔다. 아버지는 대장장이였다. 대장장이는 윗대부터 내려온 가업이었다. 아라가야 왕족들은 대장장이로 신분을 속이며 살아야 했다. 한때는 신라를 속국으로 삼은 적이 있었던 자존심과 신라에 끝까지 저항하겠다는 의지였다. 가야의 철은 온 세상으로 퍼져나갔고 대장장이로 가업을 삼은 것은 왕족으로서 마지막 지조였다. 가야는 두 번에 나누어 망했다. 금관가야의 마지막 왕 김구해가 신라로 투항해버린 뒤에도 대가야를 중심으로 뭉친 아라가야 성산가야 고령가야 소가야는 불가항력의 순간까지 30년을 더 버텼고 그것이 끝까지 이어져오고 있었다.

아버지는 철을 만질 때마다 쇠붙이가 아니라 피붙이라고 했다. 따뜻한 살 같고 뜨거운 피 같다고, 불속에서 꺼낸 쇠를 모르대 위에 올려놓고 센 메질을 할 때마다 떠르릉, 떠르릉, 하고 울리는 쇠 소리가 꼭 조상들의 울음소리 같다고 했다.

아버지는 쇠로 예쁜 새를 만들어주면서 쇠는 가야 땅의 것이니 그것을 항상 지니라고 일렀다. 위험하고 힘들 때 그것이 지켜줄 것이라고 하면서 새 꼬리에 작은 구멍을 뚫고 줄을 꿰어 목에 걸어주었다. 새는 말이 뛰는 것과 함께 눈앞에서 부지런히 날아오르고 있었다. 아버지의 말대로 새를 생각하자 힘이 솟구쳐 올랐다.

얼마나 달렸을까. 무장이 추격대를 물리치고 연화 뒤를 따라잡았다. 무장은 한 사람뿐이었다. 한 사람은 이자겸의 부하에게 죽었다고 했다. 슬퍼할 겨를 없이 계속 남으로 남으로 산길을 달렸다. 소백

산맥 하부를 지나 길은 영남과 호남으로 갈려 있었다. 무장은 영남으로 길을 잡았다. 다행히 추격대는 나타나지 않았다. 고령을 넘어 낙동강을 만났다. 강을 따라 한없이 달렸다.

"여기서부터 마마님 조상의 나라가 시작됩니다."

"그게 참말이오?"

"옛 대가야 고령을 지났고 낙동강도 하부쯤이니 남도 땅으로 쑥 들어와 있습니다. 남강을 만나면 드디어 아라가야에 발을 딛게 되지요."

"남강을 만나면?"

"그렇습니다."

"아, 아라가야!"

연화가 탄식했다. 땅은 벌써 촉촉하고 따뜻한 기운이 돌았다. 산봉우리는 둥글고 들녘은 넓었다. 산에는 목백일홍이 지천으로 피어 붉었다. 낙동강은 끝없이 길고 맑았다. 강에서 사람들이 배를 띄워 놓고 고기를 잡고 있었다. 한가롭고 평화로웠다. 연화도 시녀도 환이도 강물에 발을 담갔다. 무장도 얼굴을 씻었다. 물과 살이 만나자 모든 시름이 풀리면서 마음도 풀어졌다. 아이도 어른도 모두 물이 좋았다.

강물을 타고 구름이 흘러가고 바람도 스쳤다. 바람에 강물이 흔들리면 구름도 흔들렸다. 그런데 강물이 크게 흔들렸다. 말을 모는 그림자가 강물에 어른거렸다. 무장이 추격대의 움직임을 감지했다. 추격대 세 사람이 강을 지나 달려가고 있었다. 무장이 빨리 서둘러야 한다고 독촉했다. 무장을 따라 자리를 뜨기가 무섭게 추격대가 다시 강가로 돌아왔다. 말똥을 확인하며 연화 일행을 찾았다. 쫓고 쫓기는 질주가 시작되었다. 양쪽의 말발굽 소리가 허공에서 서로 부딪쳤다. 추격대의 칼바람 소리가 벌써 등 뒤에서 휙, 하고 허공을 갈랐다. 칼바람 소리가 점점 가까워지고 있었다. 무장이 말머리를 돌려 가로막았다.

"마마님, 앞만 보고 달려가세요. 부디 천지신명께서 지켜주시기를 빕니다."

무장이 소리치며 연화와 환이와 시녀가 탄 말 엉덩이를 힘껏 후려쳤다. 두 마리 말이 미친 듯이 달렸다. 목에 걸린 새가 부지런히 날아올랐다. 연화는 새를 생각하며 용기를 잃지 않으려고 애썼다.

무장은 혼자 세 사람을 막았다. 이자겸의 사병 승덕부 군사는 고려에서 가장 날쌘 자들이었고 추격대 세 사람은 그중에서 가장 날쌘 자들이었다. 무장도 고려에서 가장 뛰어난 실력자였다. 이자겸의 사병은 젊고 무장은 노장이었다. 세 사람 추격대가 한 사람 무장을 쉽게 베지 못했다. 무장이 곧 추격대 하나를 베고 둘을 막았다. 무장이 다시 하나를 베고 몸을 돌릴 때 나머지 한 명의 장검에 부딪친 햇살이 눈을 찔렀다. 단 2, 3초, 눈을 감은 순간 추격대가 번개같이 휘

돌아 무장의 허리를 벴다. 무장은 말에서 떨어지면서 추격대를 향해 마지막 칼을 휘둘렀지만 살엔 미치지 못했다. 추격대는 땅에 떨어져 누운 무장의 목을 치고, 다시 말을 몰아 연화와 시녀를 쫓았다.

연화와 시녀의 말은 강을 건넜다. 무장이 말한 남강이었다. 강을 지나자 나지막한 야산이 시작되었다. 말은 야산을 달렸다. 옛 산성 터를 만났다. 아라가야 땅이었다. 알싸한 쇠 냄새가 흐르고 있었다. 아버지가 만지던 쇠 냄새와 똑같았다. 연화는 '여기가 조상의 땅이구나!'라고 속으로 소리쳤다. 성은 무너지고 아무렇게나 쓰러져 있는 돌담만 남아 있었다. 말이 뛰어넘기에는 조금 높았다. 말이 앞발을 꺾어 올리며 몇 번을 시도했지만 허물어진 돌담을 넘지 못했다. 말이 다리를 꺾어들고 몇 번을 안타깝게 울었다. 추격대의 말발굽 소리가 가까이 들려왔다. 하늘에선 버섯구름이 퍼지면서 검게 변하기 시작하고 바람이 몰려왔다. 연화는 하늘을 바라보며 결단했다.

"환이를 데리고 나에게서 멀어지거라."

"아니 되옵니다. 마마님, 어서 우리랑 도망치시어요."

"여긴 내 조상의 땅이다. 나는 여기에 누울 것이다. 환이는 살려야 한다. 어서 가거라. 어서!"

"마마님을 두고는 가지 못합니다."

"어서 가지 못할까!"

연화가 시녀에게 명령했다. 시녀가 울면서 연화와 멀어졌다. 연화는 환이를 보호하기 위해 그 자리를 뜨지 않고 돌담 주변을 돌았다. 그때 휘익, 하는 바람 소리와 함께 추격대의 칼날이 연화 어깨를 내리쳤다. 연화가 말에서 떨어져 돌담 아래 누웠다. 연화의 비명 소리가 메아리치며 멀리 퍼져나갔다. 시녀의 귀에 연화의 비명 소리가 스쳤다. 추격대가 두리번거렸다. 시녀는 말에서 내려 환이를 후미진 언덕 아래 숨기고 말안장에 짐을 얹은 채 멀리 쫓아 보냈다. 말은 어디론가 달려가기 시작했다. 누가 봐도 말에서 사람이 떨어져버렸고 짐만 남은 것처럼 볼 것이었다. 말을 발견한 추격대가 말을 쫓아 그리로 달려갔다.

시녀는 환이를 업고 성터로 갔다. 연화는 돌담 아래 쓰러져 피를 흘리고 있었다. 아직 숨이 붙어 있었다.

"마마님!"

시녀가 절규했다.

"환이가 어른이 되어 아이를 낳으면 연화라고 이름을 지어 내 뒤를 잇게 해다오."

연화는 유언을 남기고 숨이 끊어지고 말았다. 서둘러 연화의 시신을 치워야 했다. 추격대가 되돌아오기라도 한다면 연화의 목을 가져갈 것이었다. 시녀는 산성 터 돌담 아래를 팠다. 연화를 묻기 위해 마지막으로 몸을 안았다.

문득 환이에게 엄마의 흔적을 남겨주어야 한다고 생각했다. 목에 걸린 새를 벗겼다. 시녀는 잠시 생각 끝에 다시 연화의 목에 새를 걸어주었다. 새는 연화의 분신이었으므로 죽은 연화를 지켜줄 것이었다. 옷고름 한 짝을 뜯어냈다. 옷고름이 풀리자 저고리 품이 벌어지면서 품에 숨어 있던 연씨 주머니가 보였다. 주머니를 열어본 시녀가 소스라치게 놀랐다. 삼족을 멸하고 사약을 먹인다는 고려 연씨가 들어 있었다.

"아, 마마님!"

시녀가 흑, 하고 눈물을 쏟았다. 연화의 심정을 알 만했다.

"고려 연씨를 훔쳐서라도 조상의 나라에 묻고 싶구나."

"큰일 날 소리를 하십니다. 설사 연씨를 훔쳐낸다 하더라도 무슨 수로 조상의 나라에 묻을 것입니까. 새나 바람이면 모를까. 꿈도 꾸지 마셔요."

"새나 바람이 가져다가 묻어줄지 누가 아느냐."

연씨는 스무 알이 채 못 되었다. 열아홉 알이었다. 연화와 함께 묻어주기로 했다.

"조상님 땅에 마마님과 함께 묻어드릴게요. 부디 소원성취하시어요. 연씨는 천년만년 땅속에 묻혔다가도 때를 만나면 세상 밖으로 싹을 틔운다고 합니다."

시녀는 환이를 업고 봉분 없는 연화의 무덤을 밟으며 '부디 먼 훗

날 때를 만나거든 연꽃으로 피어나셔요.'라고 빌었다.

시녀는 연화 옷고름을 아이 손에 쥐어주고 아이는 엄마 옷고름을 손에 쥐고 만지작거렸다. 시녀는 환이를 업고 아라가야를 맴돌았다. 말이산에서 높은 능을 만났다. 왕릉일 것이고 연화의 조상일 것이었다. 환이에게 보여주며 어쩌면 네 엄마의 조상이고 네 외가 조상인지 모른다고 말해주었다. 아이는 마치 말을 알아듣는 것처럼 고개를 까딱까딱해 보였다. 무성한 여름풀이 우거진 능에서 잠을 잤다.

아침마다 능에서 산까치가 울고, 한 노파가 아침저녁으로 능 앞에서 절을 하고 갔다. 시녀는 아이를 데리고 3일 동안 능에서 잠을 잤고 노파는 계속 절을 하고 갔다. 4일째 되는 날 노파가 시녀를 바라보았다. 시녀를 보는 것이 아니라 아이를 유심히 살피고 있었다. 아이를 살피던 노파의 눈이 경이롭게 빛났다. 그때 추격대가 말이산을 돌고 있었다. 추격대 세 명이 능으로 성큼 들어섰다. 노파가 느닷없이 시녀에게 환이를 빼앗아 안으며 "우리 생이를 낫게 해주소서! 우리 생이를 어서 낫게 해주소서!"라고 능을 향해 큰 소리로 읊기 시작했다. 추격대가 아이와 노파를 살폈다. 추격대들은 마을을 뒤져 환이 또래 아이들을 하나하나 조사하는 중이었다. 추격대 대장이 고개를 갸웃하더니 능을 내려가고 말았다. 능 밖에서 추격대 대장이 소리치는 소리가 들렸다.

"마을을 다 뒤졌으니 이제 개경으로 돌아간다."

"아이는 말에서 떨어져 죽었을 겁니다. 말이 짐 보따리만 싣고 달렸으니까요. 그런데 연화당 시신은 어떻게 할까요? 시녀와 아이가 탄 말을 쫓다 다시 돌아와보니 감쪽같이 사라졌지 뭡니까."

그때 연화를 내리친 추격자가 아무리 생각해도 알 수 없는 일이라며 고개를 저었다.

"짐승이 물어갔겠지. 연꽃처럼 예뻤으니 말이야."

"참, 그렇군요. 짐승도 예쁜 여자라면 초를 다퉈 물어가니까요."

그들의 말을 들은 시녀가 부들부들 떨었다.

노파는 무당이었다. 대대로 내려온 무당 가문인데 아라가야 시절 왕실 무당이었으므로 왕릉에 매일 아침저녁 절을 올리는 것이라고 했다.

"그런데 왜 그러셨나요?"

시녀는 고맙다는 생각보다 환이를 구해준 이유가 더 궁금했다.

"능에 계신 왕들께서 아이를 지켜주라 하셨네."

"아, 마마님! 마마님의 조상께서 환이를 지켜주셨답니다."

시녀가 감격하며 울었다.

"여기서는 아이 명을 보존할 수가 없으니 당장 여길 떠나게. 이름도 바꾸어야 하고."

시녀는 노파가 갑자기 둘러댄 대로 아이 이름을 생이라고 바꿨다. 생이라는 이름은 마을마다 가장 흔한 이름이었다. 등잔 밑이 어둡다는 말을 믿으며 시녀는 생이를 업고 다시 위쪽으로 올라갔다.

　오연화는 일 년 내내 가엾은 연화에게 사로잡혔다. 작년처럼 창문 밖으로 산을 바라보았다. 계룡산에 초여름 빛이 돌고 있었다. 일 년 동안 조바심을 벗어나지 못했다. 과연 씨앗이 발아하는 데 성공했는 지 무척 궁금했지만 물어볼 엄두가 나지 않았다. 실패했습니다, 라는 말을 들을까 봐 두려웠다. 만약 발아에 성공했다면 지금쯤 무슨 일인가 벌어지고 있을 것이었다. 넓고 건강한 연잎 중심에서 튼튼한 꽃대가 올라왔을 것이고, 꽃대는 푸른 하늘을 향해 입술을 꼭 다물 고 개화할 날을 기다릴 것이었다. 그쯤 상상하자 입가에 저절로 미소가 번졌다.

　"오 박사님, 지금 무슨 상상을 하면서 그렇게 행복해하세요?"

　"노처녀가 혼자 웃는 건 시집갈 징조라고 하잖아."

　동료들이 농담을 하는 동안 연구실 전화가 울렸다. 오연화가 먼저 수화기를 집어 들었다. 수화기를 집어든 손이 평소보다 빨랐다.

　"저거 보세요. 뭔가 있다니까요."

　"잘 된 일이지. 오 박사가 올해는 꼭 시집가는 걸 봐야 한다구."

　"맞아요. 처녀 나이 43세가 뭐냐구요. 세상이 아무리 그렇다지만."

　동료들이 낮게 속삭이고 발신자의 말을 듣고 있던 오연화가 '그게 정말이세요?'라고 소리쳤다. 연씨 열다섯 개 중 세 개가 발아에 성공하여 개화를 앞두고 있다고 했다.

"고려 연씨가 개화를 앞두고 있다구요? 그것도 세 개나!"

오연화가 자리에서 벌떡 일어나 '그게 정말이냐?'고 되풀이하여 묻고 또 물었다. 연구원들도 모두 일어나 서로의 얼굴을 바라보며 입이 벌어졌다.

"야, 이래서 역사는 미래의 꽃이라니까."

"이 위대한 기적이 세상을 한바탕 강타하겠구만."

"아이를 낳은 기쁨이 이런 건가?"

개화일을 잡았으며 그날 개화 축제를 할 거라고 했다. 개화일에 꼭 와달라고 했다. 연구원들이 함성을 지르며 모두 함안으로 내려가기로 했다.

오연화는 하루 전에 함안으로 내려갔다. 내려가면서 엄마를 생각했다. 엄마가 살아 있다면 얼마나 좋아할까, 하고 생각하자 가슴이 쓰라렸다. 함안 땅에 발을 디딘 건 처음이었다. 엄마는 입버릇처럼 꼭 가봐야 한다고 일렀고, 꼭 한번 와보고 싶은 곳이었다. 처음인데도 낯설지 않았다. 분명히 서울에서 태어나 서울에서 성장했고 대전 연구소로 오기 전까지는 서울을 떠난 적이 없는데도 늘 고향은 다른 곳에 있다는 생각이 들었다. 그리고 지금 아주 오래전에 고향을 떠났다 귀향한 것처럼 따스한 느낌이 들었다.

연화가 죽어 묻혔을 성산 산성 터로 갔다. 놀라운 일이었다. 엄마가 해준 이야기와 꿈에서 본 그대로였다. 해가 떠오른 연못도 있었다. 마침 산성 터에서 개화전야제로 제(祭)를 올리고 있었다. 제주가 축문을 읽고 군민들이 술을 올리고 향을 사르며 절을 올렸다. 오연화도 그렇게 했다. 절을 올리며 속으로 "당신이 당부한 연화라는 이름이 나에게까지 이어졌으니 이제 기뻐하셔요."라고 말했다. 하얀 소복을 차려입은 무당이 연화 넋을 위해 지전을 들고 춤을 추었다. 한참 춤을 추고 난 무당이 소지를 올리며 제를 마무리했다. 그때 산성 동문 쪽에서 산까치가 맴돌며 울어댔다. 말이산 능에서도 산까치가 울고 있었다. 사람들이 좋은 징조라고 입을 뗐다.

함안의 하늘과 대지, 산과 바람과 물 등 모든 것이 700년 만에 깨어나는 연화를 맞이하기 위해 분주했다. 높은 산의 협곡과 협곡 사이에 호수를 이룬 입곡저수지는 거울 같은 명경수를 더욱 맑게 다스려놓고 생각에 잠겨 있었다. 여항산 등줄기를 타고 내린 별천계곡도 설렘에 들떠 한층 물소리를 높였다. 남강을 끼고 끝없이 뻗어나간 둑길은 연화가 오는 길을 예비하듯 길고 긴 둑을 따라 삼색 코스모스를 피워놓았다. 아라 왕궁지, 남문 외, 말이산에 자리 잡고 있는 수십 기, 능들이 멀고 먼 시간을 돌아온 딸을 맞이하는 감격과 설움을 주체하지 못해 계속 까치를 울렸다.

연구원들 말대로 기적이 전국을 강타하고 뉴스를 듣고 전국에서 사람들이 모여들었다. 모여든 사람들이 연화를 향해 겹겹이 늘어섰다. 남강은 물안개를 쓸어오고 초여름 여항산 서리봉에는 산안개가 자욱했다. 아침부터 는개비가 꽃가루처럼 내렸다. 연이 마지막 꽃 입술을 뗄 때는 반드시 는개비가 온다고 사람들이 말을 주고받았다. 첫날밤에 신랑이 새 각시의 옷을 한 겹 한 겹 벗겨주듯이 는개비가 꽃잎을 한 잎 한 잎 떼어준다고 했다. 해는 숨고 바람은 멈춘다고 했다. 개화를 위해 스님이 독경을 시작했다. 낭랑한 독경 소리가 개화를 재촉했다. 잠잠하고 경건한 분위기 속에 사람들이 두 손을 모아 합장한 채 연꽃을 바라보고 있었다. 꽃잎은 모두 열두 장이고 열한 장은 입술을 살짝 뗀 상태였다. 마지막 열두 번째 꽃잎이 떨어지는 순간을 개화라고 했다. 사람들 말대로 문득 남강이 숨을 멈추었다. 바람이 멈추고 안개가 물러가고 는개비도 뚝, 그쳤다. 스님도 독경을 멈추었다.

숨도 쉬지 않는 허공을 타고 바스락! 하는 소리가 들려왔다. 소리는 땅이 진동하듯 크게 울렸다. 마지막 열두 번째 꽃잎이 입술을 뗀 것이었다. 열두 잎이 마주보며 둥근 선을 이루었다. 해가 불끈 산 위로 솟아올랐다. 투명한 첫 햇살이 열두 꽃잎에 떨어지면서 멀리 온 누리로 빛살이 퍼져나가기 시작했다. 선홍색 꽃잎이 투명하게 빛났다.

"세상에, 7백 년 만의 아침이라니!"

사람들이 탄식을 쏟아냈다. 사람들이 절을 하기 시작하고 스님은 떨린 목소리로 다시 염불을 시작했다. 오연화는 두 손을 합장하고 부동으로 선 채 눈 뜨지 못했다. 연꽃의 숨소리에 귀를 기울였다. 7백 년 만에 모태로 돌아온 연꽃의 숨소리가 연화의 심장처럼 뛰고 있었다.

암홍어

홍도2구 이장이 철새연구센터 연구원을 태우고 홍도1구로 나갔다가 남자 한 사람과 여자 한 사람을 태우고 돌아왔다. 남자와 여자는 서로 모르는 사이로 보였다. 남자들을 태우고 오는 것은 자주 있는 일이지만 여자는 드문 일이었다. 40대 중반으로 보이는 남자는 제주도에서 3년 동안 감귤 농사를 지었다고 했다. 이제 인생 모든 것을 걸고 마지막으로 홍어 배를 다고 싶다고 했다.

"농사짓기가 훨씬 쉬울 것인디."

"실은 농사꾼도 아닙니다. 서울에서 직장 생활을 했는데 그만."

"그럼 손님도 직장에서 쫓겨났소?"

"예."

"그런데 여긴 어떻게 알고 찾아온 것이오?"

"한국 사람치고 홍도를 모르는 사람 있을까요."

"그거야 관광지로 유명한 홍도1구겠지. 여긴 여객선도 닿지 않는 홍도2구니 하는 말이오."

"제주 농장에서 누가 그러더군요. 홍도1군지 2군지는 몰라도 홍도에 가면 홍어 배를 탈 수 있다고."

"말은 맞소만."

"제가 잘못 들은 건가요?"

"요즘 꼭 손님만 한 젊은 사람들이 하루가 멀다 하고 찾아오는 탓에 기가 막혀 하는 소리요."

"홍어 배 2, 3년만 타면 자그마한 식당 하나쯤은 낼 수 있다고 들었습니다만."

"그야 잘만 하면 그렇긴 하지요."

"한 선장님이란 분을 찾아가 사정을 말해보라고 하더군요."

남자는 비정규직으로 17년을 종사해온 직장을 잃어버리고 방황하고 있다고 하소연했다. 국내 열 손가락 안에 든 H그룹 계열사였는데 본사로 흡수되면서 비정규직자들이 모두 떨려나고 말았다고 한숨을 쉬었다. 하는 수 없이 농사나 짓고 살아가리라 결심하고 제주도 감귤 농장으로 내려갔는데 3년 동안 죽도록 고생만 하고 손을 털었고 이젠 홍어 배를 타서 돈을 버는 것이 마지막 희망이라고 했다.

"걸핏하면 농사나 짓고 살지, 라고 쉽게 생각했는데 땅은 결코 낭만이 아니었습니다."

"바다야말로 낭만이 아니지. 차라리 땅이 나을걸."

"아무튼 한 선장이란 분을 만나볼 수 있을까요?"

"내일이라도 만날 수 있으니 하루만 기다리시오."

"하루가 아니라 한 달이라도 기다리겠습니다."

남자의 말에 이장이 배를 몰며 혀를 찼다.

두 사람이 열심히 말을 주고받는 동안 여자는 바다만 응시하고 있었다. 바다를 응시하는 표정이 너무나 골똘해 숨도 쉬지 않은 듯했다. 서른이 안 되어 보이는 여자는 배를 탈 때 홍도2구 등대를 찾아

간다고 했다. 가끔 등대를 찾아오는 관광객들이 있기는 해도 여자 혼자서 오는 경우는 거의 없는 일이었다. 이장은 묘령의 젊은 여자가 혼자 등대를 찾아 홍도까지 온 것이 무척 궁금했지만 말은 붙이지 못했다. 말을 붙여서는 안 될 것만 같아서였다.

홍도2구 홍어 배 선주 한 선장은 며칠 동안 암홍어만을 생각했다. 꿈속에서도 멍석만 한 허연 배때기가 희번덕거렸다. 노련한 오 씨가 암홍어를 놓쳐버린 것은 아무래도 신의 조화가 아니고서는 있을 수 없는 일이었다. 오 씨가 누군가. 설사 홍어를 찍어 올리다가 실수를 했다 하더라도, 그래서 홍어가 물속으로 서너 자 이상 내려갔다 하더라도 백발백중 다시 찍어 올리는 솜씨로 유명한 홍어잡이 달인이었다. 그런데 다 잡은 암홍어를 놓쳐버린 것은 억울하기 짝이 없는 일이었다.

암홍어도 그놈은 앞가슴에 분명 다갈색 점이 대여섯 개가 있었다고 했다. 6년이면 홍어의 생애는 마지막이었으므로 점이 대여섯 개라면 5, 6년이 꽉 찬 나이를 먹었을 것이고 조만간 바다 어디선가 마지막 알을 낳은 후 생을 마감하고 말 것이었다. 한 선장이 암홍어 때문에 가슴 한가운데가 텅 빈 것 같은 심정을 좀처럼 달래지 못하자 "사내 자석이 그까짓 걸 가지고 몇 날 며칠 앓는 걸 보니 자네도 진짜 뱃놈 되기는 글렀어."라고 핀잔을 준 갑판장도 가슴이 허하기는 마찬가지였다. 나이 많은 갑판장도 속을 비운 것처럼 말은 하면서도 고놈 보기 드문 놈이었는데! 라고 한숨을 퍼냈다.

"평생 홍어만 잡아온 아저씨도 암홍어 앞에서는 어쩔 수가 없는 모양이오?"

"아닌 게 아니라 속이 무자게 쓰리구마이."

한 선장이 갑판장을 향해 다 잡은 암홍어를 놓쳐버린 사람치고 속이 쓰리지 않는 사람 있으면 나와보라는 투로 말하자 갑판장도 끝내 속마음을 속이지 못했다.

반대로 선원들은 도무지 선장을 이해할 수 없다고 고개를 저으며 수놈 한 뭇(20마리)을 잡으나 암놈 서너 마리를 잡으나 돈은 마찬가진데 유별난 성격이라고 숙덕거렸다. 하긴 수놈이든 암놈이든 무조건 많이만 잡아서 돈만 벌면 그만 아니냐는 선원들 말대로 생각하자면 간단한 일이었다. 시가 4, 50만 원을 받을 수 있는 10킬로그램짜리 수놈 댓 마리만 잡으면 암홍어 한 마리 값이므로 그렇게 치면 될 일이었지만 좀처럼 잡히지 않는 암홍어를 잡지 못한 것과 잡은 놈을 놓쳐버린 느낌은 전혀 다른 것이었다. 암홍어는 바다를 꿰는 귀신 선장이라도 한 달에 서너 마리 잡기가 힘들었다. 평생 홍어잡이를 해온 아버지도 생전에 암홍어 열 뭇을 채우지 못했다고 토로한 적이 있었다. 그런데 숫자보다도 성취감이 달랐다. 암홍어를 잡지 못한 채 한 달을 보낸다는 건 마치 섹스를 하고도 쏟아내지 못한 정액이

뼛속 어딘가에 단단히 엉겨 붙어버린 느낌이었다.

겨울 날씨라고는 하지만 날씨가 유난히 술 취한 사람처럼 건들거렸다. 창문을 잡아채며 달려든 바람이 예사롭지 않았다. 등대 울음소리도 평소보다 더 길었다. 홍어잡이엔 안성맞춤의 날씨였다. 물고기 중에 조기 다음으로 가장 밑바닥을 맴돌고 있는 홍어는 물이 요동을 쳐야 중층으로 부상하는 습성이 있었다. 일기예보에 출항을 금하는 말이 없는 한 출어를 나가야 했다.

한 선장은 자리에서 눈을 뜨자마자 담배를 피워 물었다. 방 안으로 스며든 꼭두새벽의 추위와 함께 빛처럼 스치는 얼굴이 있었다. 담배 연기 사이로 부옇게 그녀 얼굴이 나타났다가 연기와 함께 무심히 사라지고 말았다. 가끔 그녀 얼굴이 떠올랐고 그때마다 시큰하게 성욕이 솟구쳐 오르기도 하면서 가슴 한구석이 조금 알싸해지는 것이었다. 오늘도 그랬다. 한 손으로 벌떡 일어선 아랫도리를 꼭 누르며 담배를 깊숙이 빨아들였다. 겨우 아랫도리를 잠재우며 그녀 생각을 담뱃갑을 구기듯 구겨버렸다. 그런데 이상한 건 암홍어에 집착할수록 그녀 얼굴이 떠오르고 그녀 얼굴이 떠오른 날엔 암홍어를 건져올렸다.

"쓸데없는 생각이여. 암홍어는 운수라니께."

일종의 징크스 같은 것이 아니겠느냐고 갑판장에게 자랑 삼아 말할 때마다 갑판장은 한마디로 일축해버렸다.

시계는 새벽 3시를 가리키고 있었다. 냉큼 일어나 얼음 같은 찬물에 세수를 하며 정신을 차렸다. 창밖은 아직 칠흑같이 깜깜한데 부엌에서 달그락거리는 소리가 났다. 어머니가 해장국을 끓이고 있었다. 칠십 노모가 할아버지 대부터 아버지 그리고 아들까지 3대에 이르도록 이른 새벽에 일어나 해장국을 끓인다는 것이 늘 가슴 한쪽을 베어내듯 쓰라렸다. 어머니는 이제쯤은 섬을 떠나 여생을 편하게 사셔야 하는데, 라는 생각을 할 때마다 죄책감이 들었다. 목포에서 공무원 생활을 하고 있는 두 동생이 어머니를 모시겠다고 성화지만 어머니는 나이 마흔다섯에 아직 결혼도 안한 장남을 혼자 두고 섬을 나가지 못한다고 고집한 것이다. 지난 추석에만 해도 언짢은 말이 오고 갔다.

"형님은 언제까지 어머니를 붙잡아둘 거요?"

"제발 이 지긋지긋한 섬에서 어머니를 해방시켜드려야지요?"

두 동생의 불만이 목에 가시처럼 걸려 있었다. 생각할수록 어머니를 서로 모시려고 애쓰는 동생들이 고맙기 짝이 없었다. 장남으로서 결혼을 하지 않는 것도 어쩌면 동생들을 믿는 탓인지도 모를 일이었다.

"사람은 눈에 보인 것만큼 희망할 수 있어요. 부모가 아이들에게 많은 것, 넓은 세상을 보여주려고 애쓰는 것도 다 그런 이유 아닌가요."

언젠가 중학교 선생을 하는 동생이 했던 말대로 아이들 교육 문제로 젊은 사람들이 떠나버린 홍도2구는 그야말로 적막강산이었다. 그래서 집이라야 20여 호에 불과하고 주민은 모두 노인들뿐이었다. 같은 홍도라도 1구와 2구는 서로 다른 섬처럼 왕래가 별로 없고 여객선도 없어 관광객들이 거의 찾지 않았다. 혹 찾는다 하더라도 사람들은 홍도1구에 머물면서 2구는 기껏해야 부두에 배를 대기시켜놓은 채 등대에 올라 유명한 일몰이나 잠시 바라보고 가면 그만이었다.

"자네 자당 어른도 이젠 포기했을 것이여……. 자네도 답답한 사람이지. 대학까지 나온 사람이 홍도 바닥을 못 떠나 홍어나 잡고 있으니."

가끔 갑판장이 하는 소리였다. 그럴 것이었다. 홍어잡이는 언제부턴지는 알 수 없으나 집안의 대를 이어왔고 할아버지와 아버지를 모두 홍도 바다에서 잃은 어머니는 어떤 일이 있어도 아들 3형제만은 홍도를 떠나 육지에서 살게 하는 것이 평생소원이었다. 그리고 면서기 같은 공무원을 시킬 수만 있다면 세상천지에 부러울 것이 아무것도 없었다.

흑산도에서 태어나고 자라 홍도2구로 시집온 어머니가 보는 공무원은 홍도가 소속되어 있는 흑산도 면사무소 면서기가 전부였고 서류를 떼주거나 무엇인가를 적는 일을 하는 면서기는 세상에서 가장 부러운 대상이었다. 그래서 가끔 면사무소에 다녀오는 날이면 한숨

을 푹푹 쉬면서 '너도 펜대나 굴리는 면서기를 했어야 하는 것인디!'
라고 한탄을 그치지 못했는데, 이젠 포기한 것이 확실했다.

한 선장은 갑판장이 대학을 나온 사람이 섬 구석에서 썩는 것처럼
말할 때마다 속으로 웃었다. 갑판장은 대학엘 가보지 않아 대학에서
배운 것이 세상 모든 것을 다 꿰는 줄 알고 있었다. 한 선장이 종종
별것도 아니라고 강조했지만 전혀 알아듣지 못했다. 대학 타령은 갑
판장만 하는 게 아니었다. 이장도 그랬고 어머니도 그랬고 마을 어
른들 모두가 그랬다. 공부해서 버린다고…….

사람들이 대학 졸업이라면 세상만사 다인 줄 아는 것처럼, 한때
한 선장도 대학을 졸업하고 말쑥하게 양복을 차려입고 동생들처럼
육상 근무를 했었다. 어머니 못지않게 바다가 지긋지긋했었다. 목포
에서 120킬로미터 떨어진 섬이 흑산도이고 흑산도에서 다시 40킬로
미터 떨어진 곳이 홍도였다. 가끔 '그 옛날 인구도 많지 않았을 것이
고 육지만 해도 살 만한 땅이 헐렁했을 텐데 왜 하필이면 우리 조상
은 멀고 먼 이 외딴 섬으로 들어와 살았을까?'라는 생각이 들 때가
많았다. 정말 눈만 뜨면 바라보는 바다란 바라볼수록 막막했다. 그
래서 '바라본다' 하여 바다라고 했다든가, '무엇이든 다 받아들인다'
하여 바다라고 했다는 말은 모두 맞는 말이라고 생각했다.

그런데 육상 근무란 지루하고 따분한 일이었다. 딱 정해진 일, 너

무나 비창조적인 일, 날마다 똑같은 일에 진저리가 나고 말았다.

"한정 없이 넓은 바다가 다 네 것 아니냐. 사시사철 물속에서 저희 들끼리 농사를 지어놓으면 우리는 그저 그물만 던지면 되는 것 아녀. 금광이 따로 있어. 홍어 곳, 이 바다가 바로 금광이란 걸 알아야제."

아버지가 생전에 입버릇처럼 했던 말이 문득, 문득, 가슴속으로 파고들기 시작하면서 언젠가는 바다로 돌아가야 한다는 생각이 점 점 깊어갔다.

결정적인 것은 홍도2구에 있는 흑산도분교 신흥초등학교가 폐교 되는 것을 보면서부터였다. 학생이 단 한 명도 없으니 폐교하는 것 은 당연한 일이었다. 대신 폐교된 학교에 국립공원관리공단에서 철 새연구센터를 연다고 했지만 한 선장은 23회 졸업생으로서 가슴 한 쪽이 쓱 베어나간 듯했다. 2005년에 철새연구센터가 들어왔고 여덟 명의 연구원들이 들어올 때 한 선장도 홍도로 돌아와 조상 대대로 내려온 가업을 이어가기 시작했다.

다행히 아래로 두 동생이 공무원이 되었으므로 어머니에겐 큰 위안이 될 것이라고 한 선장은 마음을 놓았다. 한 사람은 흑산도 면사무소보다 더 큰 목포시 행복동 동사무소 직원이 되었고, 또 한 사람은 목포중학교에서 선생을 하고 있으니 어머니는 반분은 푼 셈이었다.

이제 어머니의 고민은 요즈음 세상에 섬 구석 뱃놈에게 시집을 여

자가 없다는 것이다. 그래서 '총각 딱지를 떼지 못한 몽달귀신은 귀
신 족보에도 못 올라가는 법'이라면서 베트남이나 필리핀 같은 나라
에서 여자를 데려와야 한다고 해 버럭 화를 낸 적이 있었다. 결혼이
아무리 어머니의 소원이라 하더라도 동물적인 짝짓기 결혼은 죽어
도 싫었다.

사실은 담배 연기 속에 가끔 나타나는 그녀를 품은 적이 있었으므
로 어머니 말대로 몽달귀신은 충분히 면한 셈이다. 갑판장 외엔 어
머니도 모르는 비밀이지만 그녀를 정말 깊숙이 품었었다. 그녀는 가
출한 후 생사를 모른 아버지를 찾아 홍도에 왔다고 했다. 그녀 아
버지 역시 사업에 실패하고 빚 독촉에 못 이겨 집을 나가 흑산도인
가 홍도에서 배를 타고 있다는 소문을 들었기 때문이라고 했다. 서
울 어느 중소기업에서 경리 일을 했다는 그녀는 홍도1구 '샘 카페'에
서 일을 했지만 흔해빠진 카페 아가씨와는 무척 다른 데가 있었다.
눈은 언제나 물기가 돌고 있었고 기껏 웃는다는 것이 입가에 미소가
번질 듯 말 듯한 상태였다.

가느다란 몸매이지만 옷도 살에 붙지 않게 입었다. 블라우스는 팔
을 덮으면서 허리를 감추었고 치마는 무릎 아래까지 내려왔다. 섬에
온 목적이 따로 있는 탓이기도 하지만 천성 같았다. 확실히 그녀는
섬 여자보다 더 섬 여자다웠다. 옷을 벗을 때면 무슨 거룩한 의식을
치르는 듯했다. 단추 하나를 여는데 그 진지하고 조심스러움이란 꼭

암홍어를 찍어 올릴 때의 떨림 같은 것이었다.

　그녀는 겨우겨우 옷을 벗지만 어깨와 등 쪽에는 언제나 옷을 걸쳐
둔 상태였다. 알고 보니 일이 끝나기가 무섭게 후다닥 옷을 입기 위
해서였다. 마치 전시의 피난민처럼 언제나 급히 떠날 준비를 하는
것 같았다. 그리고 3개월 만에 홍도를 떠나버리고 말았다. 그런데 그
녀를 장난이 아닌 가슴으로 품었던 모양이었다. 그녀가 들어앉았던
자리가 텅 빈 채로 아직 남아 있었다. 새벽이면 가끔 그녀 생각과 함
께 성욕이 솟구쳐 오르면서도 가슴속이 알싸해진 것은 그녀가 흘린
눈물 탓이었다. 그녀는 섹스를 할 때마다 절정의 순간이 지나가고
나면 눈물을 흘렸다. 아버지를 찾으러 와서 자기는 너무 행복해서라
고 했다. 그래서는 안 된다는 것이었다. 그러다 떠나버리고 말았다.
그녀 심정을 충분히 이해할 수 있었다.

　한 선장은 이런저런 생각을 훌훌 털며 부엌으로 갔다. 어머니는
해장국으로 홍어애국을 끓여놓고 선원들을 기다리고 있었다. 선원
다섯 명이 부엌으로 모여들었다. 초보자 김 씨도 추위에 몸을 덜덜
떨며 뛰어들 듯 들어섰다. 모두 불이 이글거리는 아궁이 주변에 모
여 앉았다.

　"그놈의 암홍어!"

　파란 보리싹과 어우러진 홍어애국을 그릇마다 뜨며 어머니가 볼

멘소리를 했지만 한 선장은 못 들은 척했다. 대신 초보 선원 김 씨를 향해 '많이 먹어두시오'라는 당부를 잊지 않았다. 김 씨는 허벅지 사이에 두 손을 집어넣고 열심히 비비며 한 선장을 향해 고개를 끄떡했다.

김 씨가 홍도2구에 들어와 배를 타기 시작한 건 한 달째이지만 한 선장은 김 씨의 전직이 무엇인지 묻지 않았다. 묻고 대답하지 않아도 도시에서 온 초보들은 직장에서 떨려났거나 사업을 하다 실패하고 마지막 선택으로 온 사람들이었으므로 물을 필요가 없었다. 나중에 말문을 터보면 하나같이 벼랑 끝에서 죽어버린 셈치고 배를 타러 왔다고 했다. 생각하면 기분 나쁜 말이었지만 더 이상 갈 곳이 없는 그들을 품어주어야 한다고 생각했다. 김 씨도 보나마나 그중 한 사람일 것이었다.

"그놈의 암홍어는 무슨 심사로 하필 날씨가 뒤집어져야 뜨는지원."

한 선장 어머니가 머릿수건을 벗어 젖은 손을 닦으며 암홍어를 쫓는 아들을 안타까워했다. 한 선장은 어머니의 걱정에 마음이 편치 않았지만 그래도 암홍어를 꼭 잡고 싶었다.

"날씨가 뒤집어질 때마다 그놈이 뜨기나 하면 얼마나 좋게요."

갑판장이 국을 훌훌 마시며 한 선장 어머니의 말에 맞장구를 치고 나섰다.

"글씨 말이여, 아무거나 돈 되는 것이면 그만 아녀?"

"한 선장이 아직 장가를 안 가서 그렇지요. 장가가서 자식 새끼 딸려보라지라우. 그러면 누가 시키지 않아도 돈 되는 것이라면 닥치는 대로 잡아 올릴 테니께."

갑판장이 한 선장을 힐끔 쳐다보며 또다시 어머니의 말을 거들었다.

"새벽 시간은 도둑이네요."

그런 말이 듣기 싫은 한 선장이 갑판장을 돌아보며 자리를 박차고 일어섰다. 시계는 새벽 4시를 가리키고 있었다.

홍어애국으로 몸을 푼 김 씨가 가장 먼저 일어나 밖으로 나와 앞장서서 걸었다. 어둠을 헤치며 추적추적 부두를 향해 걸어가는 선원들 발소리가 마을 골목길을 울렸다. 한겨울 캄캄한 새벽바다에서 등대불이 열심히 포물선을 그리고 있었다. 홍어 배 두 척이 나란히 서서 선원들을 기다리고 있었다. 대풍호와 금성호였다. 모두 한 선장이 부리는 배이고 대풍호가 먼저 엔진을 걸고 밤새 마을 노인들이 정리해놓은 주낙 바구니를 배에 실었다. 주낙 바구니 정리는 홍도2구 20여 호의 마을 노인들 돈벌이다. 대풍호와 금성호가 홍어를 잡은 주낙 바구니를 풀면 마을 노인들이 둘러앉아 헝클어진 주낙을 정리하는 것이다.

한 선장은 대풍호에 올랐다. 벌써부터 암홍어를 생각하자 가슴이 두근거렸다. 암홍어를 기다리는 건 꼭 만나야 할 사람을 기다리는 것처럼 가슴이 두근대는 탓이었다. 한 선장은 선장실로 들어가 조타기를 잡았다. 등대 불빛을 뒤로하고 대풍호가 칠흑 같은 바다를 가로질러 달리기 시작했다. 조금 뒤에 금성호도 새벽 바다를 갈랐다. 배가 달리는 만큼 겨울바람이 뺨을 갈겨대기 시작하고 선원들이 머리에 쓴 비닐 모자를 단단히 틀어쥐었다. 선수에 부딪치는 파도가 질주하는 준마처럼 무섭게 갈기를 날렸다. 확실히 어제보다 그저께보다 날씨가 드셌다. 배가 바다 중간쯤 갔을 때 초보자 김 씨가 뒤틀린 복부를 움켜쥐며 몸을 떨었다.

"오늘 같은 날은 그냥 지나가지 못할 것일세. 멀미 앞에는 장사가 없어. 잘 견뎌내는 수밖에."

갑판장이 김 씨의 등을 투덕투덕 두드려주며 안타까워했다.

대풍호는 포구에서 15마일쯤 달려 나와 주낙을 쳐놓은 현장에 닿았다. 밤새 불던 바람이 이미 바다를 뒤집어놓았고 겨울 바다는 아예 통째로 움직이고 있었다. 하얀 파도가 함성처럼 피어올랐다. 뒤집어질 때로 뒤집어진 바다이지만 과연 암홍어가 뜰 것인지 알 수 없는 일이었다.

"한 선장, 이제부터는 암홍어 생각은 하들 말드라고. 괜히 우리까지 김빠지게 하지 말란 말이여."

갑판장이 한 선장을 향해 다짐이라도 받아낼 듯이 말했다. 한 선장은 묵묵부답으로 바다를 응시하며 배를 몰고, 배는 파도에 널뛰기를 했다. 파도의 포말이 분수처럼 갑판에 뿌려졌다. 선원들은 옷을 꼭꼭 껴입고 두꺼운 우의에 장화를 신었는데도 몸을 움츠렸다. 얼굴색이 시퍼렇게 변한 김 씨가 기어이 토악질을 시작했다. 난간 밖으로 머리를 내밀고 새벽에 먹은 홍어애국을 모두 쏟아내고 말았다. 그동안 멀미를 여러 번 겪었지만 이번엔 심상치가 않았다.

"뱃놈이 되자면 창자가 모조리 딸려 나오도록 쓰디쓴 똥물을 수십 번 토해내야 하는 것이오."

오 씨가 잘 견뎌야 한다는 의미에서 짐짓 냉정하게 말했다. 베테랑 오 씨야말로 누가 봐도 배를 탈 사람이 아니었다.

오 씨가 대풍호를 탄 것은 5년차이고 한 선장은 그때나 지금이나 외지에서 온 선원들의 전직을 알려고 하지 않았지만 가끔 배를 탈 사람이 아니라는 느낌이 든 것은 사실이었다. 50세인 오 씨는 조용한 인상에다 말씨도 차분하고 조리가 있고 또 점잖아서 어딘지 모르게 선비나 수도자 같다는 느낌이 들었다. 그래서 처음엔 뱃사람으로 적절치 않아 한 선장과 선원들이 쉽게 받아들이지 않았다. 그런데 오 씨가 거의 한 달 동안이나 홍도2구에 머물면서 통사정을 한 탓에 어쩔 수 없이 받아준 것인데, 오 씨는 한 선장과 선원들의 우려를 뒤엎고 백전노장 갑판장과 맞먹는 홍어잡이 달인이 되어주었다. 어떤 면에서는 평생 배만 타온 갑판장을 능가했다.

그런데 아니나 다를까 전직이 목사라는 것이 밝혀지고 말았다. 목사도 갈 데가 없기는 마찬가지라고 했다. 교회가 전국에 깔렸다고는 해도 해마다 봇물 터지듯 쏟아져 나오는 신학생들이 갈 곳이 없다고 했다. 오 씨가 목사로 밝혀진 것은 스스로 말한 것이 아니라 경찰 조사에서였다. 종종 느닷없이 나타난 중국 어선들이 한국 어선들의 그물이나 주낙을 잘라먹기 일쑤였다. 때론 어구를 송두리째 거두어 가버리기도 했다. 어느 날 그런 일로 외지에서 온 젊은 선원들이 중국 선원들과 폭력전이 벌어지고 말았다. 중국 어선들이 그물을 잘라먹고 오리발을 내민 탓이었다. 주먹깨나 썼다는 젊은 선원은 중국 선원들을 깡그리 몰아내고 말겠다며 맞붙어 싸웠고 중국 선원들이 칼과 도끼를 휘둘렀다. 해양경찰서에서 해경이 출동했다. 양쪽이 모두 심각한 부상을 입었으므로 양쪽 모두 경찰 조사를 받아야 했다. 오 씨도 이가 부러지고 팔을 베이는 큰 부상을 입은 탓에 조사를 받으면서 전직이 드러났다. 오 씨는 그때부터 '바다에서 홍어를 잡다 보면 물고기 뱃속에서 사흘 동안이나 갇혀 있다가 나온 요나 이야기가 생각난다'면서 목사처럼 말하기 시작했다. 지상에서 가장 순수한 바다에서 가장 순수한 은혜를 받는다는 것이다.

파도를 따라 배가 계속 널을 뛰자 김 씨가 토악질을 멈추지 못했다.

"잘 넘어가나 했더니 김 씨도 겪을 것 다 겪고야 마는구만."

"멀미가 누구라도 봐줘. 이 정도는 통과의례를 치러야 뱃놈 소릴 듣지."

"그래도 장한 일이여."

"그렇고말고, 이런 날씨에 초보가 갑판에 서 있는 것만 해도 장한 일인데."

"그야 그렇지만 참말로 똥물까지 올라올 때는 천하를 준다 해도 다 소용없드구마이."

"그때는 황진이가 홀랑 벗고 옆에 누워 있다 해도 소용없는 일이지."

"지금 뭣들 하는 것이여. 멀미하는 사람에게 겁주는 것이여?"

김 씨를 두고 선원들이 한마디씩 주고받자 노장인 갑판장이 선원들을 향해 일침을 놓았다.

겨우 멀미가 소강상태로 접어들자 김 씨는 지난날 방황했던 시간을 떠올리며 잘 인내해야 한다고 다짐했다. 남들처럼 직장에서 떨려난 처지라면 못 견디고 되돌아갈 수도 있을 것이었다. 직장 생활이라야 군에서 제대한 후 4년이 전부였다. '죽일 놈의 연극!'이라고 한탄한 어머니의 말대로 연극을 해보겠다고 떠돌다 보니 현실적으로 전혀 쓸모없는 인간이 돼버린 꼴이었다. 그렇다고 그 열정을 버릴 수는 없었다. 생각해보면 홍도까지 찾아와 홍어 배를 타게 된 것도 어쩌면 연극을 향한 열정 때문이었다. 조 씨가 배를 타서 목포에다 식당을 내고 싶다고 하듯이 김 씨는 배를 타서 번 돈으로 마음껏 연극을 하고 싶었다.

홍도까지 오게 된 것은 '누님집'이라는 식당 주인아줌마의 주선 덕택이었다. 서울 인사동 골목 '누님집'은 옛날부터 홍어와 막걸리로 유명한 식당이었다. 대학생일 때, 그 독특한 홍어 맛을 본 적이 있었지만 다신 먹고 싶은 생각이 없었다. 그런데 어느 날 한 친구가 만나자고 하더니 그 누님집으로 가자고 했다. 그리고 나이가 지긋한 주인아주머니가 잘 삭혔다고 자랑을 하며 내놓은 암갈색 홍어 살을 씹는 순간 눈물이 핑 돌았다. 톡 쏘는 홍어 맛 때문이었지만 그건 어쩌면 살아온 지금까지의 모든 것에 대한 눈물이란 생각이 들었다.

누님집 주인은 고향이 흑산도라고 했다. 할머니부터 인사동 골목에서 홍어와 막걸리 집을 하고 있는데 홍어 배를 탄 사람들이 상당한 돈을 번다는 것까지 이야기를 하면서 홍어 자랑을 늘어놓았다. 김 씨는 다음 날부터 홍어 배를 상상했다. 장벽 같은 현실을 박차고 어디론가 가고 싶어졌다. 돈을 번다면 더 좋을 것이었다. '바다를 무대로 한 연극에 출현하는 배우가 되는 것이야.'라고 무릎을 치며 다시 인사동 누님집을 찾아갔다.

"연극하는 사람이 홍어 배를 타겠다는 것이여?"

"그러면 진짜 배우가 될 것 같아서요."

"무슨 소린지는 몰라도, 돈을 많이 버는 만큼 죽을 각오를 해야 하는디?"

"죽을 각오를 하고 찾아왔습니다."

"그럼, 우리 친정에다 말은 해주겠는데 나중에 원망은 말드라고?"

"원망이라니요. 은혜 잊지 않을게요."

그렇게 자청해서 온 홍어 배였다. 어머니의 한탄도 문제지만 미혼인 채 나이 43세라면 이젠 무대 위에서만 인간의 삶을 대신할 것이 아니라 직접 현장에서 자신의 삶을 스스로 체험해야 할 나이라고 판단했다.

김 씨가 거기까지 생각했을 때 다시 뱃속이 울렁거렸다. 멀미가 아직 끝나지 않은 모양이었다. 토할 것 다 토해버린 뱃속에서 쓴물이 넘어왔다. 뱃사람들이 똥물이라는 노란 위액이 인내를 시험하기 시작했다. 내장을 모조리 탈수시켜버리는 듯 했다. 김 씨는 인내의 한계에 다다른 고통스런 몸을 비틀며 결코 이 싸움에서 지지 않겠다고 이를 악물었다.

"생각보다 심하네. 이 정도면 뒤도 안 돌아보고 도망가고 말겠는데."

"대부분 다 그랬지."

"사실 지독한 고문이잖아."

배 씨, 조 씨, 황 씨가 김 씨를 걱정하며 고개를 갸웃거렸다.

"아직까지 멀미하다 창자가 딸려 나왔다거나 죽었다는 말은 들어보지 못했으니 그만들 해."

갑판장이 다시 나서서 힘든 사람 앞에서 쓸데없는 소리 말라는 투로 쏘아붙였다.

"그렇고말고요. 그라고 남자가 한번 마음을 먹었으면 끝을 봐야지. 나도 한 2년 더 타고 목포 시내에다 가슴속까지 시원하게 뚫어주는 홍어 요리 집을 낼 참이거든."

조 씨가 눈치 빠르게 이번에는 김 씨에게 힘을 줄 양으로 말했다. 내친김에 조 씨는 배를 타서 돈을 모은 자랑과 함께 과거까지 털어놓았다. 조 씨는 다니던 직장에서 나와 인테리어 사업부터 시작해 의류업, 식당까지 손댔다가 집안을 몽땅 털어먹고 방황하다 홍어 배 소문을 듣고 찾아왔다고 했다. 황 씨와 배 씨도 마찬가지였다. 그러므로 대풍호에는 선장과 갑판장 외에는 모두 도시 사람들이었다. 그들은 이제 홍어 배를 떠나서는 살아갈 수 없는 진짜 뱃사람들이 되었고 호흡이 잘 맞아떨어졌다.

대풍호는 3일 전에 쳐놓은 주낙 자리에서 배를 멈추고 첫 번째 주낙을 끌어올리기 시작했다. 배 씨와 황 씨가 양승기를 돌려 주낙을 끌어올리고 오 씨와 갑판장이 긴 장대 갈고리를 들고 홍어를 기다렸다. 신참 김 씨는 주낙 바구니를 옮기거나 찍어 올린 홍어를 바구니에 담는 일을 하기 위해 대기했다. 그런데 양승기에 줄줄이 딸려오는 주낙에는 홍어 대신 싸구려 아귀, 물메기 따위만 올라왔다. 500여 개 주낙 바늘을 매단 100미터나 되는 한 바구니 분량의 주낙이 다 올라올 동안 계속 자질구레한 고기만 보였다. 초조한 분위기가 감돌았다. 그런데 선원들과 달리 선장은 차분한 표정이었다.

"선장님은 별 걱정 안 하시는 것 같은데요?"

"선장은 홍어가 아무리 많이 잡혀도 암홍어가 아닌 다음에는 별 반응이 없는 사람이야."

김 씨는 홍어가 안 잡히는 것이 괜히 초보자인 자기 탓만 같아 미안한 생각이 들던 차에 갑판장 말을 듣고 나자 안심이 되었다.

"암놈 말인가요?"

"암, 말 그대로 암놈인데 함부로 안 잡혀. 그놈은 크기가 수놈 서너 배나 되고 맛도 기가 막히거든."

갑판장이 고개를 흔들면서 바다를 응시했다. 양승기는 계속 돌아가고 오전 6시가 되자 연줄에 매달린 연처럼 납작한 홍어가 나타났다. 갑자기 갑판장의 장대 갈고리가 획! 하는 바람 소리를 내며 재빠르게 움직였다. 철퍼덕! 하는 소리와 함께 갑판으로 홍어 한 마리가 떨어졌다.

"야! 이것 봐라, 2번치는 되겠는데."

"2번치라니, 3번치도 될까 말까 하구만."

갑판장과 오 씨가 어림짐작을 하며 실망스런 표정을 지었다. 김 씨는 2번치는 뭣이고 1번치는 또 뭣인지 궁금했지만 당장 물어볼 수가 없어 고개만 갸웃거렸다.

"말 그대로 1번치는 제일 큰 놈을 가리키는데 8킬로 이상은 1번치, 7킬로 이상은 2번치, 6킬로 대는 3번치로 나가는 것이여. 위판 값도 당연히 그 순서대로 매겨지는 것이고."

김 씨의 궁금증을 벌써 눈치챈 갑판장이 주낙에 걸려 있는 물메기를 아무렇게나 찍어내어 갑판에 떼기치며 설명을 늘어놓았다.

"1번치가 올라와야겠네요?"

"암은. 어짜든지 큰 놈을 잡아야 돈이 되지."

계속 물메기, 아귀, 게 등 잡것들이 올라온 데다 주낙 스무 바구니 한 줄을 다 걷어올렸지만 더 이상 홍어가 올라오지 않았다. 사람들은 다시 고요해졌다. 선장은 배를 이동시켜 두 번째 주낙을 당기도록 지시했다. 갑판장 말대로 선장은 암홍어가 올라오지 않는 이상 1번치가 올라와도 선원들처럼 흥분하지 않았다.

이번엔 배 씨와 조 씨가 양승기를 돌리고 갑판장과 오 씨가 대기했다. 그런데 주낙이 당겨오지 않았다.

"이런 제기랄, 중국 놈들이 또 주낙을 잘라 먹은 거 아녀?"

갑판장이 허! 하고 공허한 숨을 뱉어냈다. 목사 출신 오 씨가 '이 죄 많은 놈들아 회개하라!'고 소리치며 눈에 보이는 듯 꾸짖었다.

"기천만 원은 족히 날아갔구만."

"처음 겪는 일이오."

한 선장은 오히려 태연하고 갑판장이 먼저 손실금을 계산하며 한 숨을 쉬었다. 중국 어선들이 한 번씩 휘젓고 가면 커다란 흔적을 남겼다. 어구를 훔쳐가기도 하고 망쳐놓기도 했지만, 그렇다고 흉기를 들이대며 대적하는 중국 어선들과 맞설 수도 없는 일이었다. 해양경찰도 감당 못 할 일이었다. 2년 전에 일어난 사건은 생각만 해도 끔찍했다. 흑산도 앞바다에서 중국 어선과 한국 어선이 맞붙게 되자 해양경찰이 출동했다. 그런데 중국 선원들이 해양경찰과 맞서면서 30대 중반 젊은 해양경찰을 살해한 사건이 벌어지고 말았다. 해양경찰도 큰일을 겪은 뒤로는 맞대응을 꺼리기는 마찬가지였다. 한 선장은 수천만 원을 깨끗이 잊고 묵묵했다.

"한 선장 배포는 알아줘야 해."

갑판장이 혀를 내둘렀다. 한 선장은 말없이 세 번째 주낙을 향해 배를 세웠다. 갑판장과 오 씨 옆에서 홍어를 기다리는 김 씨가 수천만 원을 날리다니, 라고 중얼거리자 갑판장이 '걸낚시인 주낙 어구는 그물보다 몇 배나 비싼 탓'이라고 하며 분을 삭이느라 한숨을 거푸 퍼냈다.

양승 5시간이 지나고 여섯 번째 주낙에서 홍어 여덟 마리가 올라왔다. 금세 갑판이 환해졌다. 선원들은 수천만 원 상당의 어구를 잃어버린 안타까움도 잊은 듯했다. 김 씨도 비로소 기운이 돌았다. 양승은 계속 이어지고 이번엔 오 씨가 갈고리를 획, 휘둘렀다. 선원들이 일시에 와! 하는 탄성을 질렀다. 1번치도 넘는 홍어가 갑판으로 툭, 떨어졌다.

"야! 이제야 몸이 풀리기 시작한다."

조 씨가 어깨를 으쓱거리며 좋아했다. 아침밥을 준비하느라 기관실 옆 주방에 있던 30대 후반 막내 배 씨까지 춤을 추듯 팔을 활짝 벌린 채 갑판으로 올라왔다.

"햐! 이런 재미로 홍어 배를 탄다니까. 요놈은 100여만 원은 너끈히 나가겠는데."

배 씨 역시 3년 동안 홍어 배를 타서 돈을 제법 모았다고 자랑을 늘어놓았다. 아직 총각인데 장차 보란 듯이 건어물 가게를 내고 나서야 당당하게 결혼을 하겠다고 했다. 김 씨도 덩달아 몸이 우쭐해졌다.

"김 씨요, 요런 재미 때문에 이번만 타고 내려야지 했다가 다시 홍어 배를 탄다니까요."

배 씨가 김 씨를 향해 희망을 가지라는 듯이 말했다.

"고것 참 꼿꼿하기도 하다. 가시가 벌겋게 성이 났어!"

갑판에 떨어져 있는 홍어의 생식기를 보며 선원들이 입을 뗐다.

"가시 달린 물건으로 그 짓을 어찌 하는지, 매일 홍어를 잡아도 이해 못 할 일이라니께."

"다 방법이 있겠지."

"가시도 가시지만 좆도 좆 같지 않은 게 두 개씩이나 달리다니. 난 그걸 이해 못 하겠어."

"이해하고 말고 할 게 있나. 두 개면 재미도 두 배겠지. 안 그런가?"

선원들이 그런 농을 하는 것은 살 만하다는 증거였다.

"이렇게 신바람이 나는데 어떤 개새끼가 바다 인생을 막장 인생이라고 했지!"

젊은 배 씨가 느닷없이 소리쳤다. 김 씨가 배 씨를 바라보며 엷게 웃었다. 배를 탄다고 할 때 몇몇 친구들이 한 말이 생각난 탓이었다. 배 씨 말대로 친구들도 '잘 생각하라구. 고깃배 그거 함부로 타는 게 아니라니까. 인생 막장이야.'라고 했지만 정작 무엇이 인생 막장인지는 아직 알 수 없는 일이었다. 사실 배를 타보니 이렇게 순수할 수가 없는데, 뱃사람들에겐 가식이란 게 전혀 없는데, 도대체 그게 왜 그게 인생 막장이란 말인가, 라고 잠시 자문했다.

점심때가 지났을 무렵 양승 자리를 옮기면서 한 선장이 부리는 또 한 척 금성호와 만났다. 금성호를 맡은 선장이 먼저 대풍호 한 선장을 향해 '오늘은 어때요?'라고 소리쳤다.

"1번치 한 놈에다 3번치 여덟 마리 건져 올렸네."

"우리도 마찬가지여요. 큰 일입니다, 선장님."

"큰일은 무슨 큰일, 바닷물이 마르기라도 해. 오늘 못 잡으면 내일 잡으면 되는 일이지."

"중국 놈들이 다 도둑질해 가버리니 하는 말이지요."

한 선장은 여전히 느긋하고 금성호 선장은 걱정이 태산 같았다.

옆에서 듣고 있던 갑판장이 고개를 흔들었다. 한 선장 아버지 때만 해도 아니 10년 전까지만 해도 하루에 두 물 때를 보았던 꿈 같은 시절이 그리웠다. 밀물이 시작될 때 주낙을 부설해놓고 바다에서 머물다가 밀물이 거의 다 들 때쯤 주낙을 걷어올려도 홍어가 주렁주렁 매달렸었다. 그래서 요즈음처럼 3일 전에 투망해두었다가 건져 올리는 것이 아니라 당일치기로 하루에 나가 투망하고 양망해서 돌아오면 되는 일이었다.

수확도 그때는 노상 풍장이었다. 하루에도 서너 뭇씩 잡는 것이 보통이었다. 한 뭇이 스무 마리이므로 무려 5, 60마리는 너끈히 잡아 올린 셈이었다.

"아무튼 한 선장은 황소고집이여."

"죽어도 암홍어지 뭔가."

갑판장은 언제나 태연한 선장을 이해할 수 없어 하고 오 씨는 한 선장의 암홍어 중독을 빗대어 말했다.

"암홍어란 게 도대체 어떻게 생겼는지 궁금하네요?"

김 씨는 그동안 말로만 들은 암홍어가 보고 싶어졌다.

"크기도 크기지만 고놈은 멋지게 생겼거든. 코도 수컷보다 유난히 붉은빛을 띠고 있는가 하면, 수컷은 등 한가운데 가시줄이 한 줄인데 암컷은 날카로운 가시줄을 세 줄이나 갖고 있거든. 삼엄한 경계를 한 셈이지."

"그런데 듣기로 인친 근해에서도 홍어가 많이 난다고 하던데. 왜 그쪽으로는 나갈 생각을 하지 않는지요?"

김 씨는 처음에 홍어 배를 타기 위해 알아봤던 일이 생각나 그렇게 물었다. 흑산도에는 일곱 척의 홍어 배가 있었다. 흑산도 홍어잡이 배들은 흑산도 앞바다를 떠나 인천까지 나가 조업을 한다고 했다. 인천에서 잡아와도 흑산도 홍어가 된다는 것이었다.

"홍어야말로 본바닥 홍어가 진짜 홍어여. 우리는 그것을 끝까지 지키자는 것이지."

"본바닥이라니요?"

"홍어 하면 홍도 아닌가. 홍도 앞바다에서 난 홍어라야 제 맛이란 말일세."

갑판장이 어깨를 으쓱했다.

오후로 접어들면서 바람이 잠잠해지기 시작하더니 숨어 있던 해가 나와주었다. 추위가 한결 나아졌다. 이제 주낙은 일곱 번째와 여덟 번째가 남아 있고 두 곳 800여 개 낚싯바늘에서 적어도 열댓 마리는 나와주어야 일당을 채울 수가 있었다. 양승기를 돌리는 사람들과 홍어를 찍어 올리는 조가 나란히 섰다. 선장이 오 씨를 바라보았다. 선장의 눈길을 의식하며 오 씨는 며칠 전 놓쳐버린 암홍어를 떠올렸다. 갑판장이 선장의 속내를 훤히 알고 오 씨를 툭 쳤다.

"앗따, 원숭이도 나무에서 떨어질 때가 있다는 데 어쩌다 실수한 걸 가지고 모두 야단이구만. 이번엔 절대로 그런 실수 없을 테니 걱정 말드라고."

양승기를 따라 주낙이 줄줄 딸려오기 시작했다. 역시 물메기, 아귀 등 잡고기 일색이었다. 짜증이 난 오 씨와 갑판장이 그것들을 찍어내어 다시 바다에 던져버렸다. 갑판에 올라온 주낙이 쌓여갈수록 선원들의 표정이 초조해지기 시작했다. 일곱 번째에서 홍어 다섯 마리가 올라왔다. 모두 2번치나 3번치 정도에 불과했다. 그래도 선장은 희망을 버리지 않고 암홍어를 기다렸다. 새벽에 담배 연기 속으로 스쳐간 그녀를 생각했다. 그녀가 꿈에 보이거나 그런 식으로 스쳐간 날이면 암홍어가 올라왔다. 갑판장은 그녀 탓이 아니라 운수 탓이라지만 한 선장은 그 신비한 징크스를 굳게 믿고 있었다.

선원들은 마지막 여덟 번째 주낙을 중간쯤 걷어올렸다. 그리고 갑판장의 갈고리가 신중하게 움직였다. 곧 장대가 휘청했다. 갑판장의 팔도 휘청했다. 감이 달랐다. 요놈, 1번치는 넘겠는데! 라고 갑판장이 소리치자 오 씨가 바짝 긴장했다. 선장이 갑판으로 고개를 내밀고 바라보았다. 선장의 눈이 반짝거렸다. 비로소 갑판장이 찍어 올린 홍어를 갑판 위에 조심스럽게 내려놓았다. 방석만 한 암홍어가 갑판에 퍼질러졌다. 암홍어 뒤쪽에 또 한 마리 대단한 놈이 붙어 있었다.

"햐, 요것들 뵈라. 한참 재미보다 걸려들었네!"

"워매, 수놈이 목숨 바치고 있구마이!"

뜻밖의 횡재였다. 선원들은 마치 제사를 지내는 사람들처럼 암홍어를 빙 둘러선 채 흥분을 감추지 못했다. 배 씨가 암놈에게 붙어 있는 수놈을 떼어내려고 장대를 뻗었다.

"놔둬. 아직 진행 중이여. 기왕에 시작한 것 끝을 봐야지."

"맞아, 잡아놓은 고긴데 뭣이 급하당가. 쬐금만 더 기다려보드라고."

김 씨가 피식 웃었다.

"김 씨는 저 꼴로 잡힌 고기는 처음 봤지?"

"듣지도 못했어요."

"홍어 수놈은 물고기 중에서 무척이나 밝히는 놈이거든. 낚싯바늘을 물고 있는 암놈을 덮쳐서는 행여 떨어질세라 양 날개에 돋쳐 있는 가시를 암놈 날개에 깍지 끼듯 꼭꼭 박고 교미를 시작하지."

"그래서 꼼짝없이 함께 잡혀 올라온 모양이네요."

"교미 쌍을 잡는 날엔 운수 대통한 날이야. 선장이 벌써 입이 함박만큼 벌어졌잖아."

시간이 어느 정도 지난 다음, 배 씨가 이젠 됐다는 듯이 암놈과 수놈을 분리한 다음 수놈 생식기 두 개를 단칼에 쳐내어 바다에 던져버렸다. 김 씨가 깜짝 놀라 왜 아까운 걸 버리느냐며 눈을 크게 떴다.

"홍어 좆은 흑싸리 껍데기여. 아무 쓸모가 없거든."

"만만한 게 홍어 좆이란 속담도 못 들어봤어? 하긴 김 씨가 들어봤을 리 없지."

어리둥절하는 김 씨를 향해 갑판장과 배 씨가 재미있다는 듯이 웃었다. 조 씨가 서둘러 초고추장을 들고 나오고, 배 씨는 수놈을 집어 들고 껍질을 벗긴 다음 가장 먼저 코를 베어내어 잘게 썰었다. 맛있는 부위부터 먹는 순서였다.

교미하는 놈은 술 한 잔과 함께 회를 쳐서 먹는 관습이 있다고 갑판장이 말했다. 말하자면 먹는 고사를 지내는 형식이었다. 그래야 다시 교미 쌍을 잡는다는 믿음이 있었다. 한편 아이를 갖지 못한 사람은 그날 밤 합방을 하면 틀림없이 아이를 갖는다는 속설도 있었다. 코 다음에는 날개와 꼬리 순서였다. 깊은 살은 맨 나중이었다. 마지막으로 특별한 맛을 자랑하는 내장인 애를 소금에 찍어 먹으며 모두 눈을 슬슬 감았다.

"이런 재미로 홍어 배를 탄다니께."

"이 맛이야말로 우리 같은 뱃놈 말고는 알 리가 없지. 김 씨도 이제 홍어 맛에 쏙 빠졌을걸?"

김 씨가 열심히 홍어를 씹으며 고개를 끄떡였다.

"오늘은 만선이나 다름없구만."

"아무튼 한 선장은 감이 특별한 사람이라니까. 무슨 조환지 심심찮게 암홍어를 잡아 올리거든."

열흘 전에 암홍어를 놓쳐버린 오 씨가 휴! 하고 안도의 한숨을 펴냈다.

"윗대를 닮은 것이 틀림없다니께. 한 선장 조부님과 부친 두 분 다 바다 밑에서 우는 홍어 울음소리가 들린다고 했거든."

"홍어도 울음소리를 낸다요?"

"그럼."

선원들이 모두 즐거움에 들떠 있고, 한 선장은 선원들의 잡담을 들으며 그녀 덕이라고 생각했다. 그녀가 꿈에 나타나거나 성욕이 솟구쳐 오르도록 머릿속에 떠오를 때마다 암홍어를 잡았다는 것은 결코 우연이 아닐 것이었다.

여덟 번째 양승을 모두 끝내고 나자 한 선장은 다시 주낙 놓을 자리를 탐색하기 시작했다. 홍어잡이에 어탐 따위는 필요 없지만 그래도 망망한 바다에서 무조건 주낙을 던져 넣을 수는 없었다. 선장이 물결을 유심히 살피다가 저희들끼리 살을 비비는 곳에 눈길을 주었다. 물결이 소리를 내면서 거품이 일었다. 그럴 땐 어디선가 갈매기 떼가 날아와 맴을 돌기도 하는데 한겨울엔 갈매기 떼가 좀처럼 날아오지 않는 것이 안타까운 일이었다.

주낙 부설은 주낙을 건져 올리는 양승보다 더 긴장된 일이라 선원들이 모두 말이 없어졌다. 배를 움직이면서 한 번에 스무 바구니 주낙을 풀어야 했다. 오 씨가 막대기로 주낙을 풀어주고 황 씨가 주낙을 바다에 부설하고 배 씨가 주낙 바구니를 척척 바꾸어주었다. 젊은 조 씨가 부표를 던지고 갑판장이 닻을 던지는 일을 맡았다. 척척 손발이 맞는 일은 마치 톱니바퀴가 돌아가듯 척척 맞아떨어지고 길고 긴 주낙은 실타래처럼 술술 풀어져 바닷물 속으로 사라졌다.

그런데 주낙 바늘이 두꺼운 장갑을 뚫고 황 씨 손바닥에 박히고 말았다. 황 씨가 물러나고 조 씨가 재빨리 일을 이어받았다. 부표를 던지는 일은 배 씨가 받았다.

"그물로 잡으면 편할 텐데 왜 이렇게 위험한 주낙으로 홍어를 잡는지 모르겠네요?"

김 씨가 황 씨 얼굴을 살피며 걱정스럽게 말했다.

"그물로 잡으면 고기가 상할 염려가 있고 맛이 떨어지는 탓이제."

갑판장이 닻을 던지며 대답했다.

철새 연구원들이 희귀종이라고 감탄하는 얼룩무늬납부리새, 긴다리사막딱새, 흰머리딱새 등 물새 떼가 날아들기 시작하고 하루를 마감하는 해가 홍도를 붉게 물들이기 시작했다. 홍도라는 이름답게 하늘과 바다와 바위와 심지어 물새 떼들까지 온통 붉게 변해버리고 말았다. 선장은 붉은 노을을 헤치며 부두를 향해 배를 몰았다. 높은섬, 띠섬, 독립문바위를 지나 포구로 향했다. 금성호도 뒤를 따르고 있었다.

부두에서 마을 사람들이 대풍호와 금성호를 기다리고 있었다. 배에서 주낙 바구니를 내리기가 무섭게 마을 사람들이 헝클어진 주낙을 정리하기 시작했다. 500여 개 낚싯바늘이 달린 100미터들이 한 바구니를 정리하는 데 3천 원을 벌면서 그것에 의지하여 살아가는 사람들이었다. 부지런히 주낙을 사려 담는 시린 손을 바라보며 한 선장은 새해부터는 1천 원씩을 더 올려주리라 마음먹었다. 먹빛 어둠이 금세 바다를 삼켜버리고 등댓불이 바다를 향해 포물선을 그리기 시작했다.

이장이 새로 온 남자를 데리고 한 선장을 찾아 부두로 나왔다. 남자가 두 손을 앞에 모아 잡고 정중하게 한 선장을 바라보며 말문을 열려고 했다. 한 선장은 남자가 미처 말을 꺼내기도 전에 아무래도 배를 한 척 더 늘려야겠다고 생각했다. 한 척이 아니라 서너 척은 더 늘려야 할 것 같았다. '있는 배도 팔아야 할 판에 또 배를 늘리다니.' 작년에 금성호를 늘릴 때 어머니와 동생들이 볼멘소리를 했었다. 배를 늘리자면 수협에서 빚을 얻어야 하고 그렇게 되면 영영 홍도를 뜨지 못할 것이기 때문이었다.

내일은 또 누가 직장에서 떨려난 눈물을 안고 홍도2구를 찾아올지 알 수 없는 일이었다. 그들에게 희망을 주는 것과 홍도를 떠나지 못한 것과 그래서 동생들이 원망한 대로 어머니를 섬에다 꼭 붙잡아둔 것이 가슴 아프게 얽혔다. 바다에서 홍어 씨가 마르지 않는 한, 홍도 바다가 어디론가 사라지지 않은 한 아무리 생각해도 한 선장은 홍도를 떠나서는 안 된다는 결론을 내렸다.

그런 생각 끝에 담배를 피워 물고 등댓불을 응시했다. 되풀이하여 켜지는 등댓불이 물결을 쓰다듬으면서 가끔 그의 얼굴을 비쳤다. 한 선장의 얼굴이 불빛에 번들거렸다. 같은 또래 이 시대의 40대들을 생각하자 눈물이 난 탓이었다. 그리고 자리를 뜨려는 순간 한 선장이 화들짝 놀랐다. 환해진 등대 불빛에 여자 모습이 잡힌 탓이었다. 분명 사람이었고 여자였다. 한 선장은 눈을 의심하며 다시 등댓불이 켜지기를 기다렸다.

곧 등댓불이 다시 켜지면서 커다란 포물선을 그렸다. 머리가 긴 여자가 등대 탑 아래 선 채로 부두 쪽을 바라보고 있었다. 긴 머리와 중간 키와 가느다란 몸매가 그녀와 흡사했다. 한 선장은 등대로 갈까 망설였다. 그런데 그럴 리가 없었다. 홍도2구에는 강아지 한 마리만 외부에서 들어와도 금세 소문이 퍼지는 곳이었다. 여객선도 닿지 않는 곳에 그녀가 홀연히 나타날 리가 없었다. 되풀이하여 등댓불이 켜졌다. 이번에는 여자가 보이지 않았다. 이상한 일이라고 고개를 갸웃거리는데 이장이 다가왔다.

"참, 어저께 젊은 여자가 등대에 간다고 우리 배를 탔는데 등대에 갔는지 어쨌는지 모르겠구만. 여자가 혼자 우리 홍도2구에 오는 일은 여간해서는 없었는데……. 한 선장이야 캄캄한 새벽부터 지금까지 바다에 있었으니 알 리가 없을 테고."

이장은 깜빡 잊을 뻔했다는 표정으로 혼잣말을 하듯 한 선장을 향해 말을 하고는 자기 집을 향해 몸을 돌렸다. 한 선장도 집으로 가기 위해 발걸음을 옮겼다. 그런데 발걸음은 등대 쪽으로 가고 있었다. 등대 쪽으로 날듯이 걸어가면서 지금까지 암홍어에 집착했던 것은 암홍어에 대한 욕심 때문이 아니라는 걸 알았다.

향기를 품다

마루에 서서 바라보면 동네 앞 버스 길이 보였다. 버스에서 내리고 타는 사람들까지 환히 보였다. 순범이 아버지가 죽어나가고 있었다. 그는 멀리 내다보지 않았다. 한쪽 다리로 질퍽거리며 버스 길까지 나가는 것도 불편하거니와 가슴이 막막하여 가까이 다가가기 싫었다. 언제부턴가 시골에서도 장의차로 장례를 치른 추세라 짐짝처럼 관이 버스 밑바닥에 실려 나가는 것도 보고 싶지 않았다. 그는 마루에 서서 몰래 엿보듯 바라보면서 몇 번인가 눈을 질끈 감았다. 순범이 아버지의 하소연이 생각난 탓이었다. 아들 둘이 모두 서울에서 공부해 서울 시민이 된 탓에 순범이 아버지는 죽기 전 일 년 동안 서울에서 두 아들네를 오가며 산 적이 있었다. 지독한 감옥살이였다고 했다.

철없는 도시 아이들만 시골 아이들을 깔보는 게 아니라 서울 노인들도 시골 노인을 무시하더란 것이다. 집 안에만 있자니 비좁은 아파트에서 젊은 며느리와 맞대야 하는 심정 역시 못할 짓이더란다. 그러니 갈 데도 없고 있을 곳도 없어 지하철에 뛰어들어버리고 싶은 충동이 불쑥불쑥 들기가 예사였는데, 엉뚱한 지하철 기관사만 놀라게 할 것 같아 그 짓도 못한 채 고향으로 내려오고 말았다고 했다. 그리고 죽기 전에 그가 한 말이 있었다. "자식? 자식들도 다 지들 사느라 숨통 막혀. 서울 바닥이 어딘가. 용하게 살아가는 걸 고맙게 생각해야. 그런 자식들 나무라면 진짜 부모가 아니지럴."이라고 자식들을 감싸고 나섰던 게 머릿속에서 맴돌았다. 부모를 제대로 모시지 못해 다시 돌아온 거라며 시골 사람들이 자식들을 나무란 탓이었다.

그는 헛헛한 가슴을 꾹 누르며 순범이 아버지를 태운 장의차가 보이지 않을 때까지 그렇게 서 있었다. 장의차가 멀어지고 나자 그는 평소처럼 버스에서 내린 사람들을 바라보았다. 사람들이 동네로 들어오고 있었다. 가을이라 걸음걸이가 한층 빨라진 사람들이 동네에서 가장 큰 그의 집 대문 앞을 바쁘게 지나가고 있었다. 찾아올 사람이 없는데도 그는 사람들을 자세히 살피며 발걸음에 귀를 기울였다. 그런 습관은 가을로 접어들면서 더 심해졌다는 것을 의식하며 넓은 마당을 둘러보았다. 넓은 마당엔 정갈한 햇살이 가득하고 집 안은 쥐죽은 듯 고요했다. 가끔 TV에 유명한 박사들이 나와 그런 고요가 노인들에게는 가장 나쁜 거라고 하지만 그에게는 가장 행복한 시간이었다.

이런 시간이야말로 명순이를 의식할 필요 없이 자유를 누릴 수 있는 탓이었다. 그는 마당 끝에 역사의 산 증인처럼 서 있는 오래된 감나무를 쳐다보았다. 가지가 휘어질 지경으로 많던 감이 꼭대기 부분만 드문드문 남아 있었다. 그거라도 남아 있을 때 따먹을 생각으로 몸을 일으켜 장대를 찾았다. 감나무 아래 놓여 있던 대나무 장대가 보이지 않아 두리번거리다 광으로 들어갔다. 그것이 광에 있을 리 없다는 것을 잘 알면서도 그는 멍한 눈빛으로 광을 둘러보기 시작했다. 장정 서너 사람이 달려들어야 겨우 옮길 수 있는 커다란 담갈색 옹기들이 집 안의 마지막 마지노선을 사수하는 듯 넓은 광을 지키고 있었다. 할머니의 할머니부터 어머니와 아내까지 내려오면서 매만졌던 옹기들이었다. 그것들이 위안을 주었다. 지금은 그 속에 무엇이 들어 있는지? 뚜껑을 열어보고 싶었지만 왼쪽 손 하나로는 뚜껑을 열 수가 없었다.

몇 달 전까지만 해도 보얀 먼지가 앉아 있는 옹기들이 반짝반짝 윤이 났다. 명순이가 열심히 닦은 표시였다. 명순이는 머지않아 곧 이것들도 제 차지가 될 것이라고 생각하며 부지런히 드나들고 있었다. 아내의 손자국을 어루만지듯 왼손으로 옹기를 더듬어보기도 하고, 손가락을 오그려 쥐고 두드려보기도 했다. 덩, 덩, 하고 빈 소리가 나는 것도 있고 틱, 틱, 하고 무엇이 가득 채워진 소리가 나는 것도 있었다. 옛날 어머니와 아내가 콩이며 조며 갓 찧어온 쌀 등속을 독마다 가득 채워두었던 기억이 새로웠다. 그뿐이던가 늦가을 사과를 수확하면 조합에 넘기고 남은 것은 모조리 옹기에 넣어놓고 겨울을 지나 봄까지 먹어도 끄떡 없이 싱싱했었다. 그런 광은 둘러만 봐도 푸짐했었는데 이젠 독과 독 사이에서 싸늘한 공기가 흘러나와 마치 고대의 냉기 서린 유물관을 방불케 했다.

싸늘한 공기가 서서히 몸속으로 스며들자 그는 어깨를 움츠리며 광에서 나왔다. 햇살이 마루 중앙을 벗어난 것으로 봐 점심때가 지난 모양이었다. 시장기가 들었다. 한쪽 다리를 끌며 이번에는 부엌으로 갔다. 부엌이야말로 옛날과 딴판이었다. 명순이가 추석 무렵에 대공사를 벌여 바닥엔 타일을 깔고 기역자로 싱크대를 설치하고 가스 테이블을 놓았기 때문이다. 거기다 집채만 한 냉장고와 김치냉장고, 식탁 등이 들어앉아 아내의 흔적을 말끔히 지워버린 현대식 부엌이었다.

그릇을 넣어두는 진열장 문을 열어보았다. 집안 대대로 쓰던 놋그릇을 빼고는 명순이가 채워놓은 낯선 신식 그릇 일색이었다. 명순이가 이제 안방만 차지할 일이 남았다는 생각을 하자 가슴속이 쓰라렸다. 허탈감이 허리를 꺾을 듯이 몰려오면서 시장기를 더욱 부추겼다. 그는 압력 밥솥을 열어 밥을 퍼내고 냉장고에서 먹다 남은 몇 가지 찬을 꺼내 식탁에 놓고, 먹어야 산다는 생각으로 밥을 씹어 삼켰다. 이런 식으로 점심을 먹는 것이 하루 이틀이 아닌데도 먹을 때마다 남의 집 부엌에 몰래 들어와 밥을 훔쳐 먹는 도둑고양이 같다는 생각이 들었다. 쓴 약처럼 밥이 잘 넘어가지 않아 물을 거푸 마셨다.

다시 마당으로 나와 아래채 쪽을 바라보았다. 5백 평이 넘는 터에 안채를 중심으로 왼편은 부엌과 광이고 아래채는 작은 방 두 개에 대문과 헛간 그리고 창고가 붙어 있는데, 누님의 딸인 명순이가 돌봐준다는 핑계로 들어와 살고 있었다. 10년 전 아내가 죽고 나자 집은 텅 비어버리고 말았다. 그때까지만 해도 과수원이며 살림이 절반 가량은 건재했던 터라 명순이는 눈에 불을 켜고 들락거리더니 끝내 차고앉은 것이었다.

그는 명순네가 거처하고 있는 아래채로 향했다. 장대는 분명 그곳 어딘가에 있을 거란 확신이 들어서였다. 사실은 처음부터 아래채로 가고 싶었으나 선뜻 용기가 나지 않았다. 아래채에서는 언제나 명순이의 눈빛이 감시견의 눈빛처럼 번득이고 있는 탓이었다. 그러나 오늘은 안심해도 좋았다. 명순이는 제 시댁 집안 결혼식을 하러 포항 시내에 나갔으므로 해질 무렵이나 되어야 돌아올 것이었다. 그는 마치 금기의 비밀을 몰래 훔쳐보러 가듯 두근거리는 가슴으로 아래채 헛간부터 살폈다. 장대는 헛간에도 없었다. 다시 창고를 살폈다. 짐 작했던 대로 눈에 대나무 장대가 들어왔다. 장대는 감추어둔 듯 창고 구석자리에 몰래 끼어 있었다.

겨우 장대를 꺼내들고 나와 감나무 아래 섰다. 먹음직스럽게 잘 익은 붉은 감이 너무 높이 있어 장대를 잘 다루어야 할 것 같았다. 장대 끝의 쇠갈고리에 감이 달린 가지를 용케 끼워 꺾어야 감을 따낼 수 있었다. 그는 왼쪽 손 하나로 장대를 이리저리 움직이며 감을 따려고 애써보았지만 한 손으로는 중심이 잡히지 않아 번번이 빗나 갔다. 이마에서 땀이 줄줄 흐르기 시작하고 손은 피로해져 떨림이

왔다. 마비된 오른손은 이미 포기한 지 오래지만 왼손마저도 나이가 들수록 한번 떨리기 시작하면 종잡기 어려웠다. 후끈한 열과 함께 어지럼증이 몰려왔다. 그는 감 따기를 포기하고 마루 끝에 앉아 감 나무를 바라보았다. 감은 붉은빛을 반짝이며 다시 시도해보라고 용 기를 주는 것도 같았다. 헛웃음이 나왔다. 불과 10년 전만 해도 몇만 평 과수원을 가지고 있었고 아무리 흉년이 들어도 먹고 남은 온갖 과일이 지천으로 굴러다녔었다. 적어도 그 과수원이 다섯 토막으로 나뉘어 팔려나가기 전까지 동네 사람들에게 푸지게 인심을 썼던 일 이 떠올라 자괴감이 몰려왔다. 그는 감 하나 따먹자고 허둥대는 모 양이 초라한 생각이 들어 방으로 들어오고 말았다. 그때 전화가 울 렸다.

"김용규 씨 댁인가요?"

"맞니더."

"우체국 택뱁니다. 미국에서 주문 택배로 과일을 부친 건데요. 집 에 계실 겁니까?"

"미국에서요?"

"예."

"미국에서 누가요?"

그는 쿵 내려앉는 가슴을 붙잡고 급하게 물었다.

"김영남이란 분인데요."

그는 수화기를 든 채 멍해지고 말았다.

"여보세요? 집에 계실 거냐고요."

"꼼짝 않고 기다리고 있을 기요."

"30분 후에 도착합니다."

그는 몹시 앓고 난 사람처럼 간신히 대답을 하고 택배 직원이 도착할 때까지 붙박이처럼 움직이지 않았다. 아들이 살아 있는 모양이었다. 지구 어느 구석엔가 아직까지 죽지 않고 살아 있음이 분명했다. 소매 끝으로 줄줄 흘러내린 눈물을 닦고 있는데 대문을 박차듯 열어젖히며 건장한 남자가 과일 상자를 들고 마당으로 들어섰다.

"누가 보냈다고 했는교?"

그는 남자를 뚫어져라 쳐다보며 보낸 사람 이름을 다시 확인했다.

"아까 전화로 말씀드렸다 아이요. 미국에서 김영남이란 분이 보낸 것이라고."

배달원은 사과 상자를 마루에 내려놓고 도망치듯 대문 밖으로 사라져버렸다. 그는 방에서 돋보기를 가지고 나와 다시 이름을 확인했다. 틀림없이 오직 하나밖에 없는 아들 이름 '김영남'이었다. 그는 사과 상자와 이름을 어루만지며 한참 동안 눈을 뜨지 못한 채 있었다. 그러다 갑자기 서둘러 한 손으로 사과 상자를 방 안으로 끌어들이기 위해 애를 썼다. 명순이가 들이닥치기 전에 어서 방 안으로 들여 이불이나 옷가지로 덮어놓고 싶은 심정이었다. 명순이의 손이 닿는 순간이면 독수리가 병아리를 채가듯 번개같이 제 방으로 들고 갈 것이 뻔했다. 혹시 일말의 양심이라도 발동한다면 대여섯 개쯤 남겨놓고 몽땅 퍼갈 것이었다.

명순이는 늘 그런 식이었다. "외삼촌, 늙어갈수록 소식을 해야 오래 산다카대예."라고 퍽이나 생각하면서 좋은 것은 무조건 제 방으로 가져가 제 가족들끼리만 먹어치우는 것이었다. 잘 익은 감만 해도 그랬다. 해마다 가을이면 마당에는 동네 사람들이 침을 삼킬 지경으로 주먹만 한 감이 주렁주렁 열리고 명순은 감을 사수하고 나섰다. 그러다가 딱 알맞은 시기에 맞추어 모조리 따내다가는 저하고 친한 동네 여자들에게 인심을 쓰기도 하면서 저희 가족들끼리만 겨울 내내 먹는 것이었다.

왼손으로 끄는 사과 상자는 좀처럼 딸려오지 않았다. 감을 따기 위해 애쓸 때처럼 얼굴에서 땀이 흐르고 다시 어지럼증과 손 떨림이 일어났다. 그는 수차례 시도하다 힘이 빠지고 말아 사과 상자를 감싸듯 부여안고 주저앉았다. 사과 향기가 아들의 체온처럼 가슴속으로 솔솔 스며들었다. 아들 모습도 사과 향기처럼 피어올랐다. 엄밀하게 따진다면 아들과 함께 산 시간은 초등학교 6학년 졸업까지가 전부였다. 하나밖에 없는 아들을 잘 키우겠다고 중학교부터 서울로 유학을 시켰고, 아들은 서울의 치열한 경쟁 때문에 방학 때도 겨우 내려왔다가 부랴부랴 올라가버리고 말았다. 그리고 대학을 졸업하자마자 공부하겠다고 미국으로 간 다음 도무지 돌아올 생각을 하지 않는 것이었다. 그러자 동네 사람들은 입방아를 찧기 시작했다. 자식을 높이 공부시킬수록 오히려 버림을 받는다는 둥, 시골 구석에서 태어나 서울만 해도 넘친데 해외 유학이니 뭐니 하더니 하나밖에 없는 자식을 놓쳐버렸다는 둥, 마약을 해서 신세를 망쳤다는 둥의 입방아로 귀에 딱지가 앉은 지 오래였다. 그런 입방아는 명순이가 앞장서서 찧어댔고 명순이는 영남이가 한국으로 돌아오지 않기를 바란다는 것도 벌써 눈치챈 일이었다.

사과 상자를 끌어안은 채 허공을 바라보며 그는 누가 뭐라 해도 아들은 본래 효심이 깊고 따뜻한 성품을 지녔다고 속으로 뇌었다. 그러나 한편 생각해보면 동네 사람들을 탓할 것도 못 되었다. 아들 영남은 10년 전 아내가 죽었을 때를 제외하고는 집에 온 적이 없었다. 살다 보면 피치 못할 사정이 있을 수 있다 하더라도, 그렇더라도 편지로 소식은 전할 수 있건만 편지도 돈을 보내달라는 것 외는 감감 무소식이었다. 10년 전에 보았을 때도 어머니가 죽었다고 하자 하는 수 없이 온 모양이었는데, 먹고 사는지, 굶고 사는지, 얼굴은 누렇게 떠 있고 팔다리는 병자처럼 허약했다. 행여 흙이라도 묻을세라 동동 들다시피 키운 외아들의 몰골은 차라리 보지 않은 것만 못해 아내가 죽은 것보다 더 기가 막혔다. 그랬는데 더 기가 막힌 건 미국으로 돌아갈 때 "저 비행기 표 살 돈 좀 주세요."라고 고개를 푹 떨군 것이었다.

그는 아린 가슴을 꾹 누르며 다시 상자를 끌어보았다. 상자는 아까보다 제법 딸려오기 시작했지만 방문 문지방을 넘을 수가 없어 멈추고 말았다. 그렇다고 자칫 다치기 쉬운 사과 상자를 엎치락덮치락 이리저리 굴릴 수도 없었다. 그는 깊이 심호흡을 뱉어내며 명순이의 막내아들 중학생 경수가 학교에서 돌아오기를 기다리기로 했다. 경수는 그래도 명순이를 닮지 않고 지 아버지를 닮아 살갑게 구는 것이 그나마 위안이 될 때가 있었다.

늦가을 해가 산 능선에 걸쳐 있었다. 마루에 서서 버스 길을 바라보았다. 경수는 아직 모습이 보이지 않았다. 마지막 햇살이 감나무 꼭대기에 부딪칠 때쯤 수런수런 말소리가 들려오면서 반쯤 열려 있는 대문 사이로 사람들이 지나가는 것이 보였다. 곧 명순이가 들이닥칠 것이었다. 제발 명순이보다 경수가 먼저 와줄 것을 기대하며 사과 상자를 쓰다듬었다. 아들처럼 안쓰러운 생각이 들어 자꾸 쓰다듬었다. 해가 산 너머로 완전히 넘어가고 길가로 사람들이 자주 지나갔다. 대문을 열어젖히는 소리가 났다. 그는 자리에서 벌떡 일어나 대문 쪽을 바라보았다. 명순이가 마당으로 들어섰다.

"그게 뭐꼬?"

명순은 마당에 들어서자마자 날아오듯 달려왔다. 정말 병아리를 발견한 독수리 같았다. 그는 대답 대신 사과 상자를 힘주어 끌어안았다.

"무슨 상잔데 알을 품듯이 품고 있는교? 보물 상자라도 되는교?"

명순은 대답을 들을 것도 없이 사과 상자를 끌어당겼다. 그는 상체로 사과 상자를 덮어누르며 완강히 버텼다.

"이 냄새! 난 또 뭐라고. 사과 아인교?"

명순은 코를 킁킁대며 호들갑을 떨었다. 그를 거세게 잡아챘다. 다른 때 같았으면 나가떨어졌을 그가 끄덕하지 않았다.

"이건 천하없어도 안 된다."

"무시라, 혼자 다 먹을 작정인교?"

"어쨌든 안 된다면 안 되는 줄 알아."

명순이는 잠시 물러나 상자를 유심히 살피다가 김영남이란 이름을 발견하며 눈을 번쩍 떴다.

"아이고야, 미국에서 잘난 아들이 보낸 기네요."

"말 함부로 하지 마."

"맞니더, 잘난 아들이 아니라 못난 아들이지예. 못나도 지지리 못난 아들 아인교."

"글쎄, 못 낫든 잘났든 상관 말란 말이야."

"죽었는지 살았는지도 모른 아들한테 꼴난 사과 한 상자 받고 보이 흥감하나 보네요. 사람도 아이지. 수족도 제대로 못 쓰는 지 아바이를 나한테 맡겨놓고 고맙다는 말 일언반구도 없으니 그 기 사람 인교?"

명순은 두고 보자는 표정을 지으며 떨어져 나갔다. 그는 더 이상 경수를 기다릴 수 없어 다시 사과 상자를 옮기려고 시도해봤지만 뜻대로 되지 않았다. 바람이 어깨와 등에 부딪쳤다. 그렇더라도 사과 상자를 마루에 두고 혼자 방으로 들어가버릴 수는 없었다. 그는 방에서 두툼한 겉옷을 가져와 겹쳐 입고 경수를 기다렸다.

명순이가 저녁 밥상을 들고 와 마루에 거칠게 놓고 돌아섰다. 사과 때문이 아니더라도 명순은 언제나 밥상을 마루에다 탕! 소리가 나게 놓고는 가버렸다. 기껏해야 하루에 두 번 아침 저녁으로 밥을 차려주고, 점심은 스스로 찾아 먹도록 내버려두면서도 국그릇에서 국이 튀어오를 지경으로 마루에다 밥상을 탕! 탕! 놓았다. 그렇더라도 그편이 안방을 덜 들락거리게 되어 차라리 편했다. 명순이는 안방엘 들어오면 도둑처럼 눈을 두리번거렸다. 몹시 바쁘게 움직이는 눈빛은 반드시 무엇인가를 찾아내고야 말겠다는 야심찬 것이었다. 몇 년 전만 해도 "이런 구질구질한 것을 방 안에 두고 사니까 외삼촌이 중풍이 일어난 것이라예."라고 하면서 반닫이며 놋그릇이며 이런 저런 옛날 물건들을 제 마음대로 아래채로 옮겨가버렸고, 집안 대대로 물려온 제사용 백자 술병까지 영남이 대신 제사를 지내준다는 핑계로 차지하고 말았다.

그는 밥을 먹고 난 다음 기운이 돌자 다시 사과 상자를 움직여보려고 애썼다. 그때 경수가 들어왔다. 경수는 대문에 들어서자마자 상자에 매달려 애쓰는 그를 발견하고 쏜살같이 달려왔다.

"할아버지, 방으로 들일까예?"

경수는 훌쩍 상자를 들어 방으로 옮겼다.

"미국에서 영남이 아제가 보낸 기네요?"

경수는 상자를 살피며 영남이란 이름을 보고 반가운 표정을 지으며 물었다.

"그래, 미국에서 보냈어!"

"편지도 들었을 낍니더. 퍼뜩 풀어보이소?"

그는 차분하게 김영남이란 이름을 다시 읽으며 명순의 말대로 소중한 보물 상자를 열듯이 정성껏 테이프를 한 줄 한 줄 벗겨내며 상자를 열었다. 붉고 잘생긴 사과가 질서정연하게 앉아 있었다. 그는 단번에 최상품이란 걸 알았다. 껍질이 거칠고 꼭지 부분이 깊이 들어가면서 살짝 벌어진 두 골 금이 가 있었다. 최고의 당도와 탄력을 자랑하는 증거였다.

옛날 만평 과수원에 감나무 배나무 복숭아나무 사과나무가 주종을 이루었는데 뭐니 뭐니 해도 과일은 사과가 제일이었다. 같은 수고를 들여 농사를 짓는데도 사과는 다른 과일과 달리 몇 배의 기쁨을 안겨주었다. 정말 잘 익은 사과는 그냥 두고 바라보고 싶을 정도로 냉큼 따기가 아까웠다. 딸기는 더욱 아까웠다.

"할아버지, 편지가 있니더, 내가 뭐라캤는교."

경수가 먼저 편지를 집어내어 그의 눈앞에 들이밀었다. 돋보기를 찾을 동안 경수가 벌써 읽어 내리기 시작했다.

"아버지, 죄송합니다. 죄송합니다. …… 아버지 제가 모실 때까지 조금 만 더 참아주세요. 부디 그때까지 건강하셔야 합니다……."

"할아버지, 나도 미국에 가고 싶은데 아제한테 나 좀 불러들이라고 해주이소. 우리나라에서 백날 영어 배워봐야 소용 없니더. 더구나 이런 시골 구석에서는 우물 안 개구릴시더."

그는 미국에 가게 해달라고 조르는 경수를 향해 그러자꾸나, 라고 건성으로 고개를 흔들어주면서 아들이 "죄송합니다"를 되풀이한 것처럼 살아 있어주어서 "고맙구나!"를 되풀이했다.

사과 상자를 받고부터는 그는 마을 회관 노인정에도 나가지 않았다. 아무리 생각해도 언제 어느 틈에 명순이가 들어와 사과 상자를 통째로 들고 가버릴지 알 수 없는 일이었다. 명순은 그가 망령이 들었다고 소문을 내고 다녔다. 동네 사람들은 그가 비참하게 망해간다고 혀를 찼다. 명순은 다음 날도 그 다음 날도 마루에다 탕! 소리가 나게 밥상을 놓으면서 안방을 향해 "두고 보라지. 본격적으로 방에 군불을 때는 날이면 하루아침에 몽창 썩어 나자빠지고 말끼구만!"이라고 노골적으로 사과에 저주를 퍼부었다.

명순이 집에 없는 시간에만 그는 밖으로 나왔다. 감나무 높은 가지에서 아직도 잘 읽은 붉은 감이 바람에 끄떡없이 붉게 빛나고 있었다. 텅 빈 늦가을에 아니 겨울의 문턱에서도 아랑곳없이 태연하게 제 빛을 자랑하는 붉은 감처럼 영남을 믿어야 한다는 생각이 가슴을 치고 들어왔다. 조금만 더 참으세요, 라는 말이 지금까지의 목마른 기다림을 봄눈처럼 녹여준 듯했다. 그런 생각을 하자 얼굴에 감빛 같은 홍조가 돌았다. 그는 기운이 도는 것을 느끼며 애써 마당을 이리저리 걸어보았다.

"부지런히 걸어야 해. 우리 같은 늙은이들 관절은 삼 일만 놀려도 막대로 변해버린다는 거야."

"그렇고말고 어찌됐거나 오래 살아야 영남일 만날 게 아닌가."

그전엔 귓등에도 걸리지 않았던 친구들의 당부가 새로웠다. 차츰 바람이 더 세어지고 감나무 꼭대기에서 감이 낭창낭창 흔들리고 있었다. 어쩌면 감이 땅에 떨어질지도 모른다는 조바심이 났다. 이제 붉은 감은 따먹고 싶은 것이 아니라 오래오래 나무에 매달린 채로 바라보고 싶었다. 나무 아래 뭔가를 받쳐놔야겠다고 생각하며 마당을 두리번거렸다. 아래채 쪽에 고무 대야가 놓여 있는 것이 보였다. 그것을 가지러 가기 위해 걸음을 옮겼다. 그때 대문 밖에서 여자들의 수다스런 말소리가 들려왔다.

"노인네가 꼼짝도 안 하고 사과 상자만 품고 있단 말이가?"

"그렇다카이. 꼭 어미 개가 막 낳은 새끼들을 지키는 것과 똑같은 기라."

"갈 때가 다 된 거 아이가?"

"아직도 하루 세 끼 밥 꼬박꼬박 챙겨 먹는데, 가긴."

"하매나 아들이 올까 하고 억척으로 그런 거겠지."

"올 아들 같았으면 벌써 왔지럴. 오죽하면 지 아바이가 저 모양인 데도 꼼짝 못하겠노."

"그나저나 경수 어마이 니 이번 겨울엔 사정 두지 말고 안채로 들어가 차고 앉거라. 중풍 들린 노인네 하나 못 이길 기가."

"경수 아바이가 말을 들어먹어야지럴. 집구석을 확 뒤집어버릴 기라고 야단인기라. 안 그랬으면 작년에 차지했지. 도둑질도 손발이 맞아야 해먹는다고 도대체가 도움이 안 되는 화상인기라."

"노인네가 혼자 덩그러니 큰방 차지하고 앉아 있는 것보다야 문간 채 작은 방에 따듯하게 있으면 더 편할 낀데. 살면 얼마나 더 살 끼라고 고집을 부린 기고."

"우리 고현에서 이름난 경수 어마이, 니 무대뽀도 별수 없는가 보다."

"이번 겨울엔 무슨 일이 있어도 안채로 들어가고 말 끼다. 두고 보래이."

"그래, 중풍 들린 노인네가 이긴지, 경수 어매가 이긴지, 어디 두고 보자."

조만간 이 집이 명순이 차지가 될 거라고 믿는 여자들이 명순에게 아부를 떠는 소리였다. 그는 고무 대야를 집어 들고 감나무 아래로 돌아왔다. 혹시라도 감이 떨어질지 모를 위치를 가늠해 대야를 놓고 감을 쳐다보며 중얼거렸다.

"바람이 아무리 흔들어도 떨어지지 말거레이. 나도 내 방 뺏기지 않고 잘 견딜 기다."

여자들이 지껄인 대로 영남은 어쩌면 살아생전에 오지 않을지도 모를 일이었다. 차라리 못 오는 것이 아니라 오지 않는 편이기를 바랐다. 오고 싶은 마음이 간절한 효심 깊은 아들이 아니라, 충분히 올 수 있는데도 오지 않는 불효막심한 아들이기를 바랐다. 돌이켜보면 아들은 미국에서 적지 않은 돈을 수차례 부쳐달라 했고, 그때마다 과수원을 동강내 팔아주면서도 아들을 원망하지 않았다. 어차피 제 것이니 제가 간절히 필요할 때 쓰는 것이라고 생각했다. 친구들은 앞으로 어떻게 살려고 그러느냐. 자식도 필요 없으니 그것만은 지켜야 한다고 말렸지만, 머나먼 이국땅에서 아들이 고생한다는 것은 못 견딜 일이었다. 그러면서도 과수원을 한 토막 두 토막 동강 내 팔 때마다 팔다리나 몸을 떼어 파는 것처럼 가슴이 아팠다. 윗대 할아버지가 일구어 3대째 물려준 과수원이었고 평생을 바친 땅이었다.

명순은 작심한 듯 거칠고 야단스럽게 떠들며 안채 아궁이에 때 이른 군불을 때기 시작했다. 불을 때면서 경수야! 경수야! 하고 경수를 부르는 소리가 안방까지 쩌렁쩌렁 울렸다. 경수는 대답이 없고 경수 아버지가 부랴부랴 뛰어갔다.

"이녀은 쓸데없이 어딜 싸돌아다닌교?"

"또 시작이가. 외삼촌 듣겠구만."

"말은 들으라고 한 것이지럴."

그는 다른 날보다 더욱 긴장되어 몸을 움츠렸다. 명순이가 금방이라도 방문을 벌컥 열어젖히고 쳐들어올 것만 같아 방문 쪽을 줄곧 응시했다.

"이놈의 손은 어딜 갔노? 노인네 방에 군불 좀 때라 카이."

"벌써부터 무슨 군불이고?"

"아이고야, 물탱이 같은 인간하고는, 도대체 도움이 안 돼요, 도움이."

"외삼촌한테 느닷없이 군불 인심을 쓰는 이유가 뭐꼬?"

"시끄럽다. 모르면 굿이나 보고 떡이나 얻어먹으면 되는 기라."

"무슨 굿?"

"두고 보거라. 내 올겨울엔 무슨 일이 있어도 문간방하고 안방하고 바꾸고야 말낀께네."

"미쳤나. 참말로 그따위 짓을 하기만 해봐라 가만 안 둘 기다."

"이제는 그따위 협박 안 무섭다. 동네 사람들이 뭐라카는 줄 아나? 나보고 등신이라 카더라."

"동네 사람 누가? 니카 똑같은 것들 말이가? 하여튼 안방 건드리면 나도 가만히 안 있을 기지만, 천벌을 면치 못할 기다."

"천벌 같은 소리 하고 있네. 천벌인지 만벌인지 하나도 겁 안 난다. 답답한 인간하고는."

"니 참말로 노인네를 뽂아 죽일 기가?"

"노인네가 영창대군인 줄 아나."

결국엔 마당에다 뭔가를 내던지는 소리가 요란하게 울리더니, 방문 앞에 대고 "무시라 노인네가 혼자서 크나 큰 방을 차지하고 있으이 할 짓이 아이데이"라고 외치는 것이었다. 그는 속으로 네가 작전을 펴는 모양인데 안방은 어림없다, 그리고 내 아들 영남이는 꼭 돌아올 기구만, 그때까지 죽지 않고 내 방을 지킬 테다, 라고 응전했다.

생각해보면 명순이는 작년까지만 해도 설득조로 나왔었다. 혼자 있는 노인네가 들녘같이 너른 방에 있으면 더 춥고 적적하다 아이요, 문간방에 누워 있어 보이소, 노상 사람들 지나다닌 발자국 소리에다 이야기 소리도 듣고 얼마나 좋은 줄 아는교, 세월 가는 줄 모른 기라예, 라고 할 때는 방을 내어줄까, 하는 생각도 했었다. 명순이 말대로 혼자 덩그러니 큰 방을 차지하고 앉아 아들 생각에 가슴을 갈래갈래 찢기보다는, 지나다니는 사람들 발자국 소리도 듣고 이야기 소리도 들으면서 누워 있으려니 했는데 정말 그편이 좋을 거라고 여겼는데 친구들이 뒷방 늙은이란 말도 못 들었느냐고 다그치며 안방을 내주고 나면 명순이가 개 취급도 하지 않을 거라고 한사코 말렸다.

다시 명순이의 날카로운 목소리가 방문을 벌컥 열어젖힐 것처럼 들려왔다. 보이소! 고무 다라이 퍼뜩 가져오라카이 뭐하는교? 경수 이것도 말을 들어먹길 하나, 이 인간들은 아나 어른이나 모두 지 꼬라지를 모른 기라, 라고 제 남편을 향해 화풀이를 하면서 가마솥 뚜껑을 떠르릉, 떠르릉, 여닫는 소리가 심장을 흔들었다.

사과는 향기를 발하며 썩어가기 시작했다. 경수가 미국 유학 가는 것을 조르기 위해 안방에 들렀다가 사과 냄새가 진동한다면서 코를 킁킁댔다.

"할아버지, 사과 냄새가 방 안에 가득할시더."

"사과가 썩어가고 있는 기라."

"참말인교?"

"방이 너무 따뜻하니 사과가 잘도 썩어가는구나."

"아까워서 어짠교? 아제가 보낸 사과를 왜 안 먹고 썩게 두는데요?"

"아까워서 먹을 수가 없단다."

"할아버지도 참, 아까우니까 썩기 전에 빨리 먹어야지예."

경수가 머리를 갸웃하며 그를 쳐다보았다. 그는 사과 상자에서 썩어가는 사과 향기를 음미하며 '사과는 다른 과일과 달리 썩어갈수록 향기롭다'고 중얼거렸다. 예전에 과수원을 할 때도 그랬었다. 가을 끝물에 딴 사과는 상품으로 별 가치가 없어 두고 먹다 보면 썩어가기 시삭하고, 그래서 독에 썩기 시작한 사과를 숭숭 썰어 담아두었다가 이듬해 봄에 뚜껑을 열면 그 신비로운 향기란 말로 형용할 바가 아니었다. 그는 항아리를 가지러 광으로 나갔다. 항아리에 썩어가는 사과를 담을 작정이었다. 그러면 아들이 보내온 사과는 겨울 내내 곁에 둘 수 있을 뿐만 아니라 내년 봄까지도 그 향기를 꼭 붙잡아둘 수 있을 것이었다.

커피타임

바다 쪽으로 난 창문을 열자 아침 공기가 쳐들어온다. 태평양 어느 먼 곳에서 달려온 해운대 바닷바람이다. 바닷바람은 항상 새롭다. 밤새워 먼 곳에서 달려왔으니 당연할 것이다. 이런 맛에 바닷가에 산다는 것이 얼마나 좋은지를 아침마다 느낀다. 그런데 오늘은 한가하게 이런 생각에 젖어 있을 틈이 없다. 기차를 타야 한다는 건, 사람 마음을 조급하게 긴장시키기 때문이다. 준비를 하느라 몸과 마음이 바쁜데 전화가 울렸다. 짐작대로 김 교장이다. 김 교장은 아무래도 해가 바뀌면서부터 외로움을 심하게 타는 것 같다. 전화를 거는 횟수도 잦아졌고 시간도 앞당겨졌다. 작년까지만 해도 아침을 먹고 난 후에 전화를 걸던 것을 이제는 아침을 먹기도 전에 거는가 하면 말도 많아진 것이다. 이야기라야 아침 먹었어? 오늘은 뭐 할 건데? 나는 요새 통 잠이 안 와서 새벽 4시면 발딱 일어나고 만다니까. 누구누구는 아들네와 합했고 누가 죽었고 누가 암으로 입원했는데 얼마가지 못할 것이라는 등등이다. 오늘도 그런 식으로 시작하더니 "아, 참, 아들네와 합하니 어쩌니 하고 한참 고민하던 서 교장 있잖아? 결국 재산 정리해 싸들고 실버타운으로 들어갔다는 거야. 백번 잘한 일이지……."라고 한정 없이 말을 이어가면서 도무지 전화를 끊을 생각을 하지 않았다.

나는 마음이 조급해 하는 수 없이 "나 지금 서울 가야 하거든. 다음에 전화하자."라고 하며 일방적으로 전화를 끊으려고 했다. 그러자 김 교장은 서울엔 왜 가는 건데? 물론 아들네 집에 가겠지? 강남에서 제일 유명한 아파트를 샀다고 했잖아. 가면 언제 올 건데? 라고 묻기 시작했다. 나는 그렇다고 대답을 하면서 무슨 일로 가느냐는 그의 물음엔 선뜻 대답이 나오지 않았다. 문득 도대체 내가 왜 서울 아들네 집엘 가려고 하는지 새삼스럽다는 생각이 든 탓이다. 물론 아들이 새 아파트로 이사를 하고 일 년이나 지나도록 가보지 않아 여간 무심한 에민 것 같아 벌써부터 마음은 먹고 있었지만 그렇더라도 이렇게 갑자기 서둘러 가는 것은 평소 나답지 않는 일이기 때문이다.

며칠 전 세상을 뜬 장 교장 조문을 갔다가 도둑처럼 습격한 공허 탓인지도 모른다. 그날 장 교장의 미소 띤 영정이 지그시 나를 바라보며 말을 하기 시작했다. 향을 사르고 국화꽃 한 송이를 놓아주자 살아생전처럼 내 손을 덥석 잡아당기며 "민 교장, 내가 죽어버린 거 안 믿어지지? 내가 생각해도 꼭 사기당한 것 같다니까. 그렇게 건강하던 내가 어느 날 갑자기 쓰러져 당신들 곁을 훌쩍 떠날 줄 우리 중 누가 꿈이나 꿨냐구. 그래서 말인데 쓸데없이 외롭게 살지 마. 그동안도 무척이나 외롭게 살아왔잖아. 평교사 시절엔 이른 새벽부터 밤늦게까지 수업에 잡무에 시달렸고, 교감을 한다고 학교 온갖 힘든 일 다 떠맡았고, 교장을 하면서부터는 바람만 불어도 노상 학교 걱정에 당신 인생은 뒷전이었잖아. 그러니까 지금부터라도 부디 신명나게 살란 말이야. 포기하지 마, 당신 나이 올해 예순아홉이면 한참 때야. 세상 뜬 망자 주제에 무슨 소릴 하는 거냐고? 망자니까 이런 당부를 하는 거지. 사람은 죽어봐야 안다니까. 거 있잖아. '우물쭈물하다가 내 이리 될 줄 알았다.'는 버나드 쇼의 묘비명 말이야. 그게 명언 중 명언이야. 이제 학교에서도 벗어났고 그 새파랗던 나이 사십에 혼자 됐으니 그동안 고독하게 산 거 보상받아야지. 김 교장이 당신에게 마음 두고 있는데 슬쩍 기대봐. 당신이 필드에 나가 신바람 나게 골프채를 휘두르며 쌩쌩하게 푸른 벌판을 누빈다 해도, 친구들과 음식점에서 시간 가는 줄 모르고 수다를 떤다 해도, 집에 들어서는 순간부터 멍해지잖아. 당신 가슴속에 꼭꼭 숨어 있는 그 쓸쓸하고 우울하게 생겨먹은 고독이란 놈을 내가 빤히 보고 있거든……."

조문을 마치고 일행들과 술 한 잔을 하면서도 살아생전처럼 계속 장 교장의 충고가 내 귓전에서 앵앵거렸다. 그건 우리가 평소 나누었던 말이었고 또 장 교장이 생전에 항상 내 걱정을 해준 탓일 거였다. 정말 나는 골프를 치면서 기세당당하게 푸른 벌판을 걷고 친구들과 만날 때도 가장 활달하게 웃으면서도 집에 돌아오면 현관에서 한참 동안 서 있는 버릇이 있다. 현관에 선 채로 마치 남의 집을 사러 온 사람처럼 내가 살고 있는 집 안을 둘러보는 것이다. 절대로 그런 일이 있을 수 없는데도 혹시 누가 왔다 가지는 않았는지. 집 전화는 얼마나 울었는지. 그리고 내가 마시다 두고 나간 오직 하나뿐인 커피잔 맞은편으로 누군가 앉았다 간 것 같은 착각에 빠지다가 비로소 신발을 벗고 마루로 올라서는 것이다.

그날도 문상에서 돌아와 집에 들어서자 평소와 달리 35평 아파트가 350평처럼 황량하게 보였다. 그리고 가슴 한가운데로 냉동실에서 막 쏟아져 나온 것 같은 찬바람이 확, 지나간 것이었다. 사람이 죽어 나간 것을 세 번 이상 보게 되면 허망증에 걸린다는 옛말대로 마음이 허망해진 탓일 거라고 애써 생각했는데 계속 사나흘 동안이나 잠을 이루지 못해 뒤척여야 했다. 그렇게 불면으로 뒤척이다 문득 아들과 손자 녀석들이 정월 대보름 달덩이처럼 떠올라 기차표를 예매하고 말았다.

바쁘다고 몇 번이나 말을 했음에도 김 교장은 "서울에 가서 영 안 오는 건 아니겠지? 아들네 집에 아예 눌러앉아버리는 건 아니냔 말이야. 단단히 들어둬요. 그건 어리석은 짓이야⋯⋯."라고 무척이나 애타게 당부하더니, 마치 자식을 객지에 보내는 부모처럼 복잡한 서울에서 부디 차 조심 몸조심하라는 말까지 덧붙인 뒤에야 마지못해 전화를 끊었다.

고속 기차는 불과 2시간 40분 만에 나를 서울역에 내려놓았고 택시는 서울역에서 40분쯤 달려 강남의 그 유명한 80층 주상 복합 상가 K타워 앞에 나를 내려놓고 달아나버렸다. 나는 택시에서 내린 자리에 우뚝 선 채로 어리둥절한 기분을 감추지 못했다. 그리고 머리가 등에 닿을 지경으로 고개를 뒤로 젖히고 마치 어릴 때 비행기를 바라보듯이 높다란 아파트를 쳐다보았다. "햐, 80층이라니!"

소문대로 기가 질리도록 높이 올라간 아파트는 마치 왕대나무 숲을 연상케 하면서 높이를 과시할 뿐만 아니라 위압감을 느끼게 했다. 그러나 곧 그런 느낌은 내 아들에 대한 일종의 자부심으로 빠르게 전환되었고 가장 가까운 친구 서영이를 비롯한 내 주변 사람들에게 자랑하고 싶은 충동이 솟구쳐 올랐다.

뿌듯한 마음으로 아파트로 들어가기 위해 걸음을 옮겼다. 일반 아파트 경비실과 달리 호텔과 흡사한 로비 프런트에서 로봇 같은 아가씨들이 나를 일단 제지하고 나섰다. 단정하게 제복을 차려입은 아가씨들, 먼저 상아처럼 미끈한 코가 상대를 압도했다. 볼연지를 살짝 바른 수밀도 여린 뺨에 초롱초롱한 눈동자를 반짝이며 깍듯이 인사를 하면서도 개미 새끼 한 마리 함부로 들어가지 못하게 하는 엄격한 절차를 밟기 시작했다. 나는 순간 당황했지만 평소 어딜 가든지 그곳의 질서와 관습과 법을 존중하고 따라야 한다고 생각하기 때문에 아가씨들이 수행하는 절차에 공손하게 따라주었다. 아가씨들은 컴퓨터를 톡톡 치면서 아파트 호수 확인, 집주인과의 관계 확인, 직접 집과의 연결 등의 검문을 끝냈다. 그런 다음엔 마치 카멜레온처럼 싹 돌변하여 친절해지기 시작했다.

"할머니, 저를 따라오세요."

아가씨들은 엘리베이터를 향해 앞장서서 늘씬한 다리로 또박또박 걸어가기 시작하고 나는 금세 복잡하고 까다로운 절차를 잊어버린 채 정말 호텔에 온 것 같은 착각에 빠졌다. 엘리베이터 문이 열리자 아가씨들은 자동문을 손으로 닫아주듯이 공손히 모아주는 것으로 자기네 임무를 마무리 짓는 것이었다.

엘리베이터가 50층에 멈추고 나는 아들네 집 H-5015호 앞에서 마지막 관문인 인터폰을 눌렀다. 안에서 문을 열어준 사람은 며느리가 아닌 가사도우미 아줌마였다. 40대 중반쯤으로 보이는 아줌마는 이미 프런트 아가씨들을 통해 내가 온다는 걸 알고 있으므로 "승현이 할머니세요!"라고 깜짝 반갑게 나를 맞아들였다. 신발을 벗고 마루에 올라서자마자 나는 다시 100평 아파트 내부를 둘러보며 하마터면 와! 하고 소리칠 뻔했다. 우선 빙판처럼 번지르르한 마루가 바다처럼 넓어보였다.

"처음 오셨나 보네요?"

와! 라는 감탄사는 참아냈지만, 놀란 표정을 눈치챈 아줌마가 나를 바라보며 마치 얼마나 좋으세요! 라고 묻듯 말했다. 나는 벌어진 입을 쉬 다물지 못한 채 이방 저 방을 구경하기 시작하고 아줌마가 사모님께서 곧 오신다고 합니다, 차는 뭘로 드릴까요? 커피로 드릴까요? 녹차로 드릴까요? 라고 따라다니며 물었다. 나는 나중에 마실 테니 신경 쓰지 말고 볼일이나 보라고 사양했다. 방은 안방, 고등학생 큰손자와 중학생 작은손자 방이 각각 있고 아들이 사용하는 서재와 며느리 드레스룸, 주방 등은 일반 아파트와 같은 것인데 바이올린을 전공한 며느리가 전용하는 연습실은 방음장치까지 특별히 꾸며져 있있다.

나는 계속 견학하러 온 학생처럼 집 안을 둘러보고, 아줌마는 언제 했는지 화장을 고친 다음 말쑥하게 옷을 갈아입고는 퇴근 시간이라면서 인사를 하려고 내 앞에 섰다. 전혀 딴판으로 변신해 있는 아줌마는 커리어우먼 같은 분위기도 있고 TV에 가끔 나오는 고위직 여성이나 학자 같은 지적인 분위기도 풍겼다. 나는 이런 아파트에서는 가사도우미도 저 정도는 되어야 하는가 보구나! 라고 또 한 번 놀라며 어서 가보세요, 라는 말을 잠시 미루고 말을 붙였다.

"미안한 얘기지만 댁도 이런 아파트에 쉬이 들어 다니지 못할 것 같은데 날마다 귀찮아서 그런 수속을 어찌 감당하는 거요?"

"말도 마세요. 이런 일을 해두요. 마치 수능을 치듯 시험을 쳤거든요."

아줌마는 내가 물어본 말을 잘못 알아듣고 가사도우미로 취직한 내용을 말하고 있었다.

"시험을 치다니. 어떻게요?"

나는 가사도우미를 하는 데 시험을 쳤다는 말은 처음 듣는 터라 눈을 동그랗게 뜨고 다그쳐 물었다.

"여긴 아파트 자체에서 사람을 뽑는데 처음엔 면접을 했구요. 두 번째는 필기시험을 쳤구요. 세 번째는 인성 검사를 받았는데 경쟁이 얼마나 센지 무려 10대 1이었다니까요."

"시험 절차도 별스럽구만. 필기를 먼저 치고 면접은 나중에 하는 게 상식 아니요?"

나는 시험이라면 평생 이골이 난 사람이라 이해할 수 없다는 표정을 지었다.

"글쎄요. 일단 필기시험에 응시할 수 있는 자격자를 먼저 선발한 것 같아요."

"그런데 필기시험이란 게 대체 어떤 것들입디까? 이를테면 국어 영어 수학 이런 건 아닐 테고."

"아이구, 그러면 차라리 낫게요. 넷 중에 하나 찍기라도 할 수 있으니까요. 난데없이 글짓기를 하라는 거예요. 학교 다닐 때 제일 무서웠던 게 글짓기였는데 무려 열 가지나 문제를 내놓고 자신의 생각을 쓰라는 겁니다."

"햐! 기발하구만."

나는 무척 재밌어서 무릎을 치고 싶은 심정이었다.

"그래도 우리는 쉽게 넘어간 거라구요. 요즈음엔 컴퓨터 시험도

친다네요."

"그렇다면 다른 곳에서 도우미 하는 것보다 뭐 나은 게 있는 거요?"

"그럼요. 1년 계약에 미국식으로 주급제인 데다 다른 곳보다 보수가 무려 30퍼센트나 많은 셈이죠. 그리고 우린 출입증이 있어서 그것만 보이면 마음대로 드나들 수 있거든요."

아줌마는 결국 내 궁금증까지 풀어주고 퇴근했다.

아줌마가 가고 난 후 한참이 지났는데도 며느리는 돌아오지 않고 나는 슬슬 시장기가 돌기도 하고 뭔가 따끈한 차를 마시고 싶어 주방으로 들어갔다. 고상한 앤티크 가구로 꾸며진 주방은 잘못 건드리면 비상벨이라도 울릴 것처럼 엄정한 분위기였다. 외부에 나와 있는 그릇 따위라곤 도무지 보이지 않았다. 그래도 차 한 잔 끓이는 것쯤이야 못 찾으랴 싶어 열심히 두리번거려봤지만 물을 끓일 만한 냄비나 주전자를 찾을 길이 없었다. 도대체 밥을 해먹는 주방인지 모델하우스인지 구별할 수 없다고 푸념하면서 주방 구석에 숨은 듯이 놓여 있는 정수기에서 물이나 따라 마실 양으로 컵을 찾다가 내 시선이 벽에 꽂혔다. 벽에 손가락 몇 개가 들어갈 만한 홈이 보이고 자세히 바라보자 벽장처럼 보였다. 나는 마치 무슨 비밀스런 것에 접근하듯 살금살금 다가가 홈에 손가락을 넣어 앞으로 잡아당겼다. 그랬더니 문이 성큼 열리면서 잘 진열되어 있는 그릇들이 드러났다. 그릇은 백화점 명품가의 값비싼 상품처럼 띄엄띄엄 전시되어 있었다.

물을 마실만한 컵 종류는 중간쯤에 배치되어 있었다. 나는 손만 대면 금이 갈 것 같은 얇은 도자기와 크리스털 컵을 번갈아 바라보다 두 가지 다 조심스러워 컵 아래 칸에 놓여 있는 밥공기를 꺼내어 정수기 물을 받아 마신 다음 밥공기를 싱크대 위에 올려놓고 돌아섰다. 그런데 어쩐지 뒤가 당기는 느낌에 다시 되돌아가 싱크대 위에 달랑 올려놓은 밥공기 하나가 어떤 절대적인 금기를 깨버린 것 같아 밥공기를 개수대 안에 집어넣었다. 그래도 뒤가 당겼다. 다시 돌아서서 개수대 안에 들어앉아 있는 밥공기를 바라보았다. 습기 한 점 없이 반짝반짝 빛나는 개수대 내부도 밥공기를 받아들일 것 같지 않았다. 그렇다고 수도꼭지를 틀어 씻은 다음 제자리에 갖다놓자니 반짝이는 스테인리스에 물 얼룩이 질 것 같아 망설였다. 이럴 줄 알았더라면 아줌마가 뭘 드시겠어요? 하고 물어볼 때 말을 했어야 했는데, 라고 후회했지만 이미 소용없는 일이었다. 나는 밥공기를 들고 주방을 빙빙 돌다 식탁 중앙에 놓여 있는 앤티크형 나무 상자 안에 든 장미꽃 무늬 냅킨을 꺼내 밥공기를 잘 닦아 진열장 제자리에 사뿐히 얹어놓고서야 거실로 나왔다.

겨우 냉수 한 잔 마시는데 긴장할 대로 긴장한 나는 심호흡을 퍼내며 소파에 앉아 빙판처럼 번지르르한 거실을 바라보았다. 바다만큼이나 넓은 거실에는 가구라야 가족 숫자인 6인조 소파 한 줄이 달랑 놓여 있고 먼 벽면에 100호짜리 그림만한 TV가 붙어 있는 것이 전부였다. 가지면 더 갖고 싶듯이 넓으면 더 넓게 하고 싶은 욕망으로 보였다. TV를 켜자 극장에 앉아 있는 것처럼 온 집 안이 컹컹 울렸다. 울림은 울림끼리 어우러져 무슨 말인지 방송 발음을 알아듣기 곤란할 지경이었다. 이 사람들(아들 가족들)은 이런 걸 어떻게 보지? 라는 의문을 품다가 생각해보니 그것도 크면 더 큰 걸 갖고 싶은 욕망이란 생각이 들었다. 그건 정말 욕망이라고 고개를 끄떡이며 울리는 것이 거슬려 TV를 끄고 말았다.

나는 무료함을 느끼며 소파에서 일어나 서성거리다 현관 쪽 거실 입구에 내가 들고 온 가방이 우두커니 놓여 있는 것을 발견했다. 가방 역시 주방에서 밥공기 하나 놔둘 데 없듯이 넓은 거실의 질서를 깬 옥에 티었다. 나는 며느리가 오기 전에 어서 다른 곳으로 치워놓아야 한다는 생각이 들어 가방을 들고 어느 방에서 나를 묵게 할 것인지를 생각하며 이 방 저 방을 들여다봤지만 나에게 내줄 만한 방이 없어 보였다. 그렇다고 서재나 방음된 음악 연주실은 싫었다. 아무리 생각해도 손자들 방 두 개 중 하나가 적당할 것 같아 나란히 붙어 있는 방을 살폈다. 고등학생인 큰손자 방은 어쩐지 부담스러워 중학생인 작은손자 방에다 가방을 들여놓고 다시 소파로 돌아왔다. 그리고 넓은 집 안에서 멍청하게 앉아 있자니 답답해지기 시작해 다시 TV를 켰다. 울림이 거슬리고 무슨 소린지 조금 알아듣지 못하더라도 그편이 나았다.

　며느리가 집에 온 건 저녁 먹을 시간인 오후 6시경이었다. 나는 기다림에 지치고 황량하리만치 드넓은 썰렁한 집 안 분위기에 피곤해져 소파에 앉은 채로 잠이 들고 말았다. 며느리가 거실에 들어서면서 소스라치게 놀랐다.

　"어머니, 연락도 없이 오시다니요! 제가 모시러 나갔을 텐데요!"

　"야단스럽게 모시러 오기는 내가 어디 세상 구경 한번 못해본 첩첩산중 촌 할머니냐."

　며느리는 발을 동동 구를 듯이 안타깝게 말하고 나는 태연하게 말했다. 며느리는 서울에서 태어나 고스란히 서울에서 성장한 탓에 싹싹하고 예의바르기가 부산 아가씨들하고는 천지 차이라 처음에 아들이 소개했을 때 무척 마음에 들었었다. 그러나 차츰 그런 친절과 깍듯한 예의도 얄미운 여우처럼 느껴질 때가 있었다. 오늘도 내가 왔다는 것을 가사도우미 아줌마를 통해 빤히 알고 있으면서도 딴청을 떤다고 생각하니 괘씸한 생각이 들었다. 보통 시어머니가 왔다고 하면 지 말대로 비행장 마중은 그만두고라도 소식을 듣자마자 집으로 서둘러 달려오는 것이 마땅한 일이고, 그것도 안 되면 전화라도 걸어주는 것이 도리일 것이었다.

　나는 며느리를 정면으로 쳐다보며 너는 내가 왔다는 걸 뻔히 알면

서도 전화 한 통 못 거는 거냐? 그 흔한 핸드폰 전화 말이다, 라는 말
이 목구멍까지 치밀어 올랐으나 꿀꺽 집어 삼키고 말았다. 며느리는
머리카락이 젖어 있는 것으로 봐 헬스나 수영장에서 놀다 온 듯했
다. 이날 평생 나는 대낮에 목욕을 하러 간 적도 없거니와 어떤 이유
로든 대낮 시간을 함부로 사용한 적이 없어 놀람을 감추지 못했다.
주부가 대낮에 몇 시간씩이나 놀러 다닌다는 것도 못마땅하지만 그
것보다는 목욕하고 운동하는 데 알토란 같은 낮 시간을 함부로 낭비
한다는 것이 아까워 이것만큼은 한마디 해주어야 한다고 생각하며
입을 열었다.

"에미야, 대낮에 수영장이나 목욕탕엘 가다니."

"어머닌 뭘 모르시네요. 여자들이 밤에 그런 데 간다는 건 위험천
만이에요. 뉴스도 못 들으셨어요?"

참 그랬다. 찜질방인가 수영장에 간다고 저녁 시간에 나간 여자들
이 괴한에게 납치돼 나중에 처참한 모습으로 발견되었다는 그런 뉴
스를 두 번이나 들은 적이 있었다. 나는 뒤통수를 한 대 얻어맞은 기
분으로 할 말을 잃고 말았다. 그러나 체면상 그대로 주저앉고 말수
는 없어 한 마디를 더했다.

"그건 나도 아는데, 중요한 낮 시간을 함부로 사용하면 인생이 얼
마나 공허하겠냐는 생각에서 한 말이다."

"공허라구요?"

나는 또 아차, 했다. 공허라는 말은 잘나가는 아들 아내인 40대 중반 며느리에게는 전혀 어울리지 않는 말이었다.

"내 말은 저렇게 멋진 연주실도 있는데 바이올린 연습을 한다든지 해야지 시간을 다른 데 허비하느냐 것이야."

"음악은 아무 때나 무조건 연습하는 게 아니거든요. 영감이 떠올라야 해요. 운동 연습이나 학교에서 선생님들이 정해진 시간에 정해진 대로 공부 가르치는 것과는 성격이 달라요, 어머니."

며느리의 말은 내가 학생들을 가르치는 것과 자기가 하는 음악과는 비교하지 말라는 것으로 들렸다. 나는 음악 예술에 있어 문외한이기도 하지만 더 하다가는 말꼬리 잡기 식으로 끝이 없을 것 같아 그만 입을 닫기로 했다. 며느리도 나와 같은 생각이 들었는지 주방으로 가 냉장고에서 과일을 꺼내 깎아 내놓더니 "어머니, 저녁은 뭘로 드시겠어요?"라고 물었다. 나는 꼭 식당 종업원이 묻는 것 같은 느낌이 들어 뜨악한 표정을 지으며 며느리를 바라보고 며느리는 정말 식당 종업원처럼 내 대답을 기다리며 나를 바라보고 있었다.

가끔 식당으로 밥을 먹으러 갔다가 무얼 먹어야 할지 결정하지 못할 때의 상황이 떠올랐다. 그리고 어서 대답을 해주어야 할 것 같아 망설이고 있는데 며느리는 전혀 망설임 없이 "저희는 저녁을 집에서 먹은 지가 오래됐어요. 아빠는 아침이든 저녁이든 집에서 식사하는 법이 없죠. 아이들은 학교에서 바로 학원으로 가 밤 12시 무렵에야 오죠. 저는 과일로 저녁을 대신하는 편이거든요. 그래서 어머니 혼자 드셔야 하는데⋯⋯."라고 말끝을 흐렸다.

나는 기가 막혔지만 차라리 선수를 치기로 했다.

"오, 그래, 식당에서 뭐 하나 불러먹지. 나도 요즈음엔 저녁을 먹지 않는데 오늘은 기차 타고 오느라 점심을 걸렀더니 시장하구나."

"그럼요. 요즈음엔 저녁을 먹는 사람이 무척 드물어요. 어느 연구소에서 저녁을 먹는 사람과 먹지 않는 사람들을 연구했는데요. 저녁을 먹지 않는 사람들이 훨씬 더 장수하구요. 장수하더라도 건강하게 산다는 거예요."

며느리는 내 말이 떨어지기가 무섭게 넓은 거실을 가로질러 주방으로 들어가 상가 식당 책자를 들고 나오더니 내 옆에 앉아 뒤적이며 그렇게 말했다. 나 역시 그래 그래, 그렇고 말고라고 맞장구를 쳐주면서 며느리가 내민 일식집 식사 메뉴 가운데 미소 된장국이 먹고 싶어 연어구이 정식을 선택했다.

그렇게 나 혼자 배달되어 온 저녁을 먹고 며느리는 안방으로 드레스 룸으로 왔다 갔다 하면서 무엇을 하는지 분주했다. 어른이 식사를 하면 다소곳이 옆에 앉아 대화도 하면서 무엇이 필요한지 살피기도 해야 하는데 며느리는 그것조차 모르는 모양이었다. 나는 이번에도 아예 마음을 비우기로 하고 혼자 정말 식당에서처럼 식사를 하고 다시 TV를 켰다. 역시 집 안이 컹컹 울렸지만 TV는 밤에 보는 것이란 고정관념 탓인지 낮보다 덜한 느낌이 들었다. 9시 뉴스가 끝나자 하품이 밀려나오면서 졸음이 왔다. 하루 종일 쌓인 피곤과 10시면 어김없이 잠자리에 드는 습관 탓이었다.

나는 며느리에게 어느 방에서 자야 되는지를 물을 것도 없이 이미 짐작한 대로 가방을 들여놓은 작은손자 방으로 들어갔다. 그때서야 기다렸다는 듯이 며느리가 새처럼 날아와 승환이 방에서 주무셔야 하는 걸 어떻게 아셨어요? 라고 하며 작은손자 놈 침대 아래에다 이부자리를 펴주었다. 그리고 방을 나가면서 아빠는 내일 아침에나 만나보실 수 있을 거예요, 새벽 1시쯤 돼야 오거든요, 라고 했다.

막상 자리에 눕자 잠이 달아나고 말았다. 말똥한 눈으로 가만히 누워 있자니 무료하기 짝이 없었다. 그렇다고 체면상 다시 거실로 나가 TV를 켤 수도 없는 노릇이었다. 이러지도 저러지도 못해 멍청하게 앉아 있는데 현관문이 열리는 소리가 나더니 거실을 걷는 소리가 쿵쿵거리면서 작은손자 놈이 방으로 불쑥 들어섰다. 나는 귀여운 내 손자를 끌어안고 내 새끼 많이 컸네! 인물이 영화배우 뺨치겠구나! 공부도 잘한다면서? 라고 엉덩이를 척척 두드려주자 저도 기분이 좋은지 싱글싱글 웃었다.

그러나 불과 10분도 못 돼 "할머니, 여기서 자? 나 공부해야 되는데……"라고 하더니 스탠드를 하나 더 켜서는 방 안을 대낮같이 밝히는 것이었다. 나는 정말 잠자기는 다 틀렸구나, 라고 걱정을 하면서도 손자 녀석이 공부하고 있는 모습이 대견하고 기특하고 예뻐서 견딜 만했다. 손자 녀석은 자석처럼 책상에 착 달라붙어 숨소리도 내지 않고 집중하기 시작했다. 공부하는 품이 딱 잡혀 있었다. 그런 아이 근처에 얼씬거린다는 것 자체가 방해가 된다는 걸 누구보다도 잘 알면서도 나는 자리에서 슬그머니 일어나 손자 옆으로 다가가 책을 살펴보았다. 중학교 2학년인 손사는 복습인지 예습인지 수학을 공부하는 중이었고 도형의 핵심인 피타고라스 정리를 증명하느라 열심히 도형을 그리고 있었다.

마침 나도 평교사 시절 중학교에서 수학을 가르쳤으므로 피타고라스 정리가 재밌기도 하지만 무척이나 헷갈린다는 걸 잘 알고 있는 터라 유심히 지켜보았다. 그런데 손자 녀석은 척척박사였다. 마치 그림을 그리듯이 직사각형의 넓이는 직삼각형의 넓이의 두 배가 되며 마주 보는 맞각의 각도가 서로 같고 한 직선상에서 엇각이 서로 같음을 증명하고 있었다. 그러나 내가 놀란 것은 피타고라스 정리를 척척 증명한다는 것이 아니라 집중력이었다. 웬만해서는 누가 옆에 있다는 것을 의식하게 되면 집중하기가 힘든 일임에도 아이는 전혀 미동조차 없었다.

나는 그것이 더욱 신통하고 장해서 세상에! 우리 승환이가 앞으로 학자가 될 수 있는 천부적인 능력을 타고났구나! 라고 등을 두드리며 칭찬을 해주었다. 그런데도 아이는 나를 쳐다보거나 할머니 주무세요, 라는 말도 없이 피타고라스 정리를 증명하는 것만 계속 반복하는 것이었다. 순간 나는 아이가 작동 스위치만 눌러놓으면 시스템대로 돌아가는 기계가 되어버렸다는 생각이 들었다. 그리고 살아 있는 사람의 몸과 마음을 죽은 사물에 비유하여 인간이 사물화가 되어가는 시대라는 장 보드리야르의 말이 문득 떠오르자 수많은 아이들을 길러낸 선생으로서 도의적인 책임이 느껴졌다. 정말 학교에서 학생들과 선생들을 닦달질했던 걸 생각하자 할 말이 없었다. 그러나 공부할 때 공부하고 놀 때는 놀라는 것이 나의 지론이었다. 집에 가면 부모님과 대화하는 시간을 될 수 있는 한 많이 가지라고 늘 강조했던 것이 사실이다. 그래서 아이와 무슨 말이든 말을 하고 싶었던 나는 꼼짝도 하지 않는 아이가 무정하고 야속해 보이기도 해 '꼭 지에미를 닮았어.'라고 속으로 중얼거렸다.

　하는 수 없이 나는 자리에 누워 이불을 뒤집어쓰는 것으로 불빛을 차단하며 잠을 청하려고 애썼다. 그러나 답답하고 숨이 차 이불을 걷어내고는 다시 일어나 오뚝이처럼 앉았다. 그때 큰손자 승현이가 들어온 소리가 났다. 며느리 말대로 시계는 정각 12시를 가리키고 있었다. 며느리는 안방에서 무얼 하는지 기척이 없고 큰손자는 마치 기차가 정해진 레일을 따라 달려가듯 똑바로 걸어가 제 방으로 들어갔다. 나는 작은손자 방을 나와 큰손자 방으로 들어갔다. 아이가 깜짝 놀라며 "할머니 오셨어요." 하고 반갑게 인사를 했다. 불빛 아래지만 고3의 형극이 얼굴에 가득해 보였다. 나는 측은한 생각이 들어 등을 토닥거리며 "그래, 올해만 잘 해내면 내년부터는 룰룰랄랄이다. 힘 내!"라고 응원을 해주면서 배고프지 않느냐? 무슨 과목이 제일 어렵느냐? 내신 성적은 어느 정도냐? 등등의 질문을 했다. 아이는 배는 고프지 않으며 역시 수학이 제일 어렵고 내신은 상위 그룹 중 중상위라고 대답하면서 그냥 최선을 다하고 볼 거예요, 라고 빙긋이 웃었다. 그러고는 할머니 앉으세요, 라고 하며 의자를 가져와 자리를 권했다. 큰손자는 꼭 제 아비, 그러니까 '내 아들을 닮은 것' 같아 흐뭇한 기분으로 방을 나왔다.

잠을 잤는지 말았는지 모를 지경인데 새벽이 찾아왔다. 밤새 잠을 설쳤지만 6시면 잠이 깨는 습관대로 나는 자리에서 일어나 거실로 나왔다. 하얀 블라인드가 무대처럼 드리워져 있고 집 안은 수심처럼 고요했다. 내 집에서처럼 창문을 열려고 했지만 창문을 어떻게 여는지 당장 알 수가 없었다. 잠시 헤맨 끝에 쪽문 같은 작은 창문을 밖으로 밀어제친다는 걸 알았다. 작은 쪽문 같은 창문을 밀었다. 작은 창은 그것도 3분의 1밖에 열리지 않았다. 바람 같지도 않은 바람이 어렵사리 들어왔다. 마음껏 활개치며 들이닥친 해운대 바닷바람을 생각하자 우습고 가소로웠다.

아들이 들어왔는지 어쨌는지 궁금해 현관으로 가 신발을 확인했다. 항구에 정박 중인 배처럼 아들 구두가 아이들 운동화 사이에 지친 듯 놓여 있었다. 나는 아들 신발을 가지런히 모아놓으며 가슴이 찡해옴을 애써 물리쳤다. 남들은 성공한 아들이라고 부러워하지만 항상 안쓰러운 아들이었다. 힘이 되어준 사람 하나 없이 혼자 힘으로 시작한 사업이 어려운 시절을 맞았었다. 어느 날 밤, 술을 마시고 전화를 해서는 "어머니, 남자는 성공해야 한대요. 반드시 성공해야만 한대요. 그런데 사자굴 같은 세상에서 제가 꼭 토끼 새끼 같지 뭐예요. 그래도 전 어머니가 계셔서 힘이 나거든요……."라고 속을 토해낸 적이 있었다. 성공으로 가기 위한 고통은 오로지 혼자만 알고 있을 것이었다.

며느리 말대로 아들은 새벽에나 들어온 모양이었다. 나는 거실에서 서성이면서 아들이 깨기를 기다렸다. 며느리는 일어날 생각을 하지 않는 것으로 봐 정말 아이들이나 제 남편 아침 식사를 챙겨주지 않는 모양이었다. 나는 무료하게 서성거리다 벽장 진열장을 열어 어제 마셨던 밥공기를 꺼내들고 정수기에서 물을 받아 마신 다음 어제처럼 냅킨으로 잘 닦아 다시 제자리에 엎어두었다. 내가 서성거리는 소리에 깼는지 아니면 일어날 시간이 되었는지 아들이 깨어 거실로 나와서는 어머니는 왜 연락도 없이 오셨어요? 라고 반가움 반 염려 반인 얼굴로 말했다. 나는 어서 아침 먹을 준비를 해야 할 텐데 에미는 아직 자고 있느냐고 물었다. 그랬더니 아들은 "어머니도 참, 요즈

음 세상에 누가 아침을 먹고 다녀요."라고 하면서 목욕탕으로 들어
갔다. 며느리는 요즘 세상에 누가 저녁을 먹어요, 라고 했고 아들은
요즘 세상에 누가 아침을 먹느냐고 한 것이다. 그렇다면 요즘 사람
들은 점심 한 끼만 먹는다는 말이었고 내 아들은 집에서 한 끼도 먹
지 않는다는 계산이 나왔다. 황당하고 기가 막혔지만 내 소관 밖이
었다.

　나는 마루에서 서성거리다 소파에 앉아 역시 TV를 켰다. 6시 뉴스
가 끝나가고 있었다. 손자들이 서둘러 학교에 가고, 잠시 후에 아들
이 나가면서 어머니 점심시간에 집사람하고 회사로 나오세요, 라고
했다. 며느리는 8시에나 일어나더니 나에게 어머니, 아침을 좀 늦게
드셔도 되죠? 조금 있으면 아줌마가 올 거예요, 라고 했다. 평소에는
오전 11시쯤 오는데 오늘은 나 때문에 일찍 불렀다고 했다. 참 이상
한 일이었다. 어제 저녁식사를 양껏 먹었는데도 시장기가 돌기 시작
했다. 심지어 뱃속에서 꼬르륵, 하는 소리가 나면서 위가 쓰린 듯도
했다. 김 교장이 미국에 갔을 때 겪었다는 말이 떠올랐다. 날마다 끼
니를 거르지 않고 먹는데도 끼니때가 다가오면 귀신같이 뱃속에서
보채는 소리가 나 고역이더란 것이다. 그러면서 김 교장은 아무래도
며느리가 아이스크림이나 싸락눈을 쓸어다가 밥을 지은 모양이라고
웃은 적이 있었다.

　나는 시장기를 감추기 위해 태연한 척하면서도 현관 쪽을 여러 번

돌아보았다. 다행히 아줌마가 생각보다 일찍 현관으로 들어섰다. 나는 어찌나 반가운지 "어서 와요!"라고 하며 오랜만에 찾아온 친구를 맞이하듯 아줌마를 맞아들였다. 아줌마는 벌써 눈치챘는지 "할머니, 시장하시죠? 나이 드신 어른들은 식사를 제때에 해야 하는데."라고 하며 부지런히 식사를 준비했다. 그래도 아줌마 덕에 오전 10시쯤에야 아침 식사를 할 수 있었다. 그리고 아침을 워낙 늦게 먹는 바람에 아들이 점심시간에 나오라는 건 다음 날로 미룰 수밖에 없었고 며느리는 잘됐다는 얼굴빛으로 가볼 데가 있다면서 외출해버리고 말았다.

집 안에는 나와 아줌마 두 사람만 남았다. 나는 TV를 보고 아줌마는 먼지 하나 없을 것 같은 집 안을 청소하기 시작했다. 윙윙, 쏴아, 쏴아, 우르르, 우르르 하며 청소기 돌아가는 소리가 넓은 집 안을 송두리째 뒤흔들어댄 바람에 시끄러운 공장에 앉아 있는 것처럼 고역이었다.

"먼지 하나 없는 집 안에서 무슨 청소를 그리 애타게 하는 거요?"

나는 TV 소리도 들을 수 없는 데다 정신이 없어 짜증스럽다는 투로 말했다.

"이게 다가 아니에요. 할머니, 오후에 또 한 번 돌려야 해요."

아줌마는 내 말에 대답을 하느라 청소기를 잠시 멈추었다.

"집이 사람 위에 있구만."

"할머니 말씀도 일리가 있어요. 이런 댁 사모님들은 집을 사람보다 훨씬 더 귀하게 여기거든요. 좀 비싸야지요."

"아무리 비싸도 집은 집이고 사람은 사람이지요."

"말씀은 맞지만 정말 이런 댁들은 냄새가 집 안에 밸까 봐 제대로 밥을 해 먹는 집이 없거든요."

"그러니까, 집이 아까워서 밥도 안 해먹고 잠만 살짝살짝 자고 나간다 이거요? 그게 어디 집이요? 호텔이지."

"그러게 말예요."

아줌마는 나와 대화하느라 일이 지체됐다는 걸 의식하며 서둘러 다시 청소기를 돌리려고 했다. 나는 청소기 돌리는 걸 제지할 양으로 아줌마, 나 커피 한 잔 만들어줘요, 라고 부탁했다. 그러자 아줌마는 참, 커피를 안 드렸네요. 하고는 재빠르게 주방으로 가 잠시 후 구수한 블루마운틴 커피를 내다주었다. 장미 무늬에 금박 물린 커피잔이었다. 나는 뜨거운 커피를 당장 마실 수 없어 잔을 들어 올린 채 고급스런 향을 음미하며 진품으로 보이는 커피를 곧 알아냈다. 커피지만 커피잔이 너무 화려하고 특별해 내가 외국을 다녀봤지만 이런 건 처음인데! 라고 감탄했다.

"참 근사하죠? 며느님께서 제일 아끼는 잔이에요. 웬만해선 이 잔을 안 쓰거든요. 영국에서도 영국 왕실에서만 사용하는 문양과 디자인이라는데 얼마짜린 줄 아세요?"

"얼마나 비싼 건데 퀴즈를 내는 거요?"

"놀라지 마세요. 4인조 한 세트에 글쎄 5백만 원이래요. 그리고 이 커피도 진짜 자메이카산인데 100그램당 10만 원짜리구요."

자메이카산 블루마운틴이야 내가 더 잘 아는 것이지만 나는 아줌마가 커피잔 값에 대해 뭘 잘못 아는 것이라고 생각했다.

"50만 원을 잘못 들었겠지요. 50만 원도 말이 안 되지만."

"아니에요. 분명히 저보고 이건 5백만 원짜리 잔이니 특별히 말하기 전에는 사용하지 말라고 단단히 일렀거든요. YKB라는 이 메이커는 영국뿐만 아니라 세계적으로 유명한 건데 로열티를 영국 왕실에 내고 만든 거래요."

"그럼 이 잔 한 개 값이 백만 원이 넘는단 말인가요?"

나는 하마터면 들고 있던 잔을 떨어뜨릴 뻔했다.

"어머, 나 좀 봐. 못 들은 척해주세요. 남의 집 일을 하고 살려면 첫째도 입조심 둘째도 입조심인데."

"걱정 말아요. 나, 아주머닐 곤란하게 만들 사람 아니니까."

나는 그때부터 커피잔을 잡은 손이 경련이 일듯 떨려 커피의 황제, 블루마운틴을 마시지 못한 채 잔을 놓고 말았다.

나는 3분의 1밖에 열리지 않는 창밖으로 애써 머리를 들이밀며 까마득한 아래를 바라보거나 마루 이 끝에서 저 끝까지 걸어보거나 할 뿐, 할 일이 없었다. 현관 밖이라도 나가보고 싶었지만 50층 아파트 현관문은 도무지 열기가 싫었다. 하는 수 없이 소파에 앉아 하루 종일 TV나 보고 있어야 했다. 리모컨이 닳도록 국내 방송부터 일본, 중국, 미국 방송까지 왔다 갔다 하면서 내 정서와 전혀 맞지 않는 사이보그류의 영화를 보기도 했다. 그러다가 다시 국내 방송으로 돌아왔다.

독일에서 어떤 변호사가 인터넷에 죽음을 도와드립니다, 라는 광고를 냈고 노인들이 줄을 선다는 뉴스가 나왔다. 말하자면 죽음에 대한 두려움 없이 자살하는 것을 도와주는 것인데 변호사와 대화를 나눈 노인들은 두려움 없이 죽음을 택한 것이었다. 그들은 주로 80대 노인들이고 변호사는 상담료로 한화로 환산하면 1천 4백만 원이나 받는다는 것이다. 독일 정부에서는 그 변호사의 행위를 불법으로 간주하여 구속할 거라고 하지만 독일 국민들은 그 변호사가 한 일은 고통스런 노인들에게 도움을 주는 일이라며 구속은 부당하다고 주장한다는 것이다. 오죽하면 거금을 주고 죽음에 대한 도움을 받을까 싶지만 사람이 오래 살고 일찍 죽음이 하늘에 달렸다는 인명재천(人命在天)의 권리를 쥐고 있는 신께서 몹시 자존심이 상할 거라는 생각이 든다.

아무튼 나는 태어나서 지금까지 하루 종일 그리고 밤까지 TV 앞에 앉아 TV에 내 몸과 마음을 의지하기는 처음이다. 불행할수록 TV를 많이 본다는 통계가 나왔다는 기사를 신문에서 읽은 적이 있는데 지금 나야말로 불행하기 짝이 없는 처지라는 생각이 들었다. 미국 국립여론조사기관인 일반사회여론조사에서 1975년부터 2011년까지 미국 성인 10만 명을 대상으로 실시한 조사 결과 불행한 사람들은 행복한 사람들에 비해 30퍼센트 이상 더 많은 시간을 TV 보는 데 쏟는다는 것이었다. 행복한 사람들은 일주일에 평균 19시간 TV를 보는 데 비해 불행한 사람들은 일주일에 평균 25시간을 본다는 것이다. 그리고 다른 조사 연구와 달리 그 결과는 교육 정도, 소득 정도, 나이, 혼인 여부에 상관없이 바뀌지 않았다는 것이 특징이라고 했다. 그렇지만 지금 내 처지로선 어쩔 수 없이 리모컨을 손에 쥐고 TV나 보는 수밖에 없다.

점심시간이 훨씬 지났을 때에야 며느리가 전화를 걸어 시장하시면 아줌마에게 말해 식사하세요, 라고 했다. 시계를 봤더니 오후 1시였다. 아침을 늦게 먹었으므로 나는 밥 생각이 없고 차라리 아줌마를 붙잡고 앉아 이야기라도 하고 싶었지만 아줌마는 시간을 계산해 가면서 일을 해야 하는 처지라 그럴 수도 없었다. 나는 열심히 일하는 아줌마를 바라보며 점심도 안 먹고 일만 할 거요? 라고 물었다. 그랬더니 아줌마는 "전 아침과 저녁만 먹거든요."라고 했다. 아줌마는 우리 며느리와 달리 점심을 먹지 않는 모양이었다. 먹지 않으려고 몸부림치는 요즘 사람들에 대해 더 이상 왈가왈부하지 않기로 했다. 아줌마는 거실 유리창을 닦고 드레스 룸 옷가지를 베란다로 끌어내어 먼지를 털고 바람을 쏘인 다음 제자리로 들이는 일을 마지막으로 끝내고 오후 4시가 되자 할머니 내일 뵐게요, 하고는 어제처럼 퇴근해버리고 말았다.

아줌마가 가버리자 더욱 황량해지고 나는 무료함을 견디지 못해 몇 년 전 부산에서 서울로 이사 온 서영이에게 전화를 걸었다. 친구는 깜짝 놀라며 서울에 오면 당장 전화를 해야지 이럴 수 있느냐며 반가움과 섭섭함을 주체하지 못했다. 서영이는 아무튼 만나자고 했고 내가 있는 곳이 K타워라고 하자 나, 그 아파트에 들어갈 자신 없어, 민 교장 니가 우리 집으로 와라, 라고 했다. 그러고는 K타워 그거 미국식인데 미국에서 살다 온 친구들이 모두 고개를 짤짤 흔든다니까, 라고 덧붙였다. 나는 서영이의 말을 듣자 어항 속 물고기처럼 더욱 답답해지고 한시라도 빨리 이 집에서 탈출해야 한다는 생각이 봇물 터지듯 밀어닥쳤다. 그렇다고 당장 나가버릴 수도 없는 일이라 안절부절 못하고 있는데 며느리가 들어왔다. 시간은 오후 5시였고 어제보다 훨씬 일찍 들어온 셈이었다. 며느리는 어머니 혼자 계셔서 일찍 왔어요, 라고 했지만 나는 전혀 감동되지 않았다.

며느리는 아침에 아줌마가 해놓은 반찬에 역시 아침에 해놓은 전기 압력 밥솥에 있는 밥을 떠서 나 혼자만 먹으라며 차려냈다. 나는 서너 숟갈을 뜨다 말고 수저를 놓았다. 서영이와 전화를 하고 나서 이 집을 나가고 싶은 생각에 시장기마저 싹 사라지고 만 것이었다. 밤 시간에도 다시 TV를 보는 일 외엔 달리 할 일이 없었다. 어제처럼 자정이 가까워서야 손자들이 들어오고 아들은 또 새벽 1시나 되어야 올 모양이었다. 어제는 그래도 처음이라 손자들과 그만한 말이라도 했지만 이젠 그것마저도 할 수 없었다. 이제 오냐? 예! 라는 말만 서로 주고받고는 입을 다물었다. 작은손자는 또 묵묵부답으로 앉아 공부에 집중하고 나는 자리에 누워 언제 어떤 방법으로 이 집을 빠져나가느냐에 대해 갖가지 생각을 하다가, 날이 새면 아이들이 학교 갈 때 함께 나가리라 결심했다.

드디어 날이 밝고, 새벽에 총알같이 일어난 아이들이 학교 갈 준비를 서두르는 것을 보며 나도 급히 가방을 챙겼다. 며느리와 아들에게는 간다 온다 말도 하지 않은 채 아이들을 따라 밖으로 나오고 말았다. 역시 냉정한 작은손자 녀석은 말이 없고 큰손자가 눈을 똥그랗게 뜨며 할머니 어디 가세요? 라고 물었지만 셔틀버스가 도착하자 두 녀석 모두 급히 떠나버리고 말았다. 나도 아들 내외가 혹시라도 쫓아 내려올세라 서둘러 택시를 타고 송파구 잠실 Y아파트 서영이네 집으로 달렸다. 새장에서 풀려난 새가 된 기분이었다. 체면만 아니면 양팔을 활짝 벌려 "이제 살았다!"라고 소리라도 치고 싶었다. 콧노래가 흘러나왔던지 택시 기사가 이른 새벽부터 무척 기분이 좋으신 모양입니다. 라고 덕담을 건넸고 나는 예, 날아갈 것 같네요, 라고 대답했다.

서영이는 이른 새벽에 불쑥 찾아온 내 손을 붙잡고 반가워할 겨를도 없이 어리둥절한 얼굴로 꼭두새벽에 웬일이냐고 따져 물었다. 나는 손을 저으며 일단 잠을 잘 생각으로 서영이 침대로 들어가 이불을 머리끝까지 덮어쓰고 정신없이 잠을 자기 시작했다. 잠 한번 실컷 자보는 것이 평생소원인 것처럼 자고 일어나자 시계가 10시를 가리키고 있었다.

"이 사람, 어디서 잠도 못 자고 감금당했다 탈출한 사람 같잖아! 이 시간에 무슨 잠을 죽은 듯이 자는 거야?"

서영이는 아침밥을 지어놓고 몇 번인가 깨우려고 했지만 정말 죽은 듯이 자는 바람에 차마 깨우지 못했다면서 의아한 눈으로 나를 바라보았다.

"감금? 죽은 듯이?"

"그래 세상이 폭삭 내려앉아도 모를 지경으로 자더라니까. 그건 그렇고 폭행하는 남편을 피해 달아난 여자처럼 새벽같이 달려온 건 뭐야? 어제 나랑 전화할 때까지만 해도 이렇게 갑자기 올 것 같지 않았는데. 아들 며느리가 섭섭하게 하데?"

"야! 내 아들이지만 그렇게 좋은 집에서 산다는 것이 믿어지지 않더라니까. 어쨌든 난 이제 다 잊어버렸다."

나는 아무리 친한 친구라도 내 며느리 이야기를 하는 건 누워서 침 뱉기라는 생각이 들어 엉뚱한 말을 했다. 그렇지만 서영이는 내가 말하지 않아도 새벽같이 달려온 데는 반드시 이유가 있다는 눈빛으로 나를 바라보며 내가 좋아하는 깻잎 장아찌를 밥숟가락에 얹어 주었다.

"아들이 아무리 잘살아도 행여 자식한테 얹혀살 생각 꿈에도 하지 마. 그리고 김 교장인가 하는 영감탱이한테도 꼬이지 말고."

서영이는 내가 밥 한 공기를 다 비우고 나자 슬슬 내 속내를 떠보기 시작했다.

"민 교장, 너 아무래도 속이 허해서 올라왔지? 설마 아들네와 합할 생각이 있어 올라온 건 아니겠지? 언젠가 니가 그랬잖아. 나중에 나이 들면 아들과 꼭 함께 살면서 공부시키느라 어려서부터 떨어져 살아온 시간과 그리움을 서로 보상받을 거라고."

"내가 그랬어?"

"부부만 그런 게 아니라 자식도 마주 보려고 하지 마. 그러면 크게 서러울 때가 있는 법이야."

서영이의 말에 나는 생텍쥐페리가 어린왕자를 통해 한 말이 생각났다. 사랑하는 사람끼리는 마주 보려고 하지 말라는 것. 서로 같은 방향을 바라보기 위해 애써야 한다는 것이 자식과 부모 사이에도 필요하다는 걸 처음으로 생각했다.

손을 붙잡고 며칠만 더 있다 가라는 서영이의 간곡한 청을 뿌리치고 되돌아오는 귀가는 어쩐지 잘못 감은 실을 다시 풀어내는 기분이었다. 기차가 부산역으로 들어오자 수 년 동안 조국을 떠나 망명 생활을 하다 고향에 돌아온 듯한 기분이 들었다. 드디어 해운대 앞바다가 보이는 내 아파트에 도착하여 현관문 앞에 섰다. 쌓인 노독을 풀어내듯 심호흡을 퍼내며 현관문 특수 잠금 장치에 열쇠를 꽂았다. 그리고 시계 방향으로 열쇠를 돌리자 철컥! 하고 빗장이 열리는 소리가 가슴 뭉클하게 들려왔다. 문을 밀고 들어서자 집 안 공기가 와락 품으로 달려들었다. 3박 4일 동안 나를 목마르게 기다린 내 분신이었다.

평소처럼 오래도록 현관에 선 채로 집 안을 둘러보았다. 내 흔적들이 따뜻했다. 나는 고개를 끄덕이며 그래, 그래, 이게 내 모든 것이야. 내 평화와 안식과 자유! 라고 중얼거리며 마루로 올라섰다. 그리고 커피를 준비하여 거실 창문을 열어젖히고 창가 테이블에 앉았다. 그때 전화가 울렸다. 역시 김 교장이었다.

"생각보다 일찍 왔네?"

"일찍이라니. 조금 더 일찍 왔어야 했는데 너무 오래 있었지 뭐. 그런데 어떻게 알고 때맞춰 전화를 한 거야?"

"알기는, 민 교장이 없는 부산이 텅 빈 것 같이 그냥 전화를 해본 것뿐이야. 혹시나 하고……. 그런데 서울에서 무슨 일 있었어? 사흘 만에 오다니. 일찍 와도 너무 일찍 왔잖아?"

"일은 무슨 일. 집 구경하는 데 사흘도 길지."

"아무튼 와줘서 고맙다. 영 안 오는가 했지."

"내가 왜 안 와?"

"서울에서 제일 좋다는 아들네 집에 홀딱 빠져서 안 올 수도 있지."

"그런 김 교장은 왜, 그 좋은 미국에서 살지 않고 빤히 돌아왔노?"

"내 흔적이라고는 털끝만큼도 없는 그 큰 미국 땅 덩어리가 답답해서 숨을 쉴 수 없더라니까."

"김 교장!"

"그래, 말해봐."

"나 지금 행복해서 미치겠다."

"듣던 중 반가운 소리구만. 그런데 왜 그렇게 행복한데?"

나는 따끈한 커피를 한 모금씩 마시면서 내가 지금 행복한 이유를 어떻게 설명해줄까? 하고 생각 중인데 김 교장이 다시 말을 이었다.

"민 교장, 지금 혼자 커피 마시고 있지?"

"눈치 하난 빨라. 그래, 나 지금 바다를 바라보며 짭조름하고 따뜻한 고독을 마시고 있는 중이야. 이게 미치도록 행복한 이유지."

"갑자기 사람이 왜 그리 변해버렸노? 꼭 시인이 된 것 같다. 그건 그렇고 커피라면 나랑 같이 마셔야 진짜 맛이 나는 거 아이가?"

"아니, 김 교장은 김 교장 혼자 마셔. 나는 나 혼자 마셔야 행복하니까."

김 교장은 섭섭해했지만 나는 미련 없이 전화를 끊어버렸다. 그리고 정말 비밀 같은 이 화려한 고독을 한 모금씩, 한 모금씩, 음미하기 시작한다. 시원하게 열린 내 집 창문으로 해운대 바닷바람이 거침없이 불어온다. 나는 귀한 손님을 맞이하는 양 두 팔을 활짝 벌려 가슴 가득히 받아들인다. 멀리 태평양에서 건너온 바람이다.

위대한 출항

바다도 봄을 맞아 푸릇푸릇 물꽃이 피고 있다. 물고기들은 알맞은 수온에서 교미를 하느라 바쁘다. 머나먼 남쪽 심해에 동그마니 앉아 있는 섬, 골목길을 따라 아무렇게나 둘러친 노란 호박돌 담장에서도 모락모락 단내가 풍긴다. 오늘 비로소 정 씨네 배가 먼 바다로 출항하는 날이다. 아침부터 선원들은 배에 장비와 부식을 싣느라 분주하고 마을 아낙들은 음식을 장만하느라 떠들썩하다. 돼지 한 마리와 이른 봄 새 풀을 먹은 흑염소를 두 마리나 잡았다고 한다. 나는 이런 풍경을 놓칠세라 열심히 컴퓨터 키보드를 두드린다. 글자들이 새처럼 날개를 펼치며 모니터의 공간을 날고 있다. 글쓰기를 끝내고 배가 있는 바다 쪽을 내다본다. 바다는 배가 떠날 길을 여느라 열심히 파도를 일구고 정 씨네 배가 파도를 타며 기분 좋게 흔들리고 있다. 배가 먼 바다로 떠나는 날은 섬의 축제일이다. 도시의 휴일처럼 섬사람들은 오늘 하루 종일 아무 일도 하지 않고 마음껏 먹고 마시며 즐거워할 것이다. 나야말로 누구보다도 들뜬 상태다. 어젯밤을 꼬박 뜬눈으로 밝히고 다른 날보다 일찍 진료소 문을 열었다. 아침 일찍 감기 환자 딱 두 사람만 다녀갔다. 환자들도 마음이 들떠 치료를 다음 날로 미룬 닷이다.

뭐니 뭐니 해도 가장 신명난 사람은 초보 선원 명이다. 밤새 날이 밝기를 기다리며 방문을 열 번도 넘게 열어보더니 아침밥도 먹는 둥 마는 둥 한 채, 배에 오르락내리락하면서 출항 시간을 기다리고 있다. 들여다보지 않아도 18세 명이의 가슴속은 늦가을 딱 벌어진 석류일 것이다. 지난겨울 내내 정 씨와 함께 그물을 깁고 배를 손보면서 어서 봄이 오기를 보챘던 아이다.

"엄마, 봄이 빨리 오게 기도해주세요."

나는 할 수만 있다면 봄을 당장이라도 끌어오고 싶었다. 명이 부탁대로 봄이 새처럼 날아오게 해달라고 기도했다. 명이와 나는 그렇게 봄을 힘껏 끌어당겼다.

"배는 몇 시쯤에 떠나죠?"

"점심 먹고 나면 곧 떠나야지라우. 그런데 지금 몇 번이나 물어봤는지 아세요?"

나는 출항 시간을 잘 알고 있으면서도 정 씨에게 묻고 또 물었다. 정 씨 말대로 출항은 바닷가에서 마을 사람들과 함께 고사를 지낸 다음 점심을 먹고 곧바로 떠나기로 되어 있다.

지금까지 섬 주변에서 그물을 놓거나 주낙질을 하면서 배를 타긴 했지만 명이가 정말 선원이 되어 큰 바다로 나간다는 사실을 믿을 수가 없다. 그렇더라도 서해 끝 연평 바다라니. 처음엔 연평 바다라고 해서 망설였다. 명이가 아무리 바다를 좋아하고 바다에 적응을 잘한다 하더라도 밤낮을 꼬박 쉬지 않고 이틀이나 달려가야 하는 머나먼 바다이기 때문이다. 그런데 정 씨가 이번 출항에 명이의 모든 것을 걸어야 한다고 강력하게 주장하고 나섰다.

"연평 같은 바다에 던져버려야 명이가 살아요."

어젯밤에 친정엄마도 전화를 걸어 참 잘한 일이라고 격려를 해주셨다. 그러면서도 엄마는 울었다. 엄마 속을 내가 모를 리 없다. 명이가 배를 탄다는 게 웬 말이냐는 생각이 든 것이다.

"섬으로 내쫓을 땐 언제고 이제 와서 울고 그러세요?"

"말을 해도. 내가 언제 내쫓았다고."

나는 일부러 냉정을 부리고 엄마는 아픈 속을 참느라 한숨을 퍼냈다.

명이를 데리고 섬으로 내려온 지도 올해로 9년이 되었고 이제야 섬으로 가야 한다고 주장했던 민 박사님 생각이 옳았다는 것을 알았다. 명이가 한 살이라도 더 어릴 때 서울을 떠나라고 당부하셨을 때만 해도 나는 그분을 원망했다. 마치 우리에게 서울을 떠나 먼 섬으로 유배를 가라는 것만 같았고, 함께 어울려 살 수 없음을 인정하라는 것과 같아 얼마나 억울했는지 모른다. 엄마는 그게 아니라고 나를 달랬지만 그땐 엄마도 민 박사님과 똑같다고 싸잡아 원망했다. 두 사람뿐만 아니라 서울이 통째로 들고일어나 우리를 서울 밖으로 나가라고 종용하는 것만 같았다. 아니 강력하게 종용했다.

명이가 태어나자마자 친정집에 떼어놓아야 했다. 의사인 나로서는 그럴 수밖에 없었다. 친정엄마는 일요일마다 명이를 데리고 나에게 왔지만 일주일 중 일요일은 유일하게 공부할 수 있는 시간인 탓에 그날마저도 명이를 마음 푹 놓고 안아볼 수 없었다. 명이도 엄마를 탐하지 않았다. 잠시 아이를 안아보고는 금세 엄마가 데려가는 것인데, 아이는 내 품에 폭 안기지도 않았다. 떨어지지 않으려고 울고불고 야단을 치지 않아 다행이라고 생각했다. 여의사 동료들이 출근하는 시간 아이가 떨어지지 않으려고 해 아이와 함께 아침마다 한바탕 울어야 한다는 하소연을 들을 때면 엄마와 나는 아이가 순해서 나를 편하게 해준다고 고마워했다.

그런데 엄마는 가끔 아이가 냉정하다고 했다. 밤잠 못 자가면서 저를 키워주는 할머니 품에도 꼭 안기지 않는다는 것이다. 나는 진료뿐만 아니라 박사 학위를 공부해야 하고 날마다 쏟아져 나오는 논문을 공부하고 연구해야 하기 때문에 엄마의 푸념을 기억하거나 생각할 겨를이 없었다.

"도대체 누굴 닮아서 아이가 이토록 냉정할까. 지 친할머닐 닮았나?"

아이가 두 돌이 지나면서부터 엄마가 자꾸 고개를 갸웃거렸다. 그리고 주변 사람들로부터 냉정하다는 말을 듣는 시어머니를 들먹거리기도 했다. 아이가 엄마 아빠란 말을 하지 않고 날마다 함께 살고 있는 할머니와도 눈을 맞추지 않는다고 했다. 엄마 아빠와 떨어져 산 탓이라고 우린 단순하게 생각했다. 아이는 엄마 아빠와 눈을 맞추거나 엄마 아빠를 불러볼 기회가 없었기 때문일 거라고. 나는 잠시 걱정을 하다가도 병원에 가면 아이는 물론 심지어 내가 아이 엄마라는 사실까지도 까맣게 잊어버렸다. 엄마는 엄마대로 남자아이들은 본래 말이나 행동이 늦은 탓이라고 편하게 생각했다. 동료 여의사들이 그런 나를 부러워했다. 친정엄마가 아이를 돌봐주는 것도 복인데 아이까지 편하게 해준다는 것이다.

불행은 그렇게 고양이 발자국처럼 소리 없이 다가오기 시작했다. 아이가 다섯 살이 되었는데도 도무지 말이 없고 엄마, 아빠조차 부르지 않는 대신 모기소리 같이 가늘고 이상한 목소리로 TV에 나온 광고를 흉내 내는 것이었다. 로봇처럼 감정의 높낮이가 전혀 없는 목소리, 너무나 특이한 목소리에 나는 가슴이 덜컥 내려앉았다. 그때서야 아이를 소아정신과에 데려갔고 6개월 동안 관찰한 민 박사님은 명이에게 거침없이 자폐 판정을 내렸다.

자폐! 그건 2천 미터 이상의 물속이라는 것을, 거긴 햇빛도 공기도 차단된 채 수초만 소리 없이 흔들리는 고요한 세계라는 걸 의사들은 기본적으로 알고 있고 나도 마찬가지였다. 가장 먼저 자책이 나를 덮쳤다. 과학적으로 따져보면 아이를 엄마가 돌보지 않아서가 아닌데도 나는 다른 환자들을 돌보느라 명이를 방치해버린 탓인지도 모른다는 자책에 숨이 막혔다. 그러면서도 당장 병원을 그만두지 못한 채 나는 내 길을 가고 있었다. 어떻게 내가 여기까지 왔는데, 태어나 모든 사물을 인식하고 꿈이란 걸 꾸면서부터 편안한 잠 한번 자보지 못한 채 봄이면 꽃이 피고 가을이면 단풍이 든다는 걸 까맣게 모른 채 매미처럼 책상에 매달려 고된 울음을 울며 달려온 길인데 그런데 어떻게……

엄마는 계속 아이 행동을 나에게 보고하기 시작하고 보고는 날마다 충격적인 것들이었다. 행동이 점점 눈에 띄게 특이하고 거칠어지기 시작했다. 발가락 끝으로 걷고, 몸을 흔들어대며 힘없는 손을 탈탈 털며 낄낄 웃기도 하고, 자기가 선호한 것은 목숨 걸고 소유해야 하고, 제지하면 죽을힘을 다해 괴성을 지르며 구르고, 똑같은 질문을 하루 종일 반복하고, 길도 똑같은 길로 가야 하고, 음식도 같은 음식만 먹어야 하고, 장난감도 특정한 것에만 광적인 애착을 갖고, 천둥소리에는 눈썹 하나 까딱하지 않으면서 전화벨 소리에는 무섭도록 놀라고, 어디든 높은 데서 뛰어내리고, 놀이터에서는 모래를 얼굴에 뿌려 눈에 모래가 가득 박히고, 유리컵이나 거울을 깨어 팔다리에 상처를 내어 피가 줄줄 흘러도 아픔을 모르고, 자기 머리카락을 한줌씩 뽑기도 하고……. 엄마는 끝도 없이 아이 행동을 말해주다가 몸져눕고 말았다. 그리고 단호하게 외쳤다.

"이젠 의사고 박사고 다 때려치우고 니 새끼 니가 살려!"

엄마는 명이를 나에게 넘겨버렸고 나의 모든 현실이 무너지고 말았다. 엄마 말대로 의사고 박사고 모든 것을 중단해야 했다. 처음엔 잠정적으로 중단했지만 그건 끝이었다.

"자폐장애는 만성질환으로 예후는 대체로 나쁜 편이라는 것은 잘 알고 있겠지?"

민 박사님이 걱정스럽게 나를 바라보며 말했다.

"예후는 자폐아의 지능 정도와 언어 발달 정도에 따라 결정되는 것으로 판단하잖아요?"

"그렇기는 하지. 처음 진찰할 때 지능이 70 이상이고 5세에서 7세에 말을 했거나 특수교육을 받은 자폐아의 경우 예후가 가장 좋다는 임상 보고가 있으니 말이야."

"하루라도 빨리 특수교육을 시켜야겠지요?"

"물론 특수교육도 중요하지. 그런데 그게 개인차가 많아. 오히려 역효과를 유발한 보고도 있거든."

나는 특수교육에 모든 희망을 걸었고 민 박사님은 이상하게도 특수교육을 전적으로 신뢰하는 것 같지 않았다. 민 박사님은 나와 전공은 다르지만 예과 때 스승님이었고 또 학계에서 존경받는 분이고 나 또한 존경하는 분이었으므로 충고를 가볍게 넘길 수가 없었다.

예후란 장차 어떤 모양으로 살아가느냐는 문제였다. 자폐아가 성인이 되면 극소수만 직업을 가질 수 있고, 20퍼센트가 겨우 생활을 할 수 있고, 3분의 2는 심한 장애로 평생 동안 가족에게 의존하거나 장기간 입원 생활로 평생을 살아야 한다는 것은 생각만 해도 끔찍한 일이었다.

부모는 열손가락 깨물면 똑같이 다 아프다지만 나는 그걸 믿지 않았다. 자식 중에 똑똑한 자식이 더 예쁘다는 부모들의 고백은 인간으로서 숨길 수 없는 본능이란 걸 이미 학계에서 과학적 근거까지 내놓은 상태인데, 그것은 말할 것도 없이 부모를 행복하게 해주고 기대에 부응해주었거나 부응해줄 확률이 높은 탓이다. 나는 두 손가락도 아닌 단 하나뿐인 자식이지만 명이란 아이의 모든 것을 알았을 때 물밀듯 쳐들어온 절망을 못 이겨 죽기로 작정했다. 밤마다 아이는 남산에 가자고 조르고 언제나 남산에서 밤중이 넘고 새벽 1시가 되어도 집에 가지 않으려고 생떼를 부렸다. 아이는 잡아끌어도 말을 듣지 않아 나는 황소처럼 발버팀을 하는 여섯 살 아이를 간신히 차에 태워 여의나루 선착장으로 달려갔다. 유람선도 잠들어버린 칠흑같이 캄캄한 강을 바라보며 그곳에서 아이 손목을 잡고 간단히 빠져버릴 작정이었다. 그런데 명이가 차에서 내리자마자 쏜살같이 도망을 쳐버린 것이었다.

내 음모를 눈치채고 달아나버린 아이. 아이를 잡으러 뒤따라 뛰었지만 금세 캄캄한 어둠 속으로 사라지고 말았다. 그 넓은 땅을 미친 듯이 헤맸다. 주차장 맨 끝에 관광버스 수십 대가 시커먼 괴물처럼 줄지어 서 있었다. 관광버스를 하나하나 살폈지만 아이는 머리카락도 보이지 않았다. 무려 한 시간이나 헤맨 끝에 순간 무서운 생각이 스쳤다. 이대로 나 혼자 돌아가버리고 말까? 자문이 채 끝나기도 전에 나는 차를 타고 시동을 걸었다. 차가 슬슬 구르고 주차장을 반쯤 벗어날 때 어디선가 엄마! 하는 소리가 들려왔다. 나는 차를 멈추고 밖으로 나와 사방을 둘러봤다. 깜깜한 밤하늘에서 별이 반짝일 뿐 세상은 고요했다. 그중에 가장 빛나는 별들이 내 앞에 성큼 나타났다. 명이가 좋아하는 북두칠성이었다. 귀를 기울였지만 엄마 소리는 들리지 않았다. 환청이었다.

갑자기 두려운 생각이 들었다. 다시 아이를 찾기 시작했다. 명이야! 하고 불렀다. 내 목소리는 물먹은 악기처럼 슬프고 무겁게 새벽 공기를 갈랐다. 내 목소리가 계속 깜깜한 주차장을 울렸지만 아이는 기척이 없었다. 다시 관광버스를 뒤졌다. 처음엔 급한 마음에 대충 봤을 거라는 생각으로 이번엔 뒷바퀴 안까지 몸을 엎드려 들여다보았다. 한참을 헤맨 후에 관광버스 뒷바퀴 안쪽에 매미처럼 납작하게 엎드려 있는 아이를 발견했다. 수십 대 대형버스를 바느질하듯 뒤졌을 때 분명 살폈던 버스였다.

늦가을 공기에 차갑게 얼어 있는 아이는 떨고 있었다. 아이를 잡아끌었지만 바퀴에 강력 접착제로 붙여놓은 것처럼 떨어지지 않았다.

"명이야, 남산에 가자. 별을 따줄게. 어서……."

명이는 밤이면 밤마다 남산에 가자고 졸랐고 남산에 가면 새벽이 되어도 집으로 가기를 거부한 건 별 때문이었다. 명이는 새벽에 영롱하게 빛나는 북두칠성을 기다린 것이었다. 새벽까지 기다렸다가 북두칠성을 향해 손가락질을 하면서 그것을 따달라고 요구했다. 별을 딸 수 없다고 설명한다는 것은 어리석은 짓이었다.

나는 꾀를 썼다. 미리 금박지로 입체감 나게 별 모양을 만들어두었다가 그것을 꺼내주면서 별을 땄다고 속이려고 했다. 명이는 속지 않았다. 금박지 별을 부숴버리면서 별을 따달라고 날이 하얗게 샐 때까지 땅에서 굴렀다. 광적으로 구르는 아이는 마치 소금을 뿌려놓은 미꾸라지 같았다. 온몸이 탁탁 튀는 아이에게 손가락 하나 댈 수 없었다. 구르다가 돌에 부딪쳐 이마가 터지기도 하고 팔다리에 상처가 나기도 했다. 나는 명이를 어찌할 수 없어 스스로 지칠 때까지 그냥 바라볼 수밖에 없고 영문 모르는 데이트족들이 나를 향해 '무슨 저런 엄마가 있어.'라고 분노하기도 했다.

남산에 가서 별을 따준다는 온갖 감언이설로 따뜻하게 손목을 잡고 차로 데려오는데도 명이는 나를 두려워하면서 계속 떨고 있었다. 나는 그때 두려움에 가득 차 있는 아이의 눈빛을 보았다. 살고 싶다는 간절한 눈빛을 보는 순간 가슴속에서 핏줄이란 핏줄이 모조리 터지고 말았다. 발끝부터 머리끝까지 온 전신으로 생피가 쏟아지는 것을 틀어쥐고 울어댔다. 캄캄한 한강을 향해 목이 터지도록 실컷 울고 난 다음 죽자는 생각을 털어버리고 돌아왔다. 그렇지만 서울을 벗어난다는 것은 생각하기도 싫었고 민 박사님은 때를 놓치면 그만 이라고 계속 나를 설득하려고 애썼다. 명이를 향해 쉴 새 없이 제지 하고 요구하고 꾸짖고 싫어하는 것들로부터 벗어나야 한다고 애써 당부하셨을 때도, 아직 개발되지 않는 원시의 섬을 찾아야 한다고 간곡히 권해주실 때도, 섬은커녕 서울 그 이하의 후미진 곳으로는 결코 갈 생각이 없었다.

"민 박사님도 이젠 필요 없어."

나는 오히려 치료 시설이 좋은 미국 같은 선진국으로 가면 길이 있을 것이라 믿고 민 박사님께 말도 없이 명이를 데리고 치료차 미국으로 떠났다. 그런데 미국? 미국은 넓은 땅만큼이나 더 막막하고 아득했다. 오히려 한국말도 제대로 못하는 명이에게 영어의 세계는 또 다른 장벽으로 와 닿았다. 정말 앞이 꽉 막힌 장벽이었다. 명이는 미국 생활 3개월 만에 구토를 일으키기 시작했다. 스트레스가 극에 달했다는 증거였다. 차로 두 시간을 달려 특수 치료기관을 찾아가면 다시 한 시간쯤 대기했다가 겨우 40분 동안 명이에게 그림 치료와 놀이 치료를 시키고 나에게는 끊임없는 문진이 되풀이되는 것이 치료 프로그램이었다. 아이를 임신했을 때 약물, 음식, 술, 담배, 마약 등의 사용 유무 등등 그 빤한 문진이 끝나고 나면 아이를 키울 때 외상과 심리적 스트레스 등 의사인 나에게 예과 2학년이 공부하는 교과서 그대로 식상하기 짝이 없는 것을 묻고 대답해야 했다. 한국과 다를 게 없었다.

"내가 의사예요!"

나도 스트레스를 받아 어느 날 내가 의사라고 소리를 지르고는 병원을 나와버렸다. 다른 병원으로 옮겼지만 미국이든 어디든 전혀 새로울 것이 없는 판에 박힌 치료법으로는 어림없는 일이었다. 6개월 만에 귀국하고 말았다.

미국에서 돌아와서도 나는 민 박사님을 외면한 채 세상의 아이들처럼 제도권 교육을 받게 하겠다고 명이를 유치원에 넣었지만 유치원 측과 학부모들의 살벌한 눈총을 못 이겨 2년 동안 여덟 번째 유치원을 중퇴하고 말았다. 초등학교에 들어가서는 더욱 참담했다. 나는 언제나 명이의 시야에 있어야 하므로 복도에서 서성거렸다. 40분 수업 동안 나는 긴장으로 침을 삼키고 아이는 나를 확인하기 위해 자주 교실 문을 열었다. 그때마다 담임이 자주 상을 찌푸렸다.

어느 날 명이는 수업 중에 벌떡 일어나 자기가 좋아하는 색분필을 한 움큼 집어오고 선생님이 호되게 제지하려고 했다. 명이 손안에 든 것을 빼앗기보다 설악산 흔들바위를 들어 올리는 편이 훨씬 쉽다는 것을 모른 선생님과 명이의 사투가 벌어졌다.

"당장 내놓지 못해!"

명이는 고개를 살래살래 흔들며 손을 꼭 쥐었다.

"그래, 누가 이기나 한번 해보자!"

"선생님, 안 돼요."

내가 뛰어 들어가 선생님을 제지했다.

"뭐라구요? 명이 어머니, 여긴 명이네 안방이 아니에요."

선생님은 학부모들에게 하소연을 하기 시작하고 명이의 소문은 그 열 배 백 배로 학생 엄마들 사이에 퍼져버리고 말았다. 그때부터 비장애아 엄마들의 물샐 틈 없는 경계는 정말 폭탄 테러를 막기 위한 공항의 검색대를 방불케 했다. 명이의 옷깃이라도 닿을까 봐 전전긍긍하는 두려움, 명이와 짝지가 되는 두려움 등등……. 명이는 졸지에 전염병 덩어리거나 벌레가 되어버렸다. 결국 담임이 나를 불러 지나친 욕심을 버려야 한다고 충고하기 시작했다.

"운영위원회에서도 이미 여러 번 말이 나온 겁니다. 명이 어머님이 너무 욕심이 많다는 지적이에요."

담임은 그날 일로 단단히 벼르고 있었다. 결국 학교운영위원회에서 학교를 자퇴하고 순수 장애인학교에 보내야 한다는 결론을 내렸다고 했다.

"건강하지 못한 아이를 위해 건강한 사람들이 조금 인내하면서 도와줄 수 없는지요?"

나는 교장실로 찾아가 무릎을 꿇고 사정을 했다. 담임 앞에서도 마찬가지로 빌고 또 빌었다.

"명이 어머니, 한 아이로 인해 다수가 피해를 입고 있습니다."

"교장 선생님, 건강한 다수는 그렇지 못한 한 사람을 도울 수 있습니다. 얼마든지."

"이제 보니 명이 어머니 대단히 이기적인 분이시군요. 그렇게 안 봤는데."

1차 운영위원회 결정을 나는 과감히 무시해버렸다. 그러자 학교에서도 강경하게 나오기 시작했다. 2차, 3차 운영위원회를 열고 운영위원장과 교장, 교감, 담임과 내가 맞섰다. 모두 나를 달래기에 안간힘을 썼다.

"심정은 잘 알지만 엄마들이 데모를 할 판입니다."

"명이 어머니, 제발 좀 우리 입장을 생각해주세요."

분위기가 이상하게 돌아가기 시작했다. 내가 마치 칼자루를 쥔 사람 같았다. 나에게 무슨 권력이 있는 것도 같고 모든 것이 나 하기에 달린 것도 같았다. 까닥하면 내가 그랬던 것처럼 그들은 내 앞에 무릎이라도 꿇을 기세였다.

"명이 어머니는 배우신 분이잖아요. 제발 우릴 좀 도와주세요."

제발 살려달라고 빌기 전에 결정을 해야 한다고 속에서 독촉했다.

"건강한 다수를 위해서라는 말 잊지 않겠습니다."

마지막으로 그렇게 말하고 돌아서는데 담임 선생님이 너무나 다정하게 명이 등을 다독여주며 잘 가라고 인사를 했다. 그리고 나를 덥석 끌어안고 조금 울먹인 목소리로 '명이 어머니 잊지 않을게요.' 라고 했다. 무엇을 잊지 않겠다는 것인지 알 수 없었지만 느낌으로 는 명이를 자퇴시키는 것에 대한 고마움인 것 같았다.

하긴 핏줄인 명이 친할머니도 명이를 거부했다. 시어머니는 명이가 사폐라는 걸 알고부터 나를 이상한 눈빛으로 바라보기 시작했다. 시어머니의 눈에 명이의 생김생김이 점점 나를 닮아가기 시작한 것이다. 태어나 두 돌이 지날 때까지만 해도, 그러니까 명이에게 자폐 증세가 발견되기 전까지는 남편을 쏙 빼어닮은 것도 모자라 할아버지까지 빼어닮은 너무나 잘 생긴 아이라고 감격했던 아이가, 하얀 피부에 갸름한 얼굴과 오뚝한 코는 그렇다 치더라도 명이의 커다란 눈까지도 작은 내 눈을 닮아버린 것이었다.

학교에서 나와 아이를 차에 태우고 어디론가 미친 듯이 달렸다. 달리면서 히틀러를 생각했다. 나는 인류사에서 저 유명한 독일 나치 즘이 유전적 요소의 조절을 통해서 후세 인류의 질을 개선하고자 했던 일명 우생학의 어두운 역사를 잘 알고 있었다. 히틀러는 어느 대중 연설에서 서슴없이 신체장애나 정신장애를 갖고 태어난 아이들은 제거되어야 한다고 입을 열었다. 그때부터 살 가치가 없다고 판단된 아이들을 인간 도살장으로 모아들여 식사량을 줄여가면서 모르핀이나 시아나이드를 주사하여 서서히 죽여갔다는 것을 생각하며 지구촌에는 영원히 히틀러가 존재한다는 것을 알았다.

초등학교에서 쫓겨나던 날부터 아이는 집 안에 갇히게 되었다. 아이는 집 안에 갇히는 것을 가장 못 견뎌했지만 갈 곳이 없었다. 아파트 놀이터에 가면 눈에 모래를 던져 넣고 마트에 가면 반드시 구경거리가 되고 길을 걷다가 자동차 물결 속으로 비호처럼 뛰어 들어갈 때면 운전자들이 여기저기서 쫓아 나와 내 멱살을 붙잡고 흔들며 악을 썼다.

"아이 간수 똑바로 해요!"

밖에 나갈 수도 없어 집 안에 갇힌 아이는 무엇인가를 해야 했다. 냉장고를 열어 음식물을 꺼내 던지고 서랍장과 장롱을 열어 옷가지를 몽땅 끌어내어 사방으로 뿌렸다. 수도를 틀어 집 안을 물바다로 만들어버리거나 김치냉장고를 열어 김치를 거실가득 패대기쳐놓고 저는 박수를 치며 낄낄 웃었다. 15층 아파트 창틀에 올라가 아슬아슬한 아래를 내려다보며 박수를 쳤다. 모든 것은 화장실을 가거나 전화를 받거나 부엌에 잠시 들어가는 사이에 발생했다.

무슨 방법을 연구하던 중 인터넷에서 수갑을 판다는 글을 본 적이 있었다. 당장 수갑을 샀다. 화장실에 갈 때 밥을 먹을 때 전화를 받을 때마다 수갑을 채워놓았다. 다행히 아이는 수갑을 잘 차주었다. 번쩍거린 광택과 차디찬 쇠의 느낌을 좋아한 탓이었다. 수갑을 찬 채 번쩍거린 쇠에 제 뺨을 대보기도 하고 입을 맞추기도 했다.

평소 유리창에 뺨을 대보거나 입을 맞추는 행동을 하는 것과 마찬가지였다.

그런데 일이 벌어지고 말았다. 수갑 열쇠를 잃어버리고 말았다. 수갑을 열 수 없으므로 119를 불렀다. 119에 신고할 때는 반드시 원인을 말해야 했다. 아이 손에 수갑이 채워졌는데 열쇠를 잃어버렸다고 하자 이해하지 못했다. 수갑 같은 문제는 경찰에 신고를 해서 함께 출동해야 한다고 했다. 어쩔 수 없었다. 119와 경찰이 함께 출동했다. 119가 쇠톱으로 수갑을 잘라주었고 경찰은 내 행동을 이해했지만 아이에게 수갑을 채운 것은 형법의 제재가 따른다고 했다. 나는 비정하고 악한 엄마로 신문의 한귀퉁이를 장식하면서 하루를 경찰서에서 살아야 했고 '한 번만 더 이런 일이 발생할 때는 형사 처벌을 면치 못한다.'는 경고를 받고서야 풀려날 수 있었다.

남편과 이혼한 것은 참 잘한 일이었다. 남편은 자신의 꿈이 아이 때문에 다 무너져버렸다고 억울해했다. 나중에는 원래 독신주의자였는데 괜히 결혼을 했노라고 후회했다. 독신을 운운하자면 나도 마찬가지였다. 그런데 우린 왜 결혼했을까? 하고 서로 후회했다. 서로 후회한다는 건 명이가 서로 상대방 탓이라는 말과도 같은 것이었다. 따지고 보면 서로 독신주의자란 건 피차 선볼 시간도 데이트할 시간도 없는 의사라는 직업 탓이었고 우린 같은 병원에서 마음이 통한 지 3개월 만에 결혼했었다. 남편은 서른아홉 살이었고 나는 서른여섯 살이었다.

이혼을 하면서 생각해보았다. 동물이나 인간에게 신은 왜 부성과 모성을 똑같이 저울에 달아 나누지 않고 모성에다 무게를 왕창 실어 놓을까? 왜 여자만 멀쩡한 생살을 찢고 자식을 얻게 했는가? 라고. 남편은 정말 짐승 수컷들처럼 홀가분하게 명이 곁을 떠나버리고 말 았다.

집 안에 갇히게 된 명이는 속없이 교실 아이들을 그리워하는 눈치 였다. 아침만 되면 학교에 가자고 집요하게 졸라대기 시작했다. 명이와 내가 현관문을 붙잡고 열기와 막기를 하며 싸운 시간은 족히 한나절 이상이었다. 무엇이든 시작했다 하면 한나절이 아니라 꼬박 하루를 채우기도 하므로 한나절이면 그래도 견딜 만한 것이었다. 한 달 동안 문고리를 잡고 싸우다가 기운이 탈진했다. 바닥에 풀썩 주 저앉으며 정말 이번에는 꼭 죽자고 결심했다.

"그래, 학교에 가자!"

나는 학교에 가자라는 말로 명이를 데리고 나와 아파트 옥상으로 올라가 24층 아래를 내려다보았다. 명이 손을 꼭 붙잡고 떨어질 위 치를 찾았다. 그런데 이번에도 명이는 벼락같이 내 손을 뿌리치고 도망을 쳐버리고 말았다. 내 손을 뿌리치는 힘은 기차라도 끌고 갈 힘이었고 행동은 번개처럼 빨랐다. 참 이상한 일이었다. 마치 신이 가르쳐준 것처럼 명이는 자기에게 위험이 닥칠 때마다 내 음모를 알아버리는 것이었다.

칠흑같이 캄캄한 밤바다를 비추는 등댓불처럼 민 박사님의 말이 떠올랐다. 죽지도 못한다면 죽을힘을 다해 지구 끝이라도 뒤져 원시의 섬을 찾아낼 작정이었다.

"아프리카에는 자폐가 없다는 말이 무슨 뜻이겠어?"

민 박사님은 할 수만 있다면 원시의 섬 같은 곳에서 깊이 숨어 있는 아이의 원성을 깨우라는 것이었다. 그러나 원시의 섬을 찾기란 땅속에 묻힌 금광을 찾는 것 같았다. 사람들은 아무리 먼 심해 섬이라 해도 그대로 두는 법이 없었다. 심지어 서해안의 호도나 남도 끝 마라도까지도…….

엄마는 답답한 나머지 섬이 많은 일본으로 가면 어떻겠냐고 하셨지만 민 박사님이 전라도가 희망이라고 일러줬다. 전라남도 바다에 무려 350여 개나 널려 있는 섬 중 오지의 섬 창해도를 찾아낸 것은 행운이었다. 신이 명이를 위해 창해도를 개발로부터 남겨놓은 것이었다. 남도의 남도 끝 먼 바다 한가운데 꼭꼭 숨어 있는 창해도는 너무 푸르고 맑아서 창해라고 부른다고 했다. 민 박사님이 생각한 대로 원시의 섬이었다. 섬은 모래와 자갈로 해변을 둘렀고 감히 발을 딛지 못할 정도로 눈부신 모래는 고요하고 따뜻하고 아름다웠다.

"우리가 죽어서도 이 섬을 지킬 것이여."

"대통령도 소용없어. 천하 없는 그 누구도 손 못 대."

막상 서울을 떠나자 멀고 먼 섬이 어디에 있는지 짐작조차 하지 못한 엄마는 내 손을 잡고 엉엉 울었다. 엄마는 명이보다 내가 가엾어서 울었다.

"명이가 네 자식이면 너는 내 자식이다. 나도 너를 키우고 공부시킬 때 화려한 네 장래를 꿈꿨지. 아주 잘되기를 바란 꿈이었다. 똑똑하고 건강하고 공부 잘하는 넌 잘되지 못할 이유가 없었어. 그런데 섬이라니!"

나에 대해 꿈꾼 모든 것을 잃어버린 엄마의 허탈은 내 가슴을 미어지게 했다. 그럼에도 엄마 말대로 명이는 내 자식이고 나는 명이의 장래가 자폐의 예후에서 벗어나 제 힘으로 살아가기를 바라는 꿈으로 가득할 뿐이었다.

"김 선생, 믿지?"

믿지? 라는 말을 강조할 때 빛나는 민 박사님의 눈빛이 나에게 확신을 주었다. 나는 그 확신을 가슴에 품고 전쟁터에 나가는 장수처럼 비장한 각오로 명이를 데리고 섬으로 왔다.

외부인을 결코 허용하지 않는 섬, 창해도가 나를 받아들인 건 내가 의사라는 것과 무료 진료라는 조건 탓이었다. 내과 의사는 여러 가지 질병을 볼 수 있어 병원이 없는 섬에 안성맞춤이었다.

명이는 까마득한 옛날에 고향을 떠났다 돌아온 사람 같았고 섬은

학수고대 기다려준 것 같았다. 명이는 마치 한지에 먹물이 스며들듯
저절로 섬에 젖어들기 시작했다. 섬에 오자 아이는 밖으로 나가자고
조르거나 남산에 올라가 별을 따달라고 조를 필요가 없었다. 섬에서
는 집 안이나 집 밖이나 모든 것이 자연 그대로인 탓이었다.

섬의 모든 것은 자유 그 자체였다. 모든 것의 자유가 명이를 사로
잡았다. 심시어 가축도 마음껏 자유를 누리고 있다. 염소는 처음
부터 야생으로 살아가는 것이라지만 개, 닭, 소까지 산과 해변을 마
음대로 돌아다녔다. 소들은 산에서 풀을 뜯다 해가 지면 스스로 자
기 집으로 찾아들어왔다. 개는 아침을 먹고 나가면 아이들이나 닭
과 어울려 온종일 산으로 해변으로 쏘다니다 밤이 되면 집으로 돌아
왔다. 닭도 마찬가지였다. 머리 나쁜 사람을 닭대가리라고 비하지만
닭들은 숲 속을 돌아다니며 꽃과 벌레를 쪼아 먹는데 먹을 것과 먹
지 말아야 할 것을 가릴 줄 알았다. 봄이면 콩나물처럼 오동통한 얼
굴을 쑥 뽑아 올린 보춘란 꽃대와 보얀 송이버섯과 산딸기 등을 속
속 쪼아 먹으면서 독이 든 철쭉이나 화려한 기생 갓을 쓴 독버섯이
나 맛없는 뱀딸기는 쳐다보지도 않았다.

닭은 그렇게 좋은 것만 골라 먹다가도 썰물 때를 맞춰 바닷가로
날듯이 달려나가 갯강구 전복 대말 말미잘 등을 쪼다가 해가 지면
후다닥 집으로 찾아왔다. 닭들이 갯가에서 먹이를 찾아 먹는 것은
명이에게 흥미진진한 일이었다. 전복 대말 말미잘 등은 제자리에 붙

어 있어 얼마든지 쪼아 먹을 수 있다지만 번개같이 빠른 갯강구를 잡을 때나 문어와 싸울 때면 아이들은 응원을 하느라 소리를 질러댔다. 명이도 함께 손을 붙잡고 소리를 질렀다. 서울에서는 감히 잡아볼 수 없는 아이들 손이었다.

정말 닭과 문어 싸움은 누가 봐도 구경거리였다. 썰물 때면 문어가 바위로 곧잘 올라오고 뭉게뭉게 기어 다니는 문어를 만나면 수탉들이 벼슬을 곧추세우고 서슴없이 공격하면서 한바탕 혈전이 벌어졌다. 문어도 만만치 않았다. 엎치락뒤치락하면서 문어발이 닭 모가지를 휘감을 때는 닭이 꽥, 꽥, 소리를 지르며 위기에 처하고 일이 그쯤 되면 백구가 나서주었다. 사냥으로 한몫하는 진돗개 백구는 처음에는 잠자코 지켜보다가 닭이 밀린다 싶으면 문어 머리통을 단번에 물고 늘어지면서 실력을 과시한 것인데 그럴 때마다 섬 아이들은 백구 이겨라! 장닭 이겨라! 하고 박수를 쳐가며 응원을 하고 박수 치기 좋아하는 명이 박수 소리가 가장 컸다.

명이를 사로잡은 것은 또 있었다. 염소 떼였다. 험한 곳만 골라 다니는 염소 떼들은 대여섯 마리씩 무리지어 사람이 도저히 따라잡을 수 없는 절벽 끝에 올라서서 아이들을 내려다보며 어디 한번 잡아보라는 듯 "에헴! 에헴!"하며 약을 올렸다. 아이들은 대부분 포기하지만 명이는 끝까지 절벽을 기어올랐다. 자폐의 특징 중 행동장애 임상을 보면 특이한 행동을 반복적으로 되풀이하는 상동증적 행위를 보이는 것 중 아슬아슬한 곳에 올라가기를 즐기는 행동이 염소 몰기에 딱 들어맞은 것이었다. 명이는 염소를 따라 절벽 끝까지 올라가고 염소는 다시 잡힐 듯 말 듯하면서 더 험한 절벽으로 올라가면서 명이를 유인했다.

명이는 끝까지 염소를 쫓아가면서 염소가 어디로 갈 것인지를 계산했다. 염소가 오른쪽 바위로 가면 저는 왼쪽 바위로 가고 염소가 S 자로 가면 명이는 직선으로 쫓아가는 등의 방법을 생각해낸 것이었다. 그 정도라면 지능이 90 정도는 될 것이라고 짐작되어 나는 숨 막히게 기뻤다. 자폐아의 30퍼센트가 지능 70 이상을 보인다는 통계가 나와 있고 특정 분야에서 단순 기억이나 계산이 놀랄 만한 기능을 보이기도 한다는 것을 참작해보면 명이가 그물을 깁거나 염소를 쫓으면서 길을 다각도로 생각해낸 것은 단순한 기억이나 계산이라고 볼 수 없기 때문이었다.

명이는 그렇게 변화해가고 나는 명이의 모든 행동을 매일매일 쓰느라 내 손가락이 마치 피아노를 연주하는 것처럼 자판 위를 신나게 뛰어놀았다.

"오늘도 모래사장을 끝없이 달렸다. 섬 아이들 그 누구도 명이를 따라잡지 못했다. 깨진 유리로 찔러도 아픔을 몰랐던 아이가 엄나무 가시에 찔려 상처가 났는데 아프다고 얼굴을 찡그렸다. 오늘은 보춘란 꽃대를 한 소쿠리 따왔고 둥글레를 한 바구니 캐왔고 지네를 30

마리나 잡아왔다. 오늘은 명이가 그물을 세 폭이나 기웠다고 정 씨가 칭찬해주었다. 오늘도 절벽 끝에서 염소를 몰았고 홀치기로 염소를 생포했다. 오늘은 바다를 헤엄쳐 바위섬을 돌아왔다. 오늘은 송아지가 우는 것을 보고 눈물을 흘렸다. 명이가 드디어 눈물을 흘렸다……."

정말 놀랍고 반가운 것은 눈물을 흘리는 동정심의 발동이었다. 이곳에서는 아직도 소로 밭갈이를 하는데 명이는 밭갈이를 하는 소를 졸졸 따라다니며 소가 힘이 들어 침을 줄줄 흘리는 것을 바라볼 때마다 슬픈 표정을 짓기 시작한 것이다.

"엄마, 소가 울었어요."

"명이야, 지금 뭐라고 했어? 소가 울었다구?"

내가 봐도 쟁기를 끄느라 힘든 소는 입을 벌리고 헉헉거리며 침을 줄줄 흘리면서 눈은 젖어 있었다. 놀랍게도 감각기관의 반응이 나타난 것이다. 소를 보며 그렇게 울상을 짓던 명이는 송아지가 어미 소를 찾으며 음매! 하고 우는 소리를 들을 때마다 눈물을 흘리기 시작했다. 눈물은 계속 이어졌다. 물론 서울에서도 명이는 곧잘 울부짖었다. 울부짖었지만 자폐의 특성상 목이 터져라 울어도 눈물 한 방울 나오지 않은 채 소리만 지른 거짓 울음이었다.

만선과 무사 귀항을 비는 고사도 끝났다. 바닷가에서는 꽹과리와 징소리가 신명나게 울리고 있다. 배가 먼 바다로 출항할 때는 한바탕 굿판을 벌이고 떠나는 것이 마을 관습이다. 배는 울긋불긋 오색 띠를 둘렀고 태극기가 매달려 있는 마스트 꼭대기에 벌써부터 새 떼들이 날아와 부리를 다듬고 있다. 배를 탈 때는 언제나 키 잡기를 좋아하는 명이가 키를 잡고 이리저리 열심히 살피고 있다. 자폐아에게도 설대 감각이란 것이 있어 어떤 분야에 천재적인 능력을 발휘하기도 한다. 명이는 키를 잘 잡는다고 소문이 나 있다. 방향감각이 뛰어나 배를 잘 몬다는 것이다. 점검이라도 하듯 이곳저곳을 유심히 살피는 명이의 눈빛이 진지하기 짝이 없다.

"그렇게도 좋으냐?"

명이를 정 씨가 툭 치며 웃고 지나간다. 명이도 정 씨를 향해 활짝 웃어준다. 웃고 있는 명이의 얼굴이 햇살에 꽃처럼 빛난다. 눈이 부시도록 잘생겼다. 정말 내가 봐도 명이는 조각처럼 잘생겼다. 자폐아는 영리하고 매력적으로 보이며 대뇌의 비대칭성이 이루어지지 않아 양손잡이가 많다고 기술한 정신의학자 캐너의 임상 연구에 새삼 감탄한다.

명이는 여전히 키 주변을 둘러보는 데만 열중할 뿐이다. 해가 중천을 벗어나고 이제 신명난 꽹과리 소리 징 소리도 그쳤다. 음식 잔치도 끝이 났다.

"두고 보시오. 연평까지 갔다 오면 세상 어디에 던져놔도 까딱없을 테니께."

정 씨가 나에게 다가와 믿으라는 표정을 지으며 인사를 겸한 말을 하고는 배에 올랐다. 선원들이 닻을 감아 올리자 배가 원을 그리며 뱃머리를 돌린다. 드르릉 드르릉 하며 배가 드디어 속력을 내기 시작한다. 마을 사람들이 모두 손을 흔들어주자 키를 잡고 있던 명이가 벌떡 일어나 나를 향해 손을 흔들며 외쳤다.

"엄마, 울지 마세요!"

내 눈에서는 벌써부터 눈물이 흐르고 있었나 보다. 천길만길 서늘해진 가슴을 누른 채 나도 힘껏 손을 흔들어준다. 배가 하얗게 끓어오른 물보라를 낳으며 점점 멀어져가기 시작하고 손을 흔드는 내 팔은 내려올 줄 모른다. 배는 보리가 누렇게 익을 무렵에야 돌아온다고 한다.

"저 위대한 출항을 나 혼자 보다니!"

나는 속으로 명이는 지금 연평 바다로 조기를 잡으러 가는 것이 아니라 세상이란 바다로 출항하고 있는 것이라고 외친다. 나는 끝없이 외치고 배는 점점 내 시야에서 멀어져간다. 까만 점으로 보인 배가 아예 사라지고 말았다. 나는 정 씨의 말을 곱씹으며 무릎을 꿇고 앉아 눈을 감았다. 지난겨울 봄이 새처럼 날아오기를 기도했듯이 이제 막 쫑긋쫑긋 속대를 올리기 시작한 청보리가 하루 빨리 누렇게 익기를 빈다.

생의 환멸을 치유하는 '힐링 서사'

고 명 철
(문학평론가, 광운대 교수)

　여기, 지방대에서 경영학을 공부한 후 서울에서 취업준비생의 나날을 보내는 가운데 복잡하게 얽힌 지하철 노선도를 익히면서 출근 연습을 하고 있는 한 젊은이의 모습을 떠올려보자. 딱히 언제 취업할지도 모를 불투명한 나날 속에서 대기업 임원의 도움으로 취업하기를 학수고대하며 날마다 서울 지하철 타기를 연습하고 있는 지방대 취업준비생의 일상은 그리 낯설지 않다. 이것은 작가 박정선이 이번에 상재하는 소설집의 표제작 「청춘예찬 시대는 끝났다」를 배회하고 있는 장면이다. 표제작의 제명에서 뚜렷이 드러나듯 작중 화자인 '나'로 표상되고 있는 우리 시대의 청춘은 미래를 향한 희망에 부풀어 있기는커녕 암울한 현실의 늪 속에서 허우적대고 있을 뿐이다.

무엇보다 지방대생으로서 취업의 난관에 부딪치는 자신의 초라한 자화상에 대한 자기 연민에 머무르지 않고 자신의 허상을 만들어냄으로써 자기 위안에 사로잡히는 것은 우리 시대의 청춘이 심한 자기 환멸의 상처를 지니고 있음을 말해준다. '나'가 매일 아침 출근 지하철 안에서 노트북을 펼치고 "쉬지 않고 무언가를 해야 하는 회사원으로"(17쪽) 인식하기를 바라는 것은 "생각할수록 가슴 쓰라리고 공허하기 짝이 없는 허상이지만 그래도 이 순간만은" "어떤 회사 신입사원이 된 착각에 빠져들어 우쭐해지기까지 한 것이다."(17쪽) 사실, '나'에게 가장 큰 고민은 취업을 하지 못함으로써 '실패한 인간의 모델'(15쪽), 즉 '발바닥 인생'으로 '나'의 손아래 사람들에게 각인되는 것이다.

그렇다면, 이러한 '나'의 우려는 기우(杞憂)에 불과한 것으로 소설 속에서 과장된 것일까. 우리는 「청춘예찬 시대는 끝났다」를 읽는 내내 '나'의 이야기들이 지방대 취업준비생에게만 국한되는 게 결코 아니라 우리 시대의 젊은이에게 두루 통용되는 이야기임을 쉽게 알 수 있다. 항간에서는 '아프니까 청춘이다'와 같은 기성세대의 낭만적 수사가 젊은이를 어둡게 에워싸고 있는 현실을 한층 암담하게 하고 있다는 비판이 제기되는바, 우리 시대 청춘의 아픔과 상처에 진정으로 공명하는, 그래서 '함께' 이것들을 나눠 갖는 일이 절실히 요구된다. 그럴 때 이 소설에서 '나'가 신입사원인 척 시늉 내는 모습을 통해 우리는 지방대생에 가해지는 사회적 차별의 문제점이 부각되는 적나라한 양상을 알게 될 뿐만 아니라 이러한 차별 속에서 자기 연민과 자기 위안의 내적 고통을 견디며 미래를 향한 꿈을 차마 포기할 수 없는 우리 시대의 청춘의 자화상을 마주한다. 말 그대로 청춘을 '예찬'하는 시대는 끝났고, 청춘을 '위협'하는 시대를 숱한 상처 속에서 견뎌내야 한다.

그런데, 시대의 상처는 한국 사회의 청춘에게만 국한되는 것은 아니다. 「에타니아」에는 베트남전쟁의 상흔을 간직하고 있는 베트남 태생 며느리와 한국전쟁의 충격으로 평상시 정상 생활을 할 수 없을 정도로 상처를 앓고 있는 한국의 시어머니의 삶이 그려지고 있다. 이 소설에서 주목해야 할 것은 민족, 국가, 세대를 초월하여 전쟁이 인간에게 가한 극심한 고통과 상처가 얼마나 잔인한 것인지, 그리고 이러한 고통과 상처를 짊어진 인간들 사이의 연민과 애도가 얼마나 소중한 것인지를 성찰하도록 한다는 점이다. 이 작품에서 이러한 연민과 애도가 그리 쉬운 문제가 아니라는 것은 시어머니와 며느리의 친밀한 관계를 올곧게 이해하지 못하는 시댁 식구들의 편협한 모습에서 단적으로 드러난다. 시어머니는 병상에서 자신이 애지중지하던 금팔찌를 시댁 식구 몰래 베트남 며느리에게 주는데, 그것은 자신을 어머니처럼 대해주는 살가운 모습으로부터 한국전쟁 당시 폭격으로 시체도 못 찾은 채 잃어버린 자신의 딸과 동일시하기 때문인

바, 시댁 가족들은 이러한 그들의 특별한 관계를 전혀 알지 못할 뿐만 아니라 진심으로 이해하려고 하지 않는다. 시댁 식구들의 유별난 관심은 어떻게 해서든지 곧 세상을 떠날 어머니의 재산을 더 많이 챙기는 일이다. 그들에게는 어머니와 며느리가 함께 전쟁의 상처를 치유하는 노력들이 보이지 않는다.

> 엄마 말대로 우리는 전생에 친구였는지도 모른다는 생각이 들었다. 엄마는 꼭꼭 탁주를 드시는데 그때마다 나에게도 사발 가득 따라주시는 바람에 술친구까지 되고 말았다. 엄마는 곧잘 술을 취하도록 마시면서 나에게도 취하도록 마시게 해놓고 귀옥아, 너와 나는 아무래도 전생에 친구였던 것 같구나, 그러니 니 설움 내 설움을 몽땅 털어내어 이 땅속에다 꼭꼭 묻어버리자, 라고 하시면서 아리랑을 불렀다. 베트남 아리랑 까이릉도 슬프지만 한국의 아리랑이 더 슬펐다. (「에타니아」, 76쪽)

어머니가 경험한 한국전쟁의 상처와 며느리에게 남겨진 베트남전쟁의 흔적은 한국의 아리랑과 베트남 아리랑 까이릉이 함께 불려지면서 그 가락과 노랫말 사이에 퍼져 있는 삶의 설움과 그리움, 그리고 삶의 흥겨움 속에서 치유의 길이 모색되고 있다. 최근 외국인 이주민을 다룬 소설들 대부분이 한국 사회에서 그들이 한국인과 대립 갈등하는 데 초점을 맞추는, 그래서 외국인 이주 노동의 실태를 비롯한 경제 문제를 다루든지, 한국 사회에서 좀처럼 이해할 수 없는 타자의 존재와 관련한 정치철학적 문제를 다루는 것을 고려해볼 때, 박정선의 「에타니아」는 그러한 갈등을 표면적으로 다루되, 그보다 전쟁이 인간에게 가한 공포의 충격과 극심한 상처를 민족, 국가, 세대의 장벽을 넘어 함께 애도하면서 치유하고 있다는 것은 주목하지 않을 수 없다.

이러한 치유는 비록 구체적 양상은 다르지만, 「연화」에서 시대의 간극을 훌쩍 넘고 있다는 점에서 매우 흥미롭다. 작중인물 오연화는 지질학 연구원으로서 '연화(蓮花)'라는 이름이 놀림의 대상인 데다가 "언젠가는 옛 아라가야 땅에서 연꽃이 필지도 모른다고 했"으므로, "그 연꽃이 필 때까지 연화라는 이름이 끊어져서는 안 된다는"(96쪽), '전설 같은 이야기' 속에서 마치 그 이야기가 현실화될 수 있다는 어떤 주술에 걸린 양 자신의 이름을 운명처럼 받아들인다. 그러면서 그는 자신의 대(代)에서 이 주술이 단절되기를 바라면서 결혼을 포기한다. 그런데 그의 결단을 조롱하듯, 옛 아라가야 땅인 함안에서 700년 전 것으로 추정되는 고려의 연씨가 발견되더니 기적처럼 그곳에서 700년의 시간의 간극을 초월하여 연꽃이 피워나고 있는 것이다. 700년 전 고려의 어수선한 역사의 소용돌이를 피해 지금의 함안 땅으로 전해진 고려 왕족의 표상인 연꽃이 피어난 것은 고려 조정에서 일어난 끔찍한 역사의 상처를 상기시켜줄 뿐만 아니라 그 상처를 치유하는 일이 얼마나 오랜 시간과 견딤을 요구하는지를 보여준다. 그렇다. 상처를 치유하기 위해서는 외로움의 시간을 견뎌야 한다. 외로움의 적막에 갇혀보지 않고서는 자신의 상처의 근원을 발견하기 힘들다.

우리는 「암홍어」와 「향기를 품다」에서 외로움을 견디며 살고 있는 인물을 만나게 된다. 대학을 졸업하고 뭍에서 직장 생활을 한 이력도 있고 홍어잡이인 아버지의 대를 이어 홀어머니를 모시면서 홍도에서 홍어잡이를 하고 있는 한 선장(「암홍어」), 미국에서 유학하여 소식이 단절되었으나 간혹 소식을 전해오는 외아들을 기다리며 조카의 봉양을 억지춘향으로 받고 있는 김 노인(「향기를 품다」)이 바로 그들이다. 그들이 외로움을 견디는 방식에는 어떤 공통점이 있다. 그렇다고 별다른 것은 아니다. 그것은 아이러니컬하지만, 외로움을 잉태하는 시간과 정직하게 마주하는 것이다. 언뜻 이해하기 힘들겠지만, 외로움을 자아내는 시간을 회피하고 그것을 부정하는 게 아니라 도리어 그 고통스런 시간을 남보다 한층 가깝게 접하고 삭힘으로써 외로움과 더불어 삶을 살게 된다. 말하자면, 외로움을 발효시킨다고 할까. 그래서 이렇게 발효된 외로움은 애초 외로움의 형질과 전혀 다른, 삶을 황폐화시키는 소외의 상처를 앓게 하는 외로움이 아니라 보다 완숙한 삶을 추구하도록 하는 촉매제로서 외로움의 몫을 수행한다.

가령, 인생의 벼랑 끝으로 내몰린 홍어잡이 선원들로서는 암홍어든지 숫홍어든지 구분 없이 홍어잡이를 통해 경제적 궁핍을 벗어나면 되는데도 불구하고 한 선장은 암홍어잡이에 집착하는데, 여기에는 암홍어가 숫홍어보다 잡기 어려워 숫홍어보다 경제적 가치가 클뿐만 아니라 암홍어잡이를 위해서는 숱한 시행착오를 거치면서 암홍어를 잡았을 때 무엇과 바꿀 수 없는 성취감을 만끽하는바, 그것이 바로 외로움을 대면하고 견디고 삭히는 과정에서 얻는 발효된 외로움의 매혹이다. 하물며 이렇게 어렵게 잡은 암홍어의 살을 잘 삭혀 먹는 식감과 맛이 "살아온 지금까지의 모든 것에 대한 눈물이란 생각"(139쪽)과 버무려질 때의 그 오묘함은 삶의 비의에 순간 전율하도록 한다. 그래서일까. 예전에 홍도를 찾아온 낯선 서울 여자와 정을 나눈 한 선장은 그녀와의 관계를 잊지 않으면서 그 희부윰한 기억을 안고 있는 터에 혹시 그녀가 홍도를 다시 찾아왔다면 이제는 그녀가 떠나는 것을 그냥 지켜보지 않겠다는 의지를 작품의 결미에서 암시한다. 그것은 암홍어잡이처럼 오랜 외로움의 시간을 견디며 그 외로움을 치유하듯 한 선장을 감싸는 외로움을 스스로 치유하는 모습으로 읽어도 무방하다.

이것은 「향기를 품다」의 김 노인에게서도 마찬가지다. 김 노인이 자신의 집에서 살면서도 조카며느리인 명순으로부터 험한 말을 듣고 봉양 아닌 봉양을 받고 있는 것은 언젠가 그의 외아들 영남이 돌아와 자신을 봉양해주기를 바라는 기대감이 있기 때문이 아니다. 자칫 이 소설을, 김 노인의 아들을 향한 집착으로 읽은 나머지 한국 사회에 똬리를 틀고 있는 가부장제의 남성중심주의의 현실을 드러내는 것으로 이해해서는 곤란하다. 그보다 우리가 찬찬히 들여다보아야 할 대목은 김 노인이 미국에 있는 아들로부터 배달된 사과 상자를 방에서 썩게 하는 숨은 의도가 무엇인가 하는 점이다. 명순의 말대로 김 노인의 욕심 때문에 빚어진 것인가. 여기서, 김 노인이 사과 상자에 집착하는 것 또한 「암홍어」에서 한 선장이 암홍어잡이에 집착하는 것과 자연스레 공명(共鳴)한다. 김 노인은 너무나 잘 알고 있다. 그의 외아들이 쉽게 고향으로 돌아올 수 없음은 물론, 먼 타지에서도 안정적으로 정착해서 사는 일이 그리 녹록치 않다는 것을. 어쩌면 김 노인은 살아생전 외아들을 볼 수 없을지도 모를 일이다. 그렇기 때문에 김 노인은 아들이 보내준 사과 상자가 더없이 소중하다. 그래서 그는 예전에 사과 농사를 짓다가 썩어가는, 상품 가치는 없는 사과를 항아리에 담아 제대로 썩혀 "신비로운 향기"(178쪽)를 자아냈던 것처럼, 그래서 말 그대로 신생의 사과로 거듭났던 것처럼 아들이 보내준 사과의 형질을 변화시키고 싶다. 그리하여 "아들이 보내온 사과는 겨울 내내 곁에 둘 수 있을 뿐만 아니라 내년 봄까지도 그 향기를 꼭 붙잡아둘 수 있을 것"(176쪽)이므로, 이렇게 썩혀가는 시간 속에서 김 노인을 엄습해왔던 외로움의 시간은 점차 발효되고, 이후 김 노인이 감당해야 할 외로움의 상처는 서서히 치유될 것이다. 비록 아들과 함께 여생을 누릴 수는 없더라도 썩혀지는 사과에서 오묘하게 풍기는 '신비로운 향기'를 맡으면서 김 노인은 텅 빈 외로움이 아니라 충만된 외로움의 삶을 살 것이다. 때문에 김 노인이 사과 상자에 집착하는 것은 발효된 외로움을 통해 자신의 상처를 치유하려는 자기 구원의 적극화된 욕망의 발현이 아닐까.

사실, 자기를 스스로 구원한다는 것은 말처럼 쉽지 않다. 자기 구원을 위해서는 지금까지 작품들을 읽어보았듯이, 자신의 상처를 정면으로 마주해야 하고, 그 과정에서 깊게 패인 상처의 근원을 찬찬히 들여다보아야 하는, 이른바 기억의 쟁투를 치열히 벌여야 한다. 이 과정이 바로 자기 탐구이며, 이 과정을 통과하지 않는 자기 구원은 거짓이며, 그 길에 이르는 것은 요원하다. 물론, 이 과정에서 부딪치는 난경은 엄연한 현실이다. 우리는 「커피타임」에서 현대의 모던한 생활 감각이 우리의 삶의 불편함을 해결하는 것처럼 보이지만, 우리의 삶이 점차 모던한 현실로 인도되고 그러한 생활 감각을 구성해주는 모종의 시스템에 의해 종속되고 있는 서글픈 초상을 보게 된다. "살아 있는 사람의 몸과 마음을 죽은 사물에 비유하여 인간이 사물화가 되어가는 시대"(197쪽)로 속절없이 급변하고 있는 것이다. 아무리 서울의 강남에 위치한 최첨단 설비로 이뤄진 주거 공간이라고 하지만 「커피타임」에서 보여지는 각종 주거 시스템은 주체로서의 인간을 사물화시키고 모든 인간의 관계를 단절시킨 채 주거 시스템의 한 부분으로 전락시키고 있음을 극명히 입증해줄 따름이다. 이 사물화의 삶과 현실은 작중인물 민 교장의 시선에 의해 적나라하게 부조된다. 그곳에서 그의 손자들은 마치 공부하는 로봇처럼 시간에 맞춰 공부하고, 그의 아들은 바쁜 회사 업무에 쫓긴 채 하숙생이나 다를 바 없는 생활을 하고 있고, 며느리는 여유 시간을 집 밖에서 나름대로 향유하는 등 민 교장의 눈에 비친 아들네의 삶은 각자의 역할이 철저히 분화된 채 그 영역을 감히 침범해서는 안 될 시스템으로 분화돼 있다 해도 과언이 아니다. 이것은 현대의 모던한 생활 감각의 실태 속 엄연한 현실이다. 과연, 이러한 삶의 현실에서 자기 탐구의 치열성은 가능할까. 그리하여 자기 구원의 길에 이를 수 있을까. 작품의 말미에서 민 교장이 자신이 집으로 돌아와 홀로 커피타임을 만끽하는 모습이야말로 시스템에 구속되지 않는 현대의 또 다른 모던한 생활 감각 속에서 자기를 성찰하는 행복이 어떤 것인지 암시해준다.

그런가 하면, 「자화상·스펙트럼」과 「위대한 출항」은 힘겨운 자기 구원의 실제를 수행하고 있다. 어린 시절 엄마에 의해 아버지로부터 격리된 '나'는 전업 화가로서 엄마의 삶에 짙게 드리운 죽음의 그림자로부터 벗어나 '나'의 충만된 행복의 삶을 꿈꾼다(「자화상·스펙트럼」). 하지만 '나'는 "얼굴 없는 나의 자화상"(42쪽)을 온전히 그릴 수 없어 고뇌한다. '나'는 누구인지, '나'를 향한 존재론적 물음과 어떻게 살아야 하는지에 대한 실존적 물음은 '나'를 떠나간 세 명의 여인과 한강에서 투신한 '나'의 엄마를 함께 휩싸는 삶의 난제다. 이 것은 「위대한 출항」에서 자폐아 명이를 낳은 '나'의 체념과 환멸, 그 리고 죽음 충동에 사로잡힐 때마다 본능적으로 죽음을 거부하는 명 이의 생을 향한 강렬한 삶의 충동 속에서 '나'와 명이에게 부과된 삶 의 난제다. 어느 것 하나 쉬운 삶의 해법이 없다. 그런데 중요한 것 은 이 삶의 난제에 대한 해법은 자기 구원과 결부돼 있으며, 이것은 어떤 근원의 자리에서 해결의 실마리를 찾게 된다는 점이다. 엄마에 의해 격리된 고향 경주의 채석장을 방문한 '나'는 어느 석공으로부터 미완성된 불상이 있는데 그 불상이 미완성인 이유를 짐작하게 되고, 그 "불상을 제자리로 보내주어야 할 의무가 나에게 있다는 것을"(61 쪽) 알게 된다. 고향에서 미완성 상태로 있던 불상은 바로 '나'의 존 재와 결부된 것이며, '나'가 그 불상에 화룡점정의 마지막 작업을 함 으로써 불상을 완성하여 제자리로 돌려놓는 것은 '나'의 존재를 위한 자기 구원이고, 동시에 '나'를 에워싼 타자(혹은 부모)의 존재를 구원 하는 것인 셈이다. 여기서 간과하면 곤란한 것은 이 모든 구원의 길 이 바로 '나'의 생의 근원인 고향에서 시작되고 있다는 점이다.

이처럼 자기 구원은 생의 근원에서 자연스레 그 원동력을 얻는다. 「위대한 출항」에서 자폐아 명이의 신생을 향한 치유의 길이 "원시의

섬 같은 곳에서 깊이 숨어 있는 아이의 원성을 깨우라는 것"(232쪽)
과 직결되는 것은 겉으로는 자폐아를 치유하는 것이면서 심층으로
는 인간 본성이 억압되는 모든 비정상을 치유하는 것이 인간과 만유
존재의 터전인 자연으로부터 유리될 수 없음을 보여준다. 그리하여,

> 나는 속으로 명이는 지금 연평 바다로 조기를 잡으러 가는 것
> 이 아니라 세상이란 바다로 출항하고 있는 것이라고 외친다. 나
> 는 끝없이 외치고 배는 점점 내 시야에서 멀어져간다. 까만 점으
> 로 보인 배가 아예 사라지고 말았다. 나는 정씨의 말을 곱씹으며
> 무릎을 꿇고 앉아 눈을 감았다. 지난 겨울 봄이 새처럼 날아오기
> 를 기도했듯이 이제 막 쫑긋쫑긋 속대를 올리기 시작한 청보리가
> 어서 자라 누렇게 익기를 빈다. (「위대한 출항」, 239쪽)

라는 마지막 장면의 진술은 명이로 표상되는 우리 시대의 자폐아들
이 일상 속에서 상처를 지닌 채 움츠러들어 자기 부정과 자기 체념
및 자기 환멸 속에서 생을 연명하는 게 아니라 이 모든 상처를 말끔
히 치유해줄 인간의 근원인 자연으로부터 생의 원동력을 얻는 모습
을 보여준다. 이렇게 자기 구원은 생의 비의를 온축한 생의 근원으
로부터 그 신비한 힘을 얻는 것이다.
　　고백하건대, 박정선의 소설집에 수록된 여덟 편의 단편을 읽으면
서 우리 시대의 숱한 상처들과 마주하되, 고된 우리의 삶을 치유하

는 길을 모색하게 되었다는 것은 이들 작품의 존재 이유로서 아무리 강조해도 지나치지 않다. 말하자면 '힐링 서사'로서 손색이 없다. 본격문학으로서 소설이 우리 시대의 환부를 외면할 수 없으나 그 환부를 선정적으로 드러내는 데 초점을 맞추기보다 아픈 곳을 위무하고 치유해줄 수 있는 '힐링 서사'의 몫을 수행하고 있다는 점에서 박정선의 다음 작품들이 기대된다.

실패가 채근하는 또 다른 시작을 위하여

실패가 채근하는 또 다른 시작을 향해 다시 항해를 떠나야 할 시간
이 왔다. 작품집을 냈기 때문이다. 작품을 상재할 때마다 주저 없이
실패를 선언한다. 이번에도 예외는 아니다. 그럼에도 소설 쓰기는 행
복한 일이다. 다시 시작할 수 있는 기회를 얻기 때문이다. 소설 창작
은 집짓기에 다름 아니다. 톨스토이는 창작이나 인간이 산다는 것은
집짓기라고 했다. 그러나 평생 집을 지어도 마무리를 짓지 못한 채
떠나는 거라고 했다. 소설 쓰기에서 쓰고 나면 실패라는 생각이 드
는 것은 다시 태어나면 제대로 한 번 살아보겠다는 심정처럼, 이제야
말로 제대로 써보겠다는 결심에 다름 아니다. 원 게임으로 끝나는 인
간의 삶은 되풀이를 부여받지 못하지만 소설 쓰기는 되풀이가 가능
한 탓이다. 모든 것이 욕망 혹은 욕구에서 비롯된 탓이다. 그러나 욕

망과 욕구는 엄연히 다르다고 라캉은 강조한다. 욕구는 목마를 때 물을 마시듯 어떤 결여를 해결할 수 있지만, 욕망은 무엇을 성취하더라도 다시 신기루처럼 사라져버리므로 끝이 없다는 것이다. 그래서 인간은 죽어야 욕망이 끝난다는 라캉의 욕망 론을 즐겨 읽는다. 나는 무엇을 했는가? 하는 물음에 언제나 답이 없기 때문이다. 해 놓은 게 없기 때문이다. 이것은 죽어야 끝나는 욕망인가, 당장 목마름을 해결하는 욕구인가를 따져보지 않을 수가 없다. 다행히 내가 원하는 것은 욕구를 넘어선 욕망이었다. 라캉은 욕망은 오늘을 견디게 하는 힘이라고 했다. 딱 들어맞는 말이다. 욕망은 한곳에 머물러있도록 사람을 그냥두지 않기 때문이다.

이제 작품 이야기로 넘어가 보자. 지금은 일 년 중 청춘의 계절 8월이다. 산은 푸르지만 이 시대는 청춘예찬론을 펼 수가 없다. 「청춘예찬시대는 끝났다」는 방황하는 청춘들을 위한 고민이다. 지향점을 상실했거나 없다는 것은 개인적으로나 사회적으로 불행한 일이다. 청춘들을 보면 자꾸 서글퍼짐을 숨길 수 없다. 우리의 미래보다 그들의 미래를 어떻게 할 것인가 하는 고민을 함께 해보자는 제안이다. 앞으로는 청춘의 지향점도 바뀔 것이다. 신세대와 기성세대의 구분이 사라질 것이라는 예언과 함께, 그래도 희망을 버릴 수는 없어 '기차표 예매를 취소하는' 여지를 남겼다. 「에타니아」는 다문화를 통해 우리의 옛날을 들쳐보고자 함이다. 5, 60년대 한국사회는 중산층은 커녕 겨우 하루 세 끼 밥만 먹고 살아도 서울의 대부분 가정마다 시골에서 올라온 10대 소녀 식모들이 있었다. 한창 학교에 다닐 아이들이 밥 어미가 되어 어느 한 가정의 주방을 담당했던 것이다. 기억에 남아있는 소녀가 있다. 종종 다니는 목욕탕 집 식모 소녀, 17, 8세쯤으로 보였다. 초등학교만 겨우 졸업하고 서울로 올라와 대중목욕탕을 운영하는 집에서 살림만 하는 게 아니라 그 드넓은 목욕탕 청소까지 하는 것을 보았다. 눈빛이 초롱초롱하고 몸도 가냘픈 소녀의 손에는 볼 때마다 책 대신 칙칙한 걸레가 잡혀있었다. 그 당시 고교생이었던 나는 어느 날 목욕하러 갔을 때 소설 책(오 헨리의 '마지막 잎새'로 기억됨) 한 권을 쥐어주며 책을 읽으라고 했더니 소녀가 주춤했다. 그리고 주변을 살피더니 슬쩍 소파 밑으로 밀어 넣는 것이었다. 우리 딸들인데, 돌이켜볼수록 가슴 아프지 아니한가. 그때 소녀 식모를 부려먹은 어른들은 모두 죄인이다. 부려먹더라도 공부는 시켜가면서 부려먹어야 옳지 않겠는가. 그게 우리가 목 터지게 부르짖는 위대한 한국인, 대한민국의 자존심이 아니겠는가. 이제는 바야흐로 후진국 여성들이 그 소녀들을 대신하고 있는 현실에서 베트남 여성 '에타니아'를 통해 뭔가 생각해보고 싶었다. 그때 우리가 무식하게 부려먹은 가련한 우리 딸들이 투영되어 있는 외국여성들을 어떻게 바라보아야 할 것인가 하는 문제를 던져보았다.

「자화상·스펙트럼」은 가치관과 정체성을 잃어가는 현대인의 중심을 찾고 싶어 그려 본 작품이다. 어느 시대나 예술가의 현실은 팍팍하다. 보편적으로 예술가는 인간의 정신을 대리한다. 그 대리역할이 현실과 치열하게 싸움을 벌이는 것이다. 예술가들이 훌쩍 어디론가 떠나는 행위는 단순한 객기가 아니다. 지고한 가치관을 찾아서 방황하는 것이다. 햇살 속을 들여다보면 먼지가 안개처럼 자욱하고, 그것이 아름다운 일곱 빛깔 무지개로 보이는 스펙트럼은 환상적이다. 먼지도 햇살을 만나면 아름다운 빛깔로 변화될 수 있다는 것에 착안했다. 사실 공기는 먼지로 채워져 있고 인간은 그 먼지 속에서 숨 쉬고 있는 것 아닌가. 먼지가 햇살을 만났을 때를 예술의 결정체로 보았다. 「연화」는 아름다운 예술미를 간직한 역사를 묘사했다. 7백 년 전 고려 연 씨가 멀리 개성에서 경남 함안이라는 곳으로 흘러와 묻혔다가 7백년 만에 꽃으로 피어난 사연이다. 있을 수 없는 일인데 사실로 출현했다. 아름답게 피어난 꽃잎에 숨어있는 역사적 비밀을 풀어보고 싶었다. 「커피타임」과 「향기를 품다」는 부모와 자식 간의 경계적 양상을 성찰해보고자 했다. 부모와 자식 간의 거리가 어디에서 어디까지인지, 이제는 피할 수 없는 현실이라는 것이 시대적 요청이라면 받아들일 수밖에 없는지, 이런 생각들의 모음이다. 「암홍어」는 말그대로 홍어 잡이다. 몸값이 비싼 암홍어는 어부들을 유혹한다. 바다를 지키는 한 어부의 정신세계를 그리면서 도시에서 직장을 잃고 마지막으로 어부가 되겠다고 찾아가는 중년 남자들의 현실을 그렸다. 바다는 문학적으로 영감과 상상력을 부추기는 공간이다. 그러나 함부로 덤빌 수 있는 곳은 못된다. 인간의 삶으로는 맨 마지막에 선택하는 곳이라고들 한다. 더욱이 도시와 바다는 반대적 이미지가 깔린다. 도시에서 컴퓨터를 들여다보며 키보드를 두드리던 3, 40대 젊은 남자들이 바다에 그물을 던져야 하는 것은 희망이 거세된 절박한 시대적 고난을 상징한다.

마지막으로 「위대한 출항」은 어머니의 헌신으로 깊은 잠에서 깨어나는 자폐 아이를 묘사했다. 자식을 위해 헌신하는 어머니는 이 세상에 많다. 그러나 현대의학으로 희망이 보이지 않는 자식을 위해 모든 것을 바치는 어머니는 그리 많지 않다. 더욱이 자신의 전도유망한 의사라는 직업을 버리고 섬으로 들어가는 결심은 쉬이 할 수 없는 일이다. 어머니의 헌신으로 자폐의 깊은 수면에서 서서히 깨어나는 아이는 이제 세상을 향해 위대한 출항을 시작했다. 그러나 「위대한 출항」은 단순히 한 어머니의 헌신과 한 아이의 치유과정을 강조하자는 것이 아니다. 인간은 누구나 자폐상태에 갇힐 수가 있다. 자폐는 감각이 닿지 않는 깊은 침묵이다. 그것을 깨워주는 무엇인가를 만나야 한다는 것이 이 작품의 진정한 메시지다. 졸작의 평가는 독자들에게 맡길 것이다. 지금 사방에서 매미들이 목숨 바쳐 울어 제치고 있다. 누구든, 무엇이든, 매미처럼만 운다면 무엇이 되지 않을까.

2015년 8월, 해운대 장산 아래 집필실에서
박정선

박정선 소설가, 시인, 문학평론가.

작품

- 장편 『백년동안의 침묵』(2012년 문화관광부 우수도서 선정)
- 장편 『동해아리랑』(2013년 한국해양문학상 대상 당선)
- 장편 『수남이』(2006년 한국예술위 창작지원 선정)
- 소설집 『청춘예찬 시대는 끝났다』(2015년 우수출판콘텐츠 선정)
- 소설집 『표류』『변명』『와인파티』『내일 또 봐요』
- 시집 『바람 부는 날엔 그냥 집으로 갈 수 없다』 외 8권
- 서사시 『독도는 말한다』『뿌리』(부산 역사 서사시)
- 평론집 『사유와 미학』
- 에세이집 『고독은 열정을 창출한다』
- 사서 『부산정보대학 30년사』『대연교회 100년사』 외 다수
- 명진초등학교 교가를 지음(부산광역시 화평동 소재)

수상

- 『영남일보』 신춘문예 당선(「내일 또 봐요」)
- 제2회 심훈문학상(중편 「표류」)
- 제2회 해양문학상 대상(중편 「참수리357호」)
- 제14회 한국해양문학상 우수(경장편 『남태평양엔 길이 없다』)
- 제17회 한국해양문학상 대상(장편 『동해아리랑』)
- 영남일보문학상, 아라홍련 대상, 천강문학상 외 다수
- 시는 1987년 『문학정신』으로 등단(시조)했으며, 시집 다수 상재.
  성파시조문학상을 받았다.

청춘예찬
시대는 끝났다

인쇄 · 2015년 9월 15일   발행 · 2015년 9월 22일

지은이 · 박정선
펴낸이 · 한봉숙
펴낸곳 · 푸른사상

주간 · 맹문재 | 편집 · 지순이, 김선도 | 교정 · 김수란
등록 · 1999년 7월 8일 제2-2876호
주소 · 서울시 중구 충무로 29(초동) 아시아미디어타워 502호
대표전화 · 02) 2268-8706(7) | 팩시밀리 · 02) 2268-8708
이메일 · prun21c@hanmail.net / prunsasang@naver.com
홈페이지 · http://www.prun21c.com

ISBN 979-11-308-0559-7 03810

값 17,500원

　　이 도서는 한국출판문화산업진흥원의 2015년 우수출판콘텐츠 제작 지원 사업
　　선정작입니다.

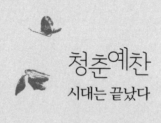

청춘예찬

시대는 끝났다

1호선엔 환승역이 18개가 있고 2호선엔 19개, 3호선엔 11개,

4호선과 5호선엔 9개씩이 있다는 것과

동대문운동장역에서는 3개 노선이나 환승할 수 있어

가장 편리하다는 것은 내 손바닥 안의 손금이다.

… 이 정도면 나는 출근할 준비를 충분히 한 셈이고

이제 출근하라는 말만 떨어지면 되는 것이다.

—「청춘예찬 시대는 끝났다」 중에서

이 제작물은 아모레퍼시픽의 아리따글꼴을 사용하여 디자인 되었습니다.